Kapitel 1 (År 1905)

"Georg, kom in och stäng dörren. Jag har tyvärr dåliga nyheter."

Georg gör som han blir tillsagd. Stänger dörren och sätter sig mittemot far. Han vågar inte se far i ögonen. Anar redan vad han ska säga. Istället ser han in i eldstaden och biter sig hårt i kinden. Far blinkar bestämt bort tårarna som envetet tränger ut ur ögonvrån.

"Jag har fått ett telegram från sanatoriet. Mor klarade sig inte. Hostan tog henne och hon avled igår."

Utan ett ord reser sig Georg och går ut ur verkstan och in i boningshuset. Han ser på småsyskonen som leker ovetandes. Hur ska de berätta för dem? Kommer de ens förstå innebörden? Nog inte lille Valter. Han är bara fyra år och nu moderlös.

Dörren öppnas och far kommer in. Han skakar nästan osynligt på huvudet åt Georg. Georg förstår att han inte vill att de berättar för syskonen riktigt än. När alla ätit kvällsmaten och kommit i sängs tar far med Georg ut i verkstan igen.

"Begravningen sker redan imorgon. Hon ska ligga på kyrkbacken vid sanatoriet. Jag åker ensam. Du behövs här hemma."

Georg vill protestera, gråta och skrika. Men han vet att det inte är någon idé. Han är äldst med sina tolv år och har ett ansvar. Nu ännu större när inte mor finns kvar.

"När ska far berätta för dem att mor inte kommer hem mer?" Han sväljer gråtklumpen och ser på far.

"Efter begravningen", svarar han kort.

Tidigt morgonen därpå står far i farstun när Georg kommer upp. Han ser far ta på sig ytterrocken

"Ta hand om syskonen nu, Georg."

Georg ser honom blinka bort tårar innan han vänder sig om och går ut till droskan.

Först hämtar Georg in mer ved för att tända i spisen så han kan koka gröten. När gröten puttrar går han in i kammaren och väcker sina småsyskon. Efter mycket om och men sitter de till slut allesammans runt köksbordet med varsin grötskål och slevar i sig.

När syskonen leker i köket efter frukosten går Georg ut på dass. Himlen är grådisig och regnet hänger i luften. Som att självaste naturen sörjer för mor, tänker han. Det är svårt att ta in känslan på riktigt att mor verkligen är död. Att hon aldrig mer kommer tillbaka.

"Snälla mor, fortsätt vaka över oss", säger Georg och ser upp mot dasstaket.

Dagen släpar sig sakta fram. Det är inte skoldag så alla barnen är hemma. Georg får hjälp av sin äldsta syster Gerda att ordna maten. Hon bakar hålkakor och Georg kokar råggröt. Linnéa, Verner, Svea, Valter och Inez leker kull ute på gården.

När Georg lagt sina småsyskon att sova, senare på kvällen, slår han sig ner vid köksbordet. Det är mörkt utanför. Han stoppar in ett par vedträn i spisen för att hålla kylan utanför. Men det är svårt. Han är genomfrusen. Kylan kommer som inifrån. Han har inte gråtit än. Det har varit fullt upp med att sköta vardagsbestyren och ta hand om småsyskonen. Snart borde far vara tillbaka, tänker han.

Georg måste ha slumrat till vid köksbordet i väntan på far. När han vaknar igen har det redan börjat ljusna utanför. Han känner en klump av oro i magen. Varför har inte far kommit hem? Elden har slocknat i kökspannan och Georg sätter ny fyr för att få upp värmen igen. När han sitter på pinnstolen och ser ut genom fönstret efter far hör han de välbekanta fotstegen av lillebror.

"Var är far?" Frågar Valter och gnuggar sömnigt ögonen. Georg kan inte svara. Han reser sig upp och tar fram rågsäcken för att börja med frukostgröten.

Kapitel 2

Valter och de andra barnen väntar på sina föräldrar. Georg vet såklart att mor aldrig mer kommer hem. Men nu börjar han tveka även över far. Vad har hänt? Har far också blivit sjuk och fått stanna kvar på sanatoriet?

"Kan du berätta en saga?" Frågar Inez som ligger i sängen tillsammans med alla syskonen. Georg sitter bredvid.

"Det var en gång en förtrollad häst..", börjar Georg.

Alla syskonen sov innan sagan tog slut. Georg reser sig och går ut i köket. Han stannar till i dörröppningen och ser på dem. Oron gnager i magen. Det är tre dagar sen far åkte till begravningen. Hoppet om att allt är bra och han snart kommer hem minskar för var dag. Med händerna i diskbaljan tillåter Georg tårarna äntligen komma ut. Han gråter så tyst han kan.

"Georg, jag kan inte sova". Det är Inez som vaknat och nu står i nattlinnet bakom honom. Kvickt torkar han tårarna och vänder sig mot lillasyster.

"Vet du Inez?" Säger han och ler. "Imorgon är det söndag och då ska vi klä oss fint och gå till kyrkan.

Vi behöver gå upp tidigt innan solen går upp, så det är bäst du försöker sova nu."

Georg går tillsammans med småsyskonen till Röks kyrka. De två yngsta, Svea och Valter, turas om att rida på Georgs axlar.

"Titta!" Ropar Valter. "Nu ser jag kyrkan".

På långt håll syns den vita kyrkan torna upp sig majestätiskt över de annars platta åkrarna. Prästen Kullbom är ganska till åren kommen, men han är populär bland byfolket. Vid kyrktrappan står han och tar alla i hand.

"Välkommen fru Nilsson. Jag ser att foten är bättre nu."

Precis när Georg passerar Kullbom och tar ett kliv in i kyrkan, tar prästen tag i hans axel.

"Georg, skulle du kunna vänta kvar en liten stund efter predikan? Dina småsyskon kan gå in till Frida så länge så får de rabarbersaft."

Frida är prästfrun. En snäll och gladlynt äldre dam med stor kärlek till sina älskade hundar. Två västgötaspetsar som lystrar till namnen Sally och Bella.

"Javisst", svarar Georg. "De kommer bli jätteglada."

Han hör knappt ett ord av det som Kullberg predikar utan tankarna vandrar i stället till far och mor. Georg lyfter blicken och sneglar mot Jesus som hänger på korset. Han kan se ansiktet förvridet av smärtan från korsfästningen. Georg känner en annan smärta gnaga. Sorgen över att förlorat mor. Måtte han nu inte även förlora sin far.

Efter predikans slut går Georg och syskonen den korta biten mellan kyrkan och prästbostaden. Där möts de av svansviftande Sally och Bella. I dörren står Frida och ler med öppen famn.

"Kom alla Bergstrand-barn. Kom in så ska ni få smaka min nykokade rabarbersaft."

Medan småsyskonen springer mot Frida så nickar hon, menande till Georg, mot kyrkan. Han förstår att hon tycker han ska passa på att smita i väg en stund nu när de mindre barnen är fullt upptagna med saft och hundar.

Georg stannar till en liten bit ifrån kyrkan och ser på medan prästen tar i hand och småpratar med sina församlingsbor. Några av dem dröjer sig kvar ett tag och står och samtalar med varandra. Det är här på söndagarna som man delar med sig av nyheter och skvaller. I vanliga fall brukar Georg vara med och lyssna. Men idag är hela kroppen i uppror, magen rumlar och han har huvudvärk. Han vill bara att alla snabbt ger sig av så han får höra vad Kullbom vill berätta.

Till slut har alla församlingsbor gett sig av och Georg går fram till prästen.

"Kom Georg. Vi går in och sätter oss en stund. Jag har tyvärr tråkiga nyheter till dig."

Georgs händer skakar och han är tvungen att sätta sig på dem för att de skall vara still.

"Jag måste tyvärr meddela att er far verkar ha lämnat er. Han dök aldrig upp på er mors begravning. Jag var där. Men han kom aldrig."

Georg ser förvånat på honom. Det hade han inte väntat sig. Kullbom fortsätter berätta.

"För två dagar sedan anlände ett brev från er far till vår församlings fattigvårdsstyrelse. Han erkände i brevet att situationen var honom övermäktig och att han rest sin väg och inte hade för avsikt att återvända. Ni kommer inom några dagar att hämtas av fattigvårdsstyrelsen. Nu behöver du förbereda dig och dina syskon på detta."

Georg hör nästan inte vad prästen sa efter "far verkar ha lämnat er". Hur kunde man lämna sin familj? Såklart var far i sorg och förtvivlan, men visst skulle han väl komma tillbaka igen? Han är ju deras far. De behöver honom nu. Mer än någonsin.

Undra hur mycket de kommer minnas far och mor, tänker Georg. Han sitter och ser på när småsyskonen äter maten som Frida så snällt skickat med dem hem. Hur berättar man för så små barn att de blivit föräldralösa? Värst var att behöva tala om att far har valt att lämna dem. Ilskan bubblar i honom när han tänker på sveket.

Georg hade berättat vad som hänt både far och mor under gårdagens middag och det hade uppstått olika reaktioner hos syskonen. Valter och Svea hade gråtit en stund men sedan börjat bygga på en koja under köksbordet. De lite äldre syskonen hade mer dragit sig undan i tysthet. Till slut hade de alla ändå somnat och nu grydde en ny dag. Gröten skall kokas. Huset värmas upp. Veden är snart slut inne så han behöver gå ut till vedboden igen och hämta mera. Några av syskonen ska till skolan. Eller ska han låta dem vara hemma så här dagen efter det svåra beskedet? Han önskar så att mor kunde finnas där och ge sina goda råd.

Innan Georg hinner bestämma ifall syskonen ska få stanna hemma eller inte så knackar det på ytterdörren. Det var inte direkt vanligt förekommande vid den tiden på dagen att någon kom på besök. Några av barnen är fortfarande kvar i nattsärken. Georg öppnar dörren och står öga mot öga med två för honom okända män. De presenterar sig som Carl Fred från fattigvårdsstyrelsen och Carl Blomstrand från sockenförsamlingen. Carl Fred harklar sig och ler lite ursäktande mot Georg.

”Ursäkta att vi kommer så här tidigt och i en sådan svår stund för er Bergstrandsbarn. Men vi har fått uppdraget att ta över försörjningsansvar för er då era föräldrar inte längre är närvarande. Vi kommer inleda med att auktionera ut er faders tillgångar så idag är vi här för att göra en inventering. Ni kan fortsätta med era morgonbestyr och vi kommer se över i huset och i verkstaden vilka tillgångar som finns. Allt kommer antecknas och finnas dokumenterat för er att ta del av när det är klart. Har ni några frågor?”

Georgs hjärna går på högvarv samtidigt som han inte kan urskilja en tydlig tanke. Allt snurrar.

"Hur länge får vi vara kvar här?" Får han till sist ur sig.

"Kommer vi syskon få bo tillsammans sen också?" Det är lillasyster Gerda som finner mod att ställa den viktigaste frågan. Frågan som Georg knappt vågat tänka. Herr Fred harklar sig på nytt.

"Fru Kullbom kommer ta hand om er tills det är klart med alla formaliteter var ni sedan ska bo. Ni får gå dit imorgon. Då kommer det en ny familj som ska flytta in här. Så ni behöver packa ihop era privata tillhörigheter idag och gå till prästgården direkt efter frukost imorgon."

"Men sen då? Får vi bo tillsammans sen?" Både Georg och Gerda står nu i dörröppningen och tittar på de båda männen. Ingen av männen besvarar barnens blickar.

"Vi får se. Inget är klart ännu. Det är kommunalnämnden som fattar det beslutet."

Sen går de raskt mot faderns verkstad för att räkna och bokföra inventarierna.

Georg får se listan med skulder och tillgångar innan männen far i väg några timmar senare. Som Georg förstår det hela så finns det inga tillgångar att betala vård och underhåll för dem med, eftersom far tydligen också har skulder till halva socknen. Det är säkerligen därför de så snabbt tvingades flytta till prästgården. Georg är oerhört tacksam över paret Kullboms gästfrihet. Samtidigt oroar han sig över vad som ska komma sen. Han förstår att de inte kommer få bo där någon längre tid. Herr Fred hade antytt att deras öde nu låg i Kommunalnämndens händer. Måtte syskonen inte splittras. Han går ut till dasset. Vänder blicken mot taket och snyftar;

"Mor, hör du mig mor? Vad ska jag göra om de vill dela på oss syskon? Det blir ju ingen familj kvar då."

Georg torkar tårarna innan han går tillbaka till sina småsyskon.

Kapitel 3

Det fanns flera fördelar med att bo hemma hos herr och fru Kullbom. De fick äta sig mätta varje dag, syskonen hade nära till skolan som låg precis bredvid prästbostaden och de hade hundarna att leka med och söka tröst hos när sorgen sköljde över dem. Men oron över framtiden gnagde i Georg.

En dag när Georg vaknade var herr Kullbom på väg att gå ut till en väntande droska.

"Vart ska ni åka?" Undrar Georg.

"Oroa dig inte pojk. Jag är tillbaka innan kvällning. Då ska du få veta mer om er framtid." Sen åkte han.

Hela dagen hade Georg svårt att fokusera på sina uppgifter. Ju mörkare det blev utanför fönstret desto oroligare blev Georg. Varför kom aldrig prästen tillbaka? Flera gånger tyckte han sig höra vagnshjul på gården, men alltid var det något annat. Alla syskonen låg till sängs när herr Kullbom äntligen kom hem. Georg möter honom ivrigt i dörren med en frågande, orolig min.

"Så, så pojk, låt mig få komma in så ska vi ta en kopp kaffe och talas vid".

Georg tittar ner i kaffekoppen och låter blicken vila på några bubblor som flyter runt på ytan i efterdyningarna av att ha lämnat kannan och runnit ner i koppen. Han väntar på att Kullbom ska börja berätta.

"Jag förstår Georg, att det här kommer bli en chock för dig och dina syskon. Ni har redan gått igenom så mycket. Du har varit en klippa för dem trots din ringa ålder. Du har axlat ansvaret, men nu ska du få vara barn igen."

"Hur då barn?" Undrar Georg utan att lyfta blicken.

"Ni ska alla få komma och bo med vuxna som tar hand om er. Du och Valter ska få bo tillsammans i ett torp hos en man som heter Carl Johan Axelsson. Han har ingen fru eller egna barn, men är villig att adoptera er två och låta er bo i hans hem. Det är en mindre gård med några kor, grisar och höns."

Georg fortsätter titta ner i koppen och lyssnar. Försöker ta in orden.

"Mina andra syskon då? Var ska de bo? Kommer vi kunna hälsa på dem?"

"Kommunnämnden kom fram till att det nu i början är bäst för er att ni inte vet var de andra bor, men jag kan garantera att de också kommer till bra hem där de tas hand om på bästa sätt. Inget skall saknas dem."

"Då får jag tacka er herr Kullbom för att ni berättar för mig och för er och Fridas gästfrihet. Den ska vi aldrig glömma. Jag är trött och går och lägger mig nu."

Georg reser sig snabbt och går in till syskonen i sovkammaren. Han kan inte längre hålla emot tårarna. Samtidigt hoppas han att alla barnen sover så de inte ska oroa sig redan nu. Den natten sov inte Georg många timmar. Han vaknar tidigt med rödgråtna ögon och ont i magen.

Det skulle komma att gå ytterligare fyra dagar innan C J Axelsson anlände till prästbostaden för att hämta Georg och Valter. Georg hade berättat för Valter att de två skulle resa till en gård tillsammans och att han inte visste hur länge de skulle vara där. Han ville inte oroa Valter i onödan. Samma sak hade han sagt till de andra syskonen. Gerda, som var elva år, förstod vad som höll på att ske. Att de skulle splittras och kanske inte ses mer.

När Herr Axelsson anländer till prästgården samlas syskonen. De håller om varandra och lovar att de skulle ses igen. Georg försöker att inte visa sin rädsla, men han ser samma rädsla i småsyskonens ögon. Han är tacksam över att Valter följer med honom eftersom han är yngst och Georg känner ansvar nu när far och mor är borta. Helst vill han ta

hand om dem allesammans. Han orkar inte förlora
fler familjemedlemmar så snart inpå.

Kapitel 4

Hela vägen till sitt nya hem sitter Georg och Valter tysta. De håller varandra i handen. CJ är lika tyst han och har blicken rakt fram. Georg känner ingen värme alls från honom. Snarare kyla och kanske en aning irritation. Varför är det så? Är han missnöjd med dem redan? Kanske han trott att det skulle vara två starka välnärda pojkar som kunde hjälpa till på hans gård. Och så möttes han av en lång, smal och lite kutryggig tolvåring med blekt ansikte och råttfärgat hår. Bredvid en liten fyraårig lika spinkig pojk. Matintaget hade inte varit det bästa efter att mor blivit sjuk. Inte för att de haft det så gott ställt innan heller. Kutryggen kom sig förmodligen av att han alltid skämts lite över att han ganska snabbt växte om även de vuxna. Han gick lite lätt framåtböjd för att inte sticka ut och synas. Under de fyra år som han gått i skolan höll han sig mest i bakgrunden. Han tyckte mycket om att lära sig skriva och läsa. Fröken gillade han också även om hon kunde vara lite sträng ibland. Men Georg var inte den som tog för sig bland jämnåriga. Fast de verkade gilla honom. Särskilt en flicka. Ida. Hon var lite blyg, men kom ändå fram till Georg när de satt ute på skolgården och åt sina lunchpaket.

Han sitter i vagnen med CJ och lillebror Valter och tillåter sina tankar vandra i väg en stund till Ida.

Undrar var hon befinner sig nu. Vad hon gör. Vet hon hur tur hon har som får bo med sin mor och far och syskon? Själv hade han inte förstått det förrän det var försent.

"Så där, då är vi hemma pojkar", säger CJ, men tittar fortfarande inte på dem. Georg och Valter låter blickarna ta in platsen. Huset är snarlikt deras egna torp. Faluröda väggar. Vita fönsterspröjs. Två större träd på framsidan. Förmodligen äppleträd. Runt om sträcker åkrarna ut sig. Det finns en svinstia och en mindre ladugård och en beteshage. Men det vilar en annan känsla över gården än hemma. Georg kan inte riktigt formulera med ord vad det är. Han känner rädsla. Något skaver inombords. När han sneglar mot lillebror förstår han att även han uppfattar känslan som vilar över gården. Något står inte rätt till.

"Har ni en hund?" Valter tittar upp mot CJ och ser plötsligt glad ut. Han hade fått syn på ett litet minihus som skulle kunna vara en hundkoja.

"Det är en byracka som man inte leker med. Han vaktar gården." svarar CJ kort utan att le tillbaka. "Se så gå in nu i huset med era saker. Jag har arbete att göra i ladugården. Idag kan ni få vila efter resan och omställningen."

Georg och Valter är på väg in i huset när de hör CJ ropa:

"Far, från och med nu kallar ni mig far."

När de kommit in och stängt dörren om sig börjar Valter gråta. Hans små axlar hoppar upp och ner. Så ser han på Georg.

"Jag vill inte kalla honom far. Han är inte vår far." Och lite tystare säger han; "Han är inte snäll heller. Jag tycker inte om honom."

Georg stryker brodern över håret.

"Det är lite nytt och ovant bara. När vi lär känna honom bättre så kommer det nog bli bra. Och han får lära känna oss. Vi måste visa att vi är duktiga och ordningsamma och kalla honom far om det är vad han önskar. Tänk på att fast att han inte känner oss så får vi bo här och äta av hans mat. Vi måste vara tacksamma. Minns du vad prästen Kullbom talade om i sin predikan? Tacksamhet och fromhet. Det är sådant som gör att vi sen får komma till himmelriket och träffa far och mor."

Valter nickar och torkar bort tårarna som rinner över hans små kinder.

"Vi kan laga mat till honom. Då blir han nog glad och tycker om oss mera", säger Valter och ler med sitt gråtsvullna ansikte mot Georg.

Georg kan inte annat än le tillbaka.

"Javisst, vilken god idé. Vi lagar en middag tills nye far är klar med arbetet. Det kommer han säkert uppskatta."

De packar upp sina få tillhörigheter i kammaren och går sedan för att se i köket vad som finns. De hittar salt sill i en tunna samt några potatisar och gula lökar. De finner också en bit bröd och torkade ärtor.

"Vi kanske kan koka ärtsoppa och ha en bit bröd till. Brödet verkar ganska torrt och hårt men vi kan doppa det i soppan", föreslår Georg.

Han hade inte gjort ärtsoppa förr, men hade sett på när mor kokade ärtorna och hade salt och peppar i. Det verkade inte allt för svårt. De letar runt efter kastruller, porslin och bestick. Snart har Georg fått fyr i vedspisen och ärtorna puttrar i vattnet. Vattnet hade de fått hämta från brunnen som de hittat ute på gården. Stolta sitter de och väntar vid köksbordet. Väntar på att soppan ska bli klar och på att nye far ska komma in efter arbetsdagen.

Georg och Valter hade båda somnat till vid köksbordet när nye far äntligen kom in. Ute är det mörkt nu och elden i pannan har slocknat. CJ står i farstun.

"Nej, men så trevligt", säger CJ. "Här luktar det mat. Det är en inte bortskämd med".

Georg och Valter sätter sig upp och ser nöjda ut. Sen ser Georg att elden slocknat och känner oro i magen. Han är kvickt på benen och ska till att tända när nye far kliver in i köket.

"Vad sker här då?" Han tittar mot Valter, Georg och spisen.

"Ingen eld? Hur har ni lyckats laga mat utan eld?" Skrattet är hånfullt.

"Vi somnade och den slocknade, men jag tror ändå maten är klar. Jag ska bara tända och värma den lite." Georg pratar snabbt och tänder samtidigt i vedpannan.

CJ säger inget utan går bara fram till spisen och lyfter på locket till soppan. Den har bränt fast i botten. CJ vänder sig mot pojkarna och säger med en lugn, kall röst;

"Valter du kan gå och lägga dig nu. Georg du stannar här."

Kapitel 5

Morgonen efter vaknar Georg tidigt. Han har inte sovit särskilt mycket i natt. Nye far, Georg och Valter har sovit tätt ihop i husets enda säng. Georg försökte ligga så långt ifrån CJ som han kunde, men det var inte enkelt. Han kände hans sura kroppslukt och hörde de tunga andetagen. Georg låg som en mänsklig sköld mellan Valter och CJ och ville skydda lillebror så gott han förmådde. Trots att han tidigt känt en kyla och irritation från nye far så hade han ändå blivit överraskad av slagen igår. Visst hade han fått sig en hurring både från far och mor vid ett par tillfällen. Men detta hade varit något annat. Varje slag innehöll sådant hat. Sådan ilska. Det kan inte bara bero på den vidbrända maten igår, tänker Georg. Det var som att hatet bara legat och väntat på att få välla fram. Som att CJ ville att pojkarna skulle göra ett misstag så det fanns en legitim orsak att få ur ilskan på någon annans kropp. Georg hade, trots de fruktansvärda slagen och smärtan han känt, varken skrikit eller gråtit. Han stängde av för att skydda lillebror. Han ville att nye far skulle få ur sig ilskan på honom och inte på Valter. Den här gången hade det fungerat. Men nu är Georg rädd. Rädd för vad som skulle komma. Han och Valter bor här. Detta är deras hem. CJ är deras nye far och han kan göra vad han vill med dem. De bor hos djävulen, tänker han och lägger en beskyddande arm om lillebror.

Både Georg och Valter lärde sig snart rutinerna på nya gården och vad som förväntades av dem. Men nye far var lynnig och oberäknelig. Även om de arbetade hårt på gården, lagade maten och höll fyr i pannan så var han ibland arg och kunde ge en smäll till den som befann sig inom räckhåll. Det svåraste tyckte Georg var maten. Den var torftig och somliga dagar bestraffade nye far pojkarna genom att inte låta dem äta av den mat de själva stått och lagat. De fick känna dofterna av nylagad mat och sedan gå till sängs med tomma magar. Det blev med tiden kännbart både i kroppen som blev allt svagare och huvudet som blev mer trögtänkt utan tillräckligt med näring. CJ höll sina pojkar vid liv, men mycket mera var det inte. Han krävde att de skulle arbeta från morgon till kväll på gården på så lite mat som möjligt. De fick ofta höra hur lata de var och att det minsann märktes att de inte var hans äkta söner. Då hade de varit starka och rejäla pojkar och inte de bleka klena som de nu var. Det var tufft, men de hade varandra och kämpade på. De skulle klara det, sa Georg. När tillfälle kom skulle de ta reda på var deras syskon befann sig och sen rymma dit. På kvällarna fantiserade de om detta. Smidde planer som höll dem vid liv och lät dem behålla en gnutta hopp om framtiden.

Ibland när Georg lagade middag brukade han försöka smussla undan lite åt sig och Valter så de skulle slippa sova på tom mage. Idag steker han fläsk och till det kokar han potatis. Om potatisarna svalnar innan CJ kommer in så kan jag gömma undan ett par åt oss i sängkammaren, funderar Georg. Bröderna brukade alltid lägga sig innan CJ. Då kunde de passa på att äta dem. När Georg tar upp ett par potatisar ur kastrullen för att stoppa dem i fickan först så är de så heta att han tappar dem på golvet. Som tur är går de inte sönder helt utan blir bara lite stötta. Georg böjer sig ner för att plocka upp dem. Precis när han stoppar ner den första i fickan hör han hur CJ harklar sig. Georg stelnar till. Sen finner han sig snabbt.

"Förlåt, förlåt, det ramlade ut några potatisar när jag skulle lägga dem på tallriken åt er. När de hade hamnat på golvet tänkte jag att ni inte ville ha dem så jag skulle ge dem åt hunden i stället".

"Såå, en byracka ska få er middag idag. Men det var väl behjärtansvärt av dig pojk." Nye far pratar lågt, långsamt och ler. Georg blir osäker och försöker le tillbaka. Då kommer första slaget. Georgs leende övergår snabbt till en förvånad min och sen till ett grin av smärta när handen träffar rakt över hans öra. Det ringer högt i örat och han känner hur pulsen ökar. Han ser hur Valter kryper ihop och försöker göra sig så liten och osynlig han kan. Då kommer slag nummer två. Denna gång med knuten näve. Den träffar näsan som genast släpper ut mängder av blod. Smärtan är så outhärdlig att Georg inte klarar av att hålla igen skriket. Han släpper ut det och hör hur hans skrik fyller hela köket och sipprar ut genom fönster och dörr. Ut i mörkret till djuren och över gärdena. Sen blir allt svart.

När Georg öppnar ögonen igen ligger han nerbäddad i sängen med tygtrasor i bägge näsborrar. Både näsan och örat ömmar. Han ser sig om efter Valter. När han ser att Valter ligger där bredvid honom känner han sig lugn. Det ser inte ut som att Valter blivit slagen i alla fall. Det var bra. De måste verkligen komma på en bra plan för att rymma snart, tänker han innan han somnar.

Morgonen efter går Georg och Valter ut i ladugården för att mjölka korna. Nye far sitter kvar inne och dricker sitt kaffe.

"Minns du hur vi åkte hit?" Frågar Valter.

Georg stannar upp och funderar ett slag.

"Kanske inte exakt hela vägen, men i det stora hela tror jag", säger han till slut leende.

"Det tog en bra stund när vi åkte droska, så det skulle säkert ta minst en hel dag att gå till fots. Risken finns att CJ upptäcker för snabbt att vi försvunnit och att han hinner i kapp oss." Georg ser på lillebror.

"Var ska vi ta vägen sen då?" Undrar Valter. "Tror du vi får bo hos Kullboms i prästgården?" Valter skiner upp av tanken.

"Njaa, inte på sikt, men vi får säkert stanna tills de finner oss ett nytt hem om de får höra om hur CJ behandlar oss", svarar Georg, men är inte helt säker själv.

När de hör nye fars fotsteg ute på gården närma sig ladugården tystnar de snabbt och sätter i gång att mjölka.

"Tänk vilka duktiga drängar jag fått mig", skrockar CJ belåtet när han ser dem arbeta. "Men nog hade jag trott att ni var klara med mjölkningen vid det här laget."

Pojkarna skyndar på så snabbt de förmår och som korna klarar av. CJ klatschar hårt till den ko som lille Valter mjölkar när han gick förbi. Hon råmar högt och trampar oroligt runt och råkar välta hinken som nu nästan är full av varm mjölk. Valter börjar gråta. Georg ställer sig upp för att försvara lillebror även om han vet att det är lönlöst. Han ser nye fars hånflin. Som om han njuter av vad som ska komma.

Kapitel 6

Dagen efter slipper Valter sina arbetsuppgifter. Georg tänker att det kanske långt där inne i CJ ändå finns något mänskligt. Han hade sett lite ångerfylld ut vid frukostkaffet. Nye far hade haft svårt att möta Georgs blick och när han hörde att Valter var på väg upp ur sängen hade han ropat att han var ledig och kunde ligga kvar en stund till. Men den medmänskliga känslan var kort. Innan han kliv ut genom ytterdörren så ropar han igen in mot Valter:

"I sängen kan du inte klanta dig och spilla ut dyrbar mjölk i alla fall. Pojkvasker".

Sen ger han Georg en blandning av ett flin och en hotfull blick. Georg ryser till. Så fort dörren stängts igen går han in till Valter. Nu måste de planera för sin flykt. Valter är så illa däran så han kommer behöva återhämta sig några dagar innan en flykt är aktuell. Ena ögat är svullet och blått. Han kan inte sitta ner på grund av de slag han fått ta emot över rumpan med ett spett nye far använt som tillhygge. Även Georg hade fått känna på spettet fast i magen då han försökt hindra slagen mot lillebror. Det gör ont i Georg att se sin älskade lillebror behöva ta emot slag och uppleva smärta och rädsla. Räcker det inte med att han blivit föräldralös?

Bröderna kom fram till att de skulle smita i väg nästkommande söndag då nye far lovat ta med dem till gudstjänsten. De hade dessförinnan aldrig varit utanför gården sedan de kom dit för tre månader sedan. Nye far hade hållit sig och pojkarna utanför alla sociala sammanhang.

"Ni måste komma in i mina regler och gårdens rutiner innan ni möter byborna", hade CJ sagt. "Det som sker i vårt hem pratar vi inte om. Förstått?"

Bröderna hade nickat. De vågade inget annat. Därför är det nu extra stort att de ska få gå till kyrkan på söndag och träffa andra i deras nya socken, Åsbo.

Inför söndagen försökte de smussla undan så mycket mat de kunde och vågade för att ta med som matsäck på vägen. De vilade så mycket de kunde utan att förarga nye far mer än nödvändigt. De hade också planerat hur och när de skulle smita under gudstjänsten utan att väcka onödig uppmärksamhet. Sen kan de såklart inte veta om det kommer fungera eftersom de inte vet alls hur Åsbo kyrka och dess omgivning ser ut.

Natten innan söndagen har pojkarna svårt att komma till ro. Båda är uppe tidigt i gryningen innan nye far vaknat. De har mjölkat korna, tänt i vedpannan och ordnat frukost innan CJ kliver upp. En kort sekund kan de ana en glimt av nöjdhet i hans ansikte, innan han finner sig och hittar något att klaga på. Men idag har de bestämt sig för att göra allt han ber om och inte göra några misstag så han blir förargad och låter dem stanna hemma från kyrkan.

”Gå och tvätta er så jag får dricka mitt kaffe i fred”, väser han mot dem. ”Ni luktar värre än svina. Ingen ska få tro att jag inte sköter om mina söner”.

Georg och Valter ser på varandra i samförstånd och går sedan ut för att hämta vatten från brunnen. De har redan tvättat sig, men för att vara till lags gör de som nye far sagt. När de kommer ut på gården säger Valter:

”Vi är inte hans söner.”

”Ssch”, väste Georg. ”Såklart vi inte är. Vi är Bergstrands söner och kommer alltid vara”.

Valter nickar. De går in i huset med vattenhinken, häller en del av det i tvättfatet och tar en bit av den tvål de själva har kokat ihop av gristarmar och soda veckan innan. Sen hjälper de varandra att tvätta sig noga bakom öronen och under armarna.

”Nu far slipper du skämmas över oss”, säger Georg och hoppas att de fortfarande ska få gå till kyrkan.

CJ grymtar bara till svar och medan han själv tvättar sig passar bröderna på att stoppa på sig den mat de kunnat gömma undan. Det är ett par brödbitar och några remsor torkat kött. Förhoppningsvis räcker det så de orkar ta sig hem till Röks socken igen. De vet inte riktigt hur långt det är från Åsbo kyrka och inte vågar de fråga nye far heller.

När de kommer fram till kyrkan tänker Georg att det kändes ungefär lika långt som att gå från deras gamla hem till Röks kyrka och det vet han är fyra kilometrar. De har gått öster ut. När de rest från sitt gamla hem till nya gården hade de nästintill åkt rakt norrut. Det innebär att vi kommer behöva gå sydväst för att komma tillbaka till Rök igen. Han känner en lätt dask i bakhuvudet och tittar upp.

"Se så", säger CJ. "Hälsa nu på vår präst."

Framför honom står en långsmal man med prästkrage och ett bistert ansiktsuttryck. Det går en kall kår längs ryggraden på Georg. Den här prästen utstrålar inte alls samma värme och omtänksamhet som herr Kullbom hemma i Rök.

Georg bockar djupt.

"Goddag jag kommer från Röks församling och det här är min lillebror Valter."

Valter bockar också. Georg hoppas att prästen ska säga något om Röks församling och hur långt bort det är, men han nickar bara kort och ointresserat mot bröderna. Sen ler han mot CJ i stället.

"Skönt att se att Gud sänt er lite arbetshjälp till gården. Jag vet ju hur du fått slita ensam tidigare."

De kliver in i kyrkan och sätter sig på en av bänkarna ganska långt bak på den högra sidan. Det är gott om folk som kommit för söndagspredikan eller kanske för byskvallret efteråt på kyrkbacken. Det är där ute efteråt de planerat försvinna bland allt folk och sen gömma sig för CJ. Hoppas nu bara att han stannar kvar och talar med byborna efteråt. Han verkar inte vara den pratiga typen direkt. Många av människorna som samlats i kyrkan idag hade öppet stirrat på Georg och Valter utan att hälsa på vare sig dem eller på CJ. Nye far är nog inte särskilt omtyckt i församlingen, tänker Georg när de satt i kyrkbänken och prästen börjat tala. Predikan känns både som en evighet och som en sekund. Bröderna både väntar ivrigt och bävar för att det skulle ta slut.

Om det under predikan varit så tyst i församlingen att man hade kunnat höra en knappnål falla till golvet, så är det nu efteråt precis dess motsats. Folk rester sig, hostar, pratar högt och går runt i kyrkbänkarna för att slänga några ord med varandra. Prästen tar sig förbi alla och öppnar den stora kyrkporten så solljuset strilar in. Människorna börjar röra sig mot öppningen. CJ har också han rest sig och barnen ser att hans blick flackar runt som om han letar efter någon. Efter en stund stannar hans blick och han ser nöjd ut. Georg försöker se vem han tittar på. Han ser en gråhårig äldre man som går tillsammans med en svartklädd dam. Hoppas, hoppas nu att nye far vill samspråkas med dem så han och Valter kan smita i väg. Georgs puls är hög. Han känner hur blodet rusar i kroppen.

Väl ute på kyrkbacken är det ännu mer folk än de hade trott i förväg. Vuxna och barn om vartannat. De vuxna står och pratar medan barnen springer runt och leker. Perfekt, tänker Georg och tar Valters hand. De backar sakta undan från CJ när han går fram emot paret de sett honom titta på inne i kyrkan. Han verkar ha fokus på dem och inte fundera så mycket på bröderna längre. Georg sneglar hela tiden mot honom samtidigt som de går allt längre bort. Nu är de precis vid en mindre skogsdunge som står i utkanten av kyrkbacken. Georg drar med sig Valter in bland träden och hukar sig. Valter säger inget men klämmer hårt sin storebrors hand. Georg förstår att han också är rädd. Han kan knappt tänka på vad som skulle hända om nye far upptäcker att de försöker fly. De måste lyckas.

Kapitel 7

Som tur är hade Georg lyssnat på far sin när han berättat om de olika väderstrecken. Idag är det en solig dag och de anlände på förmiddagen. Då står solen i öster, minns Georg. Nu är det närmare mitt på dagen och solen står relativt högt på himlen. Det är sensommar, men ännu inte riktig höst. Georg ser sig runt om och tar sikte på det han tror är väster. De kan inte gå mitt på vägen, men det finns en tät skog på vägens vänstra sida. Det är en bra start på deras flykt, tänker Georg. Han ger en blick till Valter och nickar med huvudet mot skogen. Bröderna springer ut ur den mindre dungen och mot skogen. Det är endast ett tiotals meter, men denna korta bit är verkligen avgörande. Här är de helt oskyddade och om någon på kyrkbacken ser dem nu kommer de kanske tala med CJ om att hans pojkar springer mot skogen.

Väl framme i skogen stannar de till. Andas fort. Kikar fram i skydd av ett träd mot kyrkbacken. De kan inte se att någon tittar åt deras håll. Alla verkar fortfarande inne i sina samtal med varandra. Även CJ står kvar och talar med paret de sett i kyrkan. Han har ryggen vänd mot dem. Georg ser på lillebror och ler.

"Än så länge ser det bra ut, men vi måste skynda oss."

Valter nickar. De fortsätter i rask takt genom skogen. Håller sig tillräckligt nära vägen för att se utan att bli sedda. Efter en stund skymtar de några droskor som åker från kyrkan. Än så länge ser det inte ut som att någon letar efter dem.

När vägen fortsätter åt väster, men skogen börjar glesna och övergår till en öppen äng, säger Georg att det är dags för dem att dra sig lite mer söderut. Han tittar upp mot solen som nu gått i moln.

"Det borde vara häråt."

De viker av mot söder och här är skogen än tätare. Den består mestadels av gran och det är svårt att ta sig fram mellan grenarna. Georg ser hur lillebror kämpar med sina korta ben.

"Visst har vi tur att det är så tät skog nu så CJ inte kan hitta oss?" Försöker Georg uppmuntrande.

"Ja det är tur det", säger Valter. "Men lite jobbigt också. Kan vi vila lite snart och äta en brödbit?"

"Ja snart", svarar Georg. "Bara en liten bit till. Du är väldigt duktig."

När de knatat på långsamt en bra stund genom den täta granskogen kommer de fram till en gård. De kan höra en hund skälla så de tar en omväg runt gården för att inte bli upptäckta. Men ganska snart ser de ett hus till och sen flera. Det verkar som de kommit fram till en större by. När Georg tittar upp efter solen ser han att det borde vara sen eftermiddag nu och utifrån solen har de möjligen gått för mycket söderut och för lite åt väster. Han vet inte vilken by detta är. Han är inte särskilt berest utan har endast varit med far sin till Vadstena några gånger och en gång till Mjölby. Men detta ser inte ut som någon av de städerna. Denna är mindre, tror han, och lite mer omsluten av träd. Sen ser de en skylt med ortsnamnet Boxholm.

"Tror du att CJ skulle kunna leta efter oss här?" Undrar Valter.

"Nej", säger Georg. "Jag tror inte det. Jag tror vi är trygga nu."

Georg ser på lillebror.

"Vi kanske ska försöka hitta någon bra plats att sova på i natt. Så kan vi fråga om vägen till Röks kyrka imorgon."

De går på vägen in mot samhället. Efter en stund ser de en stor vit träkåk med en vacker gulmålad veranda tornar upp sig på deras högra sida. Brukshotell står det på en skylt.

"Vad är det?" Undrar Valter. "Kan vi sova där tror du?"

"Ett hotell är ett ställe där man kan hyra ett rum med sängar över natten. Men vi har inga pengar så jag tror inte vi får sova där då", svarar Georg.

"Kan vi inte ge dem köttet vi har kvar då?" Frågar Valter.

"Du är inte dum du lillebror." Georg skiner upp. "Köttet borde vara värt något. Kanske det kan räcka till ett rum en natt i alla fall. Då skulle vi kunna få sova ut i trygghet så vi är pigga och redo att vandra mot Rök imorgon igen. De på hotellet kanske till och med skulle kunna tala om vägen för oss."

Glada i hågen går bröderna Bergstrand uppför trappan och in genom entrén till hotellet. Bakom en stor mörk bänk står en man i vit skjorta och tittar lite undrande på de taniga smutsiga pojkarna som klivit in i hans foajé.

"Kan jag hjälpa er med något?" Undrar mannen.

Valter håller fram köttet och Georg ber om ett rum för natten. Mannen skrattar.

"Det här var allt första gången jag fått betalt med en köttbit. Vad gör två så unga herrar ensamma i Boxholm? Har ni någon släkting här månntro?"

"Vi är på genomresa, men kom lite fel", förklarar Georg. "Vi ska till Rök egentligen. Vet ni vart vägen till Rök går?"

"Jodå, visst vet jag det. Vad har ni för ärende dit om man får fråga?"

Georg visste inte hur mycket han vågade berätta för denne man.

"Vi ska till prästgården där för att träffa herr Kullbom. Han ska hjälpa oss att hitta ett nytt hem. Våra föräldrar är borta och vår nye far är elak", rabblar Valter ur sig innan Georg hinner stoppa honom.

"Jaså, jaså, det låter för sorgligt. Jag beklagar", säger mannen. "Och var bor denne nye far då? Jag menar har ni gått långt?"

Georg klämmer till Valters hand när han öppnar munnen. Snabbt säger han istället:

"Vi har gått från Mjölby."

"Jaha, då är ni nog allt trötta i benen. Kom ska jag visa er till ert rum för natten."

När mannen i vit skjorta, som presenterat sig som hotellägare Gustaf Larsson, stängt dörren om dem, tar de varandras händer och hoppar jämfota runt i rummet. Lättnaden de känner behöver få utlopp. De har lyckats fly från nye far och livet i hans torp. Än är de inte framme i Rök, men den värsta biten är över. Det är de säkra på. Nu ska de få en god natts sömn och sen vandra hem till Rök imorgon. Herr Larsson har lovat visa vägen åt dem. Innan de somnar äter de upp de brödbitar de har kvar. Med bröd i magarna somnar de skönt i hotellsängen de fått för natten.

Kapitel 8

Bröderna vaknar utvilade och redo att ta sig till Rök och till prästbostaden. När de kommer ner till foajén står herr Larsson där med två smörgåspaket iordninggjorda till pojkarna.

"Ni ska få en liten present från oss här i Boxholm", säger han och ger dem matpaketen.

Georg och Valter bockar och tackar.

"Nu ska ni gå i stort sett rakt västerut. Håll er längs med vägen som svänger höger här längre ner på gatan. Lycka till!"

Så snart de är ute på gatan ser de sig om för säkerhets skull. Precis där de ska ta höger, utifrån Herr Larssons direktiv, står en häst med vagn. I vagnen sitter en herre som kan vara CJ. Han har likadan rock som CJ hade på sig till kyrkan igår. Pojkarna stannar tvärt och springer till baksidan av brukshotellet.

"Var det CJ?" Frågar Valter.

"Kanske, jag vet inte", säger Georg. "Vi väntar en liten stund för att vara säkra."

Efter några minuter säger Georg till sin lillebror att vänta medan han smyger runt och kikar ifall mannen med vagnen är kvar.

"Han är borta nu", säger Georg när han är tillbaka igen. "Kom nu så går vi. Bara vi kommer ut ur staden så kan vi försöka gå en bit från vägen. Förhoppningsvis kan vi hitta lite träd och buskar att hålla oss bakom."

Det är svårt för bröderna att hitta skog att vandra i om de samtidigt ska kunna hålla koll på vägen. Landskapet är till stor del uppodlade fält. Efter att ha försökt gå bland träd och buskage ett tag tittar Georg på sin lillebror och ser hur han kämpar.

"Kom", säger han. "Nu kan vi nog gå en bit på vägen. Vi behöver spara lite på krafterna om vi ska orka fram innan det blir mörkt."

"När ska vi äta vår matsäck?" Frågar Valter.

"Vi kan sätta oss en kort stund där borta vid den där trädstammen. Så tar vi halva matsäcken och spar den andra till senare. Blir det bra?" Georg tittar på Valter som nickar tillbaka.

"Det blir mycket bra."

När pojkarna sitter på stammen av en gammal ek och äter bröd med salt sill så hör de en häst och vagn närma sig från Boxholms hållet. Innan de ens hunnit reagera så är ekipaget framme vid dem. De stannar till.

”Hej på er pojkar”, ropar en äldre man, som kör vagnen. ”Vad gör ni här? Var är ni på väg?”

Valter ser på Georg med stora ögon.

”Vi är på väg till Rök för att hälsa på släktingar. Mor är sjuk och vi ska bo hos Mormor och Morfar en tid”, svarar Georg.

”Jaså, på så vis”, svarar mannen och ser på pojkarna en stund. ”Hoppa upp där bak så ska ni få lift en bit. Jag är på väg till Väderstad. Då har ni kommit en bra bit närmre Rök”.

Bröderna tvekar en stund, men inser att det ändå är ett bra erbjudande. Mannen ser snäll ut. Han har hatt och svart långrock. Ser inte ut som någon bonde direkt, tänker Georg. De hoppar upp där bak och efter en stund njuter de av att låta benen vila samtidigt som landskapet runt om dem flyger förbi. De ser torp och gårdar, kor och böljande fält. På himlen vilar ett milt soldis som gör landskapet mjukt. Alla sitter tysta i egna tankar.

”Ni har tur, pojkar”, säger mannen som kör vagnen de fått skjuts med. ”Vi har nyligen planerat och räknat på en järnvägslinje mellan Väderstad och Rök”.

Valter och Georg tittar oförstående på mannen.

"Jo, det finns alltså en genväg som är markerad härifrån och till Rök där en möjlig järnväg kommer byggas inom snar framtid. Järnvägar är vår framtid pojkar. Kom ihåg det. Jag ska visa er var den börjar så följer ni den bara och vips är ni framme i Rök. Nio kilometrar skall det vara", säger mannen när han släppt av bröderna Bergstrand vid genvägens början.

Georg och Valter tackar.

"Georg?" Säger Valter efter en stunds vandrande. "Varför kunde det inte varit en sådan snäll man som adopterat oss i ställer för CJ? Då hade vi inte behövt rymma".

"Ja du Valter, Herrens vägar äro outgrundliga".

"Vad menar du?" Frågar Valter.

"Jag menar att vi inte alltid förstår allting direkt när de sker, men vi behöver ha tillit till att det ändå är för vårt bästa."

"Då förstår jag ingenting", säger Valter. "Skulle det vara vårt bästa att mor dog och far försvann och i stället skulle vi hamna hos CJ?"

"Nej, du har rätt". Georg ser sorgsen ut. "Det är väldans svårt att förstå."

De går sen en lång stund under tystnad, fast i sina egna tankar kring livet och Herrens avsikter.

Georg ser på den allt mörkare himlen.

"Vi behöver nog hitta en plats att sova på", säger han. "Jag tror inte vi hinner fram innan det blir helt mörkt."

"Ska vi sova i skogen menar du?" Undrar Valter och ser på storebror.

"Ja, vi blir nog så illa tvungna. Det finns risk att vi snubblar eller går vilse annars."

Valter ser sig runt om. Det är mest tallar och granar. Skymningsljuset gör att han tycker sig se skuggor och rörelse lite överallt. Han tar Georgs hand.

"Kanske under den där granen", säger Valter. "Det ser nästan ut som en koja."

Pojkarna går fram till granen och lyfter på några stora grenar. Det ser verkligen ut som en koja.

"Kom", säger Georg. "Vi plockar några grangrenar och lägger på marken så det blir lite mjukare.

De samlar ihop några grenar och gör en madrass av. Sen kryper de ihop under granen. Precis när de lagt sig till rätta släpper himlen stora tunga regndroppar. Det blir kyligt i luften, men de är skyddade från regnet av grenarna.

Kapitel 9

Georg väcks av solstrålarna som letat sig in genom grenverket. Han sätter sig upp försiktigt för att inte väcka Valter. Ljudet av en gren som knäcks hörs en bit bort. Han anstränger sig för att lyssna efter fler ljud. Nu hör han fotsteg. Är det en människa? Det är svårt att avgöra. Det kan vara ett djur. Nu är det alldeles nära. Bakom deras gran. Han hör tydligt någons andetag. Sakta vänder han huvudet och kisar för att se genom grenarna. Något rör sig, men han kan inte avgöra vad det är. Det är något stort. Antingen en människa eller en älg, tänker han.

"Hallå", säger han. "Vem där?"

Valter vaknar och blinkar med ögonen i det starka solskenet.

"Sa du något?" Frågar han.

Då knäcks ännu en kvist. Valter sätter sig spikrakt upp och ser på Georg.

"Vänta här", viskar Georg och börjar krypa mot öppningen.

Samtidigt som han lyfter upp grenarna för att gå ut hörs ljudet av någon som snabbt springer därifrån.

"Hallå?" Ropar Georg.

Valter kommer ut och ställer sig bredvid sin bror.

"Hann du se vad det var?"

"Jag tror det var en älg, men såg bara något stort och mörkt som försvann mellan träden."

Bröderna borstar av sig granbarr som smugit in i kläderna under natten och börjar gå mot Rök. Efter några minuter hör de fotsteg igen. Den här gången är det någon som springer jämsides med dem, men ett stycke in bland träden.

"Stanna här", säger Georg och rusar sen rakt in i skogen i riktning mot ljudet. Valter står kvar med bultande hjärta. Efter vad som känns som en evighet kommer Georg tillbaka igen. Genomsvettig och flåsande.

"Såg du någon?" Frågar Valter.

"Jag såg ryggen på en människa som sprang. Men jag hann inte ikapp", svarar Georg.

"Hur såg han ut? Var han vuxen?"

Georg skakar sakta på huvudet.

"Det såg ut som en tjej. Nästan som Inez."

"Tror du det var vår syster, Inez"? Frågar Valter.

Georg rycker på axlarna.

"Jag vet inte. Det skulle kunna ha varit det utseendemässigt. Men då borde hon väl ha stannat när jag ropade?"

"Tänk om hon också har rymt från sin nye far", säger Valter.

De står kvar en stund. Spejar in bland träden. Lyssnar efter ljud.

"Inez!!" Skriker Georg så högt han orkar.

Men det förblir tyst. Bara vinden hörs och några duvor.

Bröderna Bergstrand fortsätter sin vandring och sjunker snart in i egna tankar om Inez och de andra syskonen. Georg grubblar över deras far och hans svek. Försöker tänka att far var fylld av sorg efter mors död. Kanske han hade fått sån där depression och blivit sjuk av sorgen? Sen när han blir frisk igen kanske han kommer tillbaka för att hämta dem. Tänk om de kan få bo ihop igen. Vara som en familj, men utan mor förstås.

"Tror du CJ kommer hitta oss?" Frågar Valter och väcker Georg ur hans tankar.

"Förr eller senare gör han nog det", svarar Georg. "Det viktigaste är att vi kommer till Kullboms först och hinner berätta för dem hur CJ slagit oss och låtit oss vara hungriga fast det funnits mat."

”Ja”, säger Valter. ”Då kan de omöjligt låta honom ta tillbaka oss.”

De skyndar på stegen. Efter ett några timmar är de så äntligen framme i Rök igen. Det första de ser är kyrktornet.

”Titta!” Utropar Georg, som ser det först.

Kapitel 10

De båda bröderna omfamnar varandra av glädje. Sista biten fram till prästgården, är den del av hela deras långa vandring, som går snabbast och med lättast steg. De är så glada och uppsluppna att de inte noterar hästen och vagnen som står utanför. De springer rakt fram till dörren och knackar på. När dörren öppnas möter de en sorgsen blick från Herr Kullbom och en farligt aggressiv blick från CJ. De ser hur han med all sin kraft håller tillbaka sina verkliga känslor och i stället ler mot dem.

"Där är ni. Som jag varit orolig för er mina pojkar."

Han spelar bra i alla fall, tänker Georg. Men skakar av rädsla för vad som kommer hända nu. Han måste tala med herr Kullbom ensam. Valter tittar ner i backen. Kan inte möte CJ:s blick. Allt har varit förgäves och nu kommer det med all säkerhet bli än värre där hemma.

Herr Kullbom ser brödernas reaktion och förstår att något inte står rätt till.

"Ni kan väl komma in en stund pojkar, så ska ni få lite mat innan ni far hem igen. Frida är i köket och det doftar så gott därifrån. Jag tror det är kåldolmar på menyn idag.”

Herr Kullbom tittar mot CJ, som inte direkt kan tacka nej till ett sådant erbjudande.

”Pojkar, ni kan tvätta av er och sen gå till Frida och höra om hon behöver någon hjälp.”

De ilar snabbt i väg samtidigt som de känner CJ:s irritation över att han inte får vara själv med dem direkt.

Valter kryper ihop i Fridas knä. Han lyckas inte få fram ett ord på grund av tröttheten, hungern, ilskan och rädslan. Alla dessa känslor flyter omkring i hans lilla kropp och kommer ut som tårar. Frida håller om honom och ser på Georg lite frågande och medlidsamt. Visst anar hon hur det ligger till. Fast kanske inte hur illa det är.

”Han slår oss”, viskar Georg. ”Ibland utan orsak. Jag tror han hatar oss. Jag förstår inte vad vi gjort för fel. Om kvällarna får vi lägga oss utan middag fast att det finns gott om mat.”

Frida kan inte göra mycket annat än att lyssna på dem. CJ är deras lagliga far nu och har rätten att fostra dem som han anser vara bäst. Varken herr Kullbom eller hans hustru kan göra något åt det hur gärna de än skulle vilja. När CJ och

Bergstrandsbarnen åkt sitter paret Kullbom länge och ser efter dem genom fönstret.

"Ja somliga får många prövningar redan i unga år. Måtte de vara starka och ta sig igenom det."

Kullbom håller sin hustrus hand. Han vet hur mycket hon håller av de stackars barnen och även han ömmar lite extra för dem.

"Herren ger oss inte tyngre prövningar än vi förmår bära", säger han i ett försök att mildra deras oro.

Färden hemåt känns alldeles för kort. Georg tänker på förra gången de rest samma väg med CJ. Redan då hade han anat oråd, men nu vet han med säkerhet. CJ är ond. Han kommer inte lyssna på några ursäkter eller blidas av smicker. Nu har han äntligen fått en rejäl orsak att slå dem sönder och samman. CJ biter ihop käkarna, stirrar rakt fram och piskar på hästen så hårt han förmår.

När de stannar på gårdsplanen säger CJ:

"Ni går in i svinhuset och städar där."

Georg och Valter lyder snabbt. Även om de vet att det inte kommer hjälpa så vill de göra allt för att lindra CJ:s ilska mot dem. De städar hos grisarna noggrant och så kvickt de kan. Strax innan de är färdiga öppnas dörren och nye far kliver in.

"Ta av er kläderna och lägg dem utanför dörren."

Bröderna ser förvånat och skräckslaget mot honom. Hans blick är iskall och helt utan medkänsla. De lyder.

"Vems skam är det nu? Va!?" Skriker CJ.

Han håller hästpiskan i handen så knogarna vitnar. Han slår så de skriker. Han slår så de gråter och bönar om nåd. Han slår tills de tystnar.

Kapitel 11 (1907, 2 år senare)

Bara några hundra meter från Åsbo kyrka ligger folkskolan. Där ska Valter börja. Han är inte längre den glada lillgamla killen som kom till nye far ett par år tidigare tillsammans med Georg. Nu är han tystlåten och skygg, ser inte vuxna i ögonen. Litar inte på någon annan än sin älskade storebror.

Georg följer lillebror till skolan den första morgonen. Två dagar i veckan har CJ gett lov till Valter att gå dit. Mer ska det väl ändå inte behövas för att lära sig läsa och skriva, tycker han.

"Jag behöver dig här på gården förstår du väl?" Grymtar nye far. "Du kommer ändå inte bli nåt annat än torpare och det är inget fel med det."

Valter är tacksam över att få komma ifrån de dagar han får lov till och klagar inte på att han inte får gå alla dagar. Han vet bättre.

Georg smusslar med bröd åt lillebror den första skoldagen. Nu står de utanför folkskolan och ser på de andra barnen. En del har mor med sig, några har syskon med och andra har kommit hit själva. Alla står de lite spända och väntar på att skoldörrarna ska öppnas av Fröken Wagner. Hon har ett rykte om sig att vara snäll även om man såklart kan hamna i skamvrån om man är olydig. Någon enstaka berättelse finns om att någon fått ett rapp med pekpinnen över fingrarna, men då hade de verkligen varit dumma och gjort sig förtjänta av det.

Nu åker dörrarna gnisslande upp och ut på trappan kommer en kvinna i 25års åldern, klädd i vit blus knäppt upp till halsen och en lång svart kjol ner till fotknölarna. Runt halsen finns en svart fluga med långa band. Håret är uppsatt i stram knut. Fröken Wagner ler och nickar mot alla på gårdsplanen.

 "Välkomna till 1907års skolstart. Alla barn kan komma in i skolan. Vi går lugnt och sakta", förmanar hon med ett leende mot alla ivriga barn som nu vill rusa in.

Hon står kvar i dörröppningen och tar alla barnen i hand och önskar välkommen samt visar in dem till rätt klassrum. Pojkarna bugar och flickorna niger. Valter släpper motvilligt taget om storebrors hand och går sakta mot trappan. Georg står kvar tills han ser lillebror bocka och ta fröken i hand. Sen går han med raska steg hemåt igen.

Han är 14 år nu och utför alla sysslor på gården som CJ gör. Inombords finns en dröm om att en dag lämna gården och istället få arbeta som murare och kakelugnsmakare som far sin. De nätter han har svårt att sova ligger han och fantiserar om hur han skissar olika kakelugnar, tar fram verktygen och leran och skapar dem. Han vill inte glömma bort hantverket hans far lärt honom. Kanske han kan börja som springpojk eller lärling hos någon kakelugnsmakare i Mjölby eller Vadstena när han blir gammal nog. En sak lovar han sig själv, att aldrig bli torpare som nye far. Så fort han blir myndig ska han fly därifrån och aldrig ha något med CJ eller någon gård att göra. Han ska bo i stan och arbeta som hantverkare. Skapa vackra och funktionella ting. En dag kanske han har en egen verkstad, så som far hade haft. Tänk om han också får en fru och många barn. Han kommer aldrig slå dem. De ska uppfostras med kärlek som hans egen far och mor gjorde. Han tänker på hur många kvällar han tröstat Valter efter att nye far slagit besinningslöst. Det som skrämmer Georg allra mest är tanken på att flytta från gården och behöva lämna lillebror kvar. Hur skulle han stå ut med det? Skulle han ens det?

När Georg kommer tillbaka till gården hör han hur CJ ropar på honom från ladugården. Han gör sig redo för en utskällning med efterföljande örfilar för att han varit borta för länge. Men det blir något helt annat.

”Jag kan inte ha dig kvar på gården längre. Du äter för mycket och det kostar mig att ha Valter i skolan. Du behöver arbeta och tjäna pengar själv. Du är stor nog nu. Plocka ihop dina saker och ge dig i väg innan Valter kommer hem från skolan.”

Georg blir så chockad av CJ:s ord. Det här hade han inte kunnat tänka sig. Visst drömmer han ständigt om att bli fri och självständig, men inte utan Valter. Nu tvingas han ge sig av utan vare sig arbete eller bostad eller ens få möjlighet att säga farväl till lillebror. Hur skulle han kunna lämna honom kvar där?

”Valter?” Är det enda han får fram.

”Valter?” CJ skrattar. ”Honom ska jag ta hand om. Se så. Ge dig i väg nu.”

Jag måste tala om vad som hänt för Valter, tänker Georg när han står på vägen med sina få tillhörigheter och lite bröd i fickan. Han börjar gå mot skolan där han tidigare lämnade sin lillebror samma morgon.

Det känns som att marken försvinner under fötterna och hjärtat går sönder när han håller om sin gråtande lillebror efter att ha berättat nyheten för honom.

"Jag lovar dig Valter att jag kommer tillbaka och hämtar dig så snart jag fått ett arbete och en bostad. Det ska nog inte dröja allt för länge."

Georg vet själv inte om det är sant, men de måste tro det nu. Valter är hans enda familj. Han vet inte var far eller de andra syskonen är. Kanske han snart kan få svar på detta hos Röks kommunalnämnd. Herr Kullbom sa att de skulle få veta det tids nog. Nu har det gått drygt två år. Det borde vara tids nog nu. Med sorg i hjärtat går han motvilligt från skolan och Valter. Hur mycket sorg kan ett hjärta orka bära, tänker han. Nu måste jag vara stark. Det är nu jag prövas. Han går i riktning mot Mjölby och efter en stund får han lift med en droska som också ska till Mjölby.

Kapitel 12

I droskan reser paret Lindell. Per Lindell med hustrun Siv tycker att den unga pojken, som går framåtböjd längs vägen, har något sorgsamt över sig och ger honom lift.

"Så, pojk, var är du på väg?" Frågar Herr Lindell.

"Till Mjölby och skaffa mig ett riktigt arbete", svarar Georg.

"Jaså, och vad har du för färdigheter?" Undrar Lindell.

"Jag är starkare än jag ser ut", svarar Georg snabbt. "Sen jag var liten har jag arbetat i fars verkstad och lärt mig mura och bygga kakelugnar. Jag är inte rädd för att ta i trots min klena kroppsbyggnad."

Han säger inget om att han arbetat på gården. Den tiden ligger bakom honom. Nu har Georg möjlighet att skapa sig ett nytt liv i staden och börja om från början. Den chansen tänker han ta.

"Det var inga dåliga färdigheter det", säger Lindell. "Då kanske jag kommer med ett futtigt erbjudande till en så händig man."

"Erbjudande?" Undrar Georg.

"Ni förstår, jag arbetar som förman på Högberg snickerifabrik i Mjölby och vi behöver en springpojke omgående."

Herr Lindell hinner knappt säga klart meningen förrän Georg tackar ja.

"Nå, men så bra, då var vi överens då. Ni kan börja imorgon bitti. Var kan vi släppa av dig någonstans? Var bor du?" När Georg inte svarar inser Lindell situationen och säger istället:

"Det finns en soffa på mitt kontor inne i fabriken. Du kan få sova där tills du finner en bättre lösning. Vi drar av det på lönen."

Georg nickar tacksamt och lite generat. Han förstår knappt vad som skett. Bostad och arbete innan han ens kommit fram till Mjölby. Nu har lyckan vänt. Äntligen. Även om han med stor tacksamhet och ödmjukhet tar emot hjälpen han får så finns även en känsla av det här är Gud skyldig honom. Han hoppas också att lillebror får samma vändning i livet. Om inte, ska han själv snart vara den räddaren som drar Valter bort från helvetet hos CJ. Gud eller han själv. Någon ska rädda Valter.

Kontoret är inte stort, men det finns en soffa, ett skrivbord, en stol och en bokhylla med böcker. Så snart Georg blivit ensam på kontoret och alla arbetarna släckt och gått hem, går han fram till bokhyllan och låter pekfingret följa bokpärmarna. Hos CJ hade det inte funnits några andra böcker än bibeln. Georg läser högt boktitlarna:

"Georg Haupt – Mästarens möbler, Brott och straff, Tre män i en båt..."

Han känner hur han saknar att gå i skolan och få försvinna bort i den fantasivärld som böcker ger. Han drar ut *Tre män i en båt* ur bokhyllan och tar med den till soffan. Jerome. K. Jerome. 1889. Han slår upp första sidan och följer texten med fingret: *Vi var fyra inalles; Georg, William Samuel Harris, jag och Montmorency. Vi satt i mitt rum och rökte och talade om hur dåliga vi var-dåliga ur medicinsk synpunkt såklart.*

Georgs fantasi skenar genast i väg. Vilka var dessa fyra gossar? Var de kanske i hans ålder? Var de vänner? Varför var det bara tre som drog ut i båten om de var fyra vänner. Här någonstans somnar Georg. Han drömmer att han befinner sig ute på havet. Det känns obehagligt och otryggt att vara i en båt utelämnad till vågornas lynniga svängningar. Många gånger hade far hans berättat om hur båtar hade förlist och människorna ombord drunknat i Vättern inte långt från deras hem. I drömmen är även hans mor och far på båten och alla sex syskonen.

Först är det alldeles lugnt, men sen börjar det blåsa mer och mer. De faller i vattnet en efter en och bara Georg är kvar till slut. Han känner sig maktlös. Kan bara stå och se på när familjen försvinner. Han vrålar så högt han förmår. Skriker åt havet, åt Gud, åt situationen. Georg vaknar av sitt eget skrik helt genomsvettig. Han sätter sig upp i soffan. Håller fortfarande boken i famnen. Tårarna rinner. Han tänker på sina syskon, på mor och far. Mest tänker han på Valter. Hur hade han det nu? Tanken på Valter gör så tårarna rinner än mer. Han hulkar och det gör ont i hela kroppen. Han står inte ut. Georg går ut från fabriken. Det är fortfarande mörkt och lite kyligt. Här och var lyser några gaslampor runt om i staden. Han går längst ån och tänker på allt som hänt de senaste åren. Inte hade han kunnat föreställa sig detta för ett par år sedan. Vad lite man vet om framtiden. Om jag någon gång får en egen familj ska jag aldrig överge dem, tänker han, på väg tillbaka till fabriken igen, sitt tillfälliga hem och arbetsplats.

När Georg kommer tillbaka till fabriken har det redan börjat ljusna ute och han känner hur magen kurrar. Herr Lindell har gett lov att koka te eller kaffe som finns på kontoret. Det kommer lugna magen en liten stund i alla fall, tänker Georg och sätter i gång gasplattan så som Lindell visat honom. När han sitter och sörplar på en kopp svart starkt te hör han någon låsa upp fabriksdörren.

"Nämen god morgon Bergstrand", ropar en morgonpigg Lindell.

"God morgon Lindell". Georg ställer sig upp och bockar.

"Se så, sätt er och drick ert te i lugn och ro. Jag är alltid på plats tidigt", säger Lindell. "Hårt arbete lönar sig, kom ihåg det pojk, så kommer du gå långt."

Georg nickar. Så hade far också sagt. Inte alls så som nye far sagt, att han aldrig skulle bli något annat än torpare så det var ingen idé han läste och gjorde sig märkvärdig. Nu är det inget fel i sig på att vara torpare. Det är såklart ett viktigt arbete som ger oss mat på bordet, men Georg känner inte att det är vad han ska ägna sitt liv åt. Han har ett arv efter sin riktiga far. Hantverket. Georg vill använda sig av sina händer och skapa något han kan känna stolthet över.

Medan Georg dricker upp sitt te sitter herr Lindell vid skrivbordet och knappar på skrivmaskinen. Nu drar han ut brevet, viker ihop det och sätter en stämpel.

"Georg, kan du kila i väg med detta brev till murare Andersson? Du hittar honom i den vita verkstaden längst ned vid ån."

Georg tar brevet och går raskt ut från fabriken. Han känner sig lite stolt. Nu har han ett uppdrag och är en riktig arbetare, även om det än så länge bara är som springpojke. Hårt arbete lönar sig, rabblar han för sig själv när han går mot samma å som han var vid några timmar tidigare. Han mindes ingen vit verkstad, men det hade å andra sidan varit mörkt då.

Georg följer ån tills han kommer till ett vitt hus med svarta fönsterbleck. Svarta smidesbokstäver sitter på husfasaden och formar namnet Anderssons kakelugnsmakeri. Kakelugnsmakeri, Georgs hjärta bultar. Han känner hur drömmen om framtiden kommer närmare. Innan han knackar på stannar han några sekunder för att hämta andan.

"Stig på", hörs det inifrån verkstan och Georg kliver in.

Han möts av en kortväxt man med stor mustasch och vänliga gröna ögon som granskar honom nyfiket.

"God dag, jag kommer för att lämna ett brev till Herr Andersson från Herr Lindell på Högberg Snickerifabrik."

"Då har du kommit rätt, jag är Andersson, Erik Andersson." Han tar emot brevet och ger Georg en slant för besväret.

Georg bockar och går mot dörren.

”Vad heter ni?” Frågar Andersson.

”Georg, Georg Bergstrand. Min far var också kakelugnsmakare. Från Rök”, hasplar han ur sig och tittar på Herr Andersson.

”Jaså minsann, då kanske du också provat på hantverket då?”

”Jo, jag hjälpte far mycket, men det är några år sedan”, svarar Georg uppriktigt. Andersson nickar eftertänksamt och säger:

”Georg, du är välkommen hit till verkstan när du vill. Tyvärr har jag ingen möjlighet att betala särskilt mycket. Eller rättare sagt inget alls som det är just nu. Men om du är duglig kan jag skriva goda vitsord åt dig om du behöver framöver. Och du får möjligheten att öva upp färdigheterna igen.”

Georg tar mod till sig och säger:

”Om ni finner mig hjälpsam och duglig kanske ni har möjlighet att betala genom en sängplats? Jag bor på en soffa i ett kontor för tillfället så allt skulle vara en förbättring.”

Herr Andersson skiner upp. ”Då säger vi så pojk. Hit med näven.”

De skakar hand och kommer överens om att Georg ska vara i verkstaden de timmar han inte behövs på

snickeriet. I gengäld får han en sängplats hos Herr
Andersson som bor med sin hustru och deras tre barn
intill verkstaden.

Kapitel 13 (1910, tre år senare)

Georg vaknar som vanligt långt innan resten av familjen gått upp. Han kallar dem familjen nu och känner sig nästan som en av dem. I tre år har han bott hos familjen Andersson och trivs bra. Herr Andersson är en bra chef och läromästare. Hustrun Karin är from och huslig. Hon håller barnen mätta, rena och lydiga. Den äldste har börjat i skolan och de andra är hemma med Karin om dagarna. Georg är inte längre springpojk utan arbetar heltid i kakelugnsmakeriet. Oftast är han kvar i verkstaden och gör grundarbetet medan Herr Andersson åker ut på uppdrag när kakelugnarna ska muras på plats. Företaget går bättre nu och Georg kan utöver bostaden få ut en mindre summa lön varje vecka. Han har öppnat ett bankkonto hos Östergötlands enskilda bank. Där sätter han in allt han kan undvara. När han får ihop tillräckligt ska han starta egen verkstad och ordna ett hem. Då vill han åka och hämta lillebror Valter. En enda gång har han försökt besökt lillebror under de senaste tre åren. Georg hade fått åka med i droskan när Herr Lindell hade ärende i Boxholm. Sen hade han gått sista biten. CJ hade kommit honom till mötes vid grinden och sagt att han inte var välkommen längre. Valter var inte hemma heller för den delen hade han sagt med ett otäckt flin. Om det var sant eller ej vet inte Georg, men han kunde inte tvinga sig in heller. Så han hade lämnat torpet och CJ utan att fått talas vid med Valter. Georg sitter nu i familjen Anderssons kök och tänker på lillebror. Nio år är han. Det är nästan svårt att tänka sig för Georg. Kanske han kan göra ett nytt försök att träffa honom snart. Det är möjligtvis bättre att ta sig till hans skola i stället så han slipper konfrontera CJ. Frågan är bara vilka dagar som Valter går i skolan nu för tiden, om han ens går alls längre.

"Nämen god morgon Georg". Herr Anderssons röst bryter Georgs tankar.

"God morgon", svarar han tillbaka. "Det finns varmt kaffe i pannan".

Herr Andersson tar sig en kopp och slår sig ner mittemot Georg. Sen kommer Karin och barnen ut i köket och lugnet är borta. De två minsta bråkar om vem som ska sitta närmast storebror Albin. Albin ska göras i ordning inför skolgången.

"Jaha du Georg", säger Herr Andersson. "Det låter som det är dags för oss två att gå ut till verkstan". Han pussar sin hustru på kinden och klappar barnen på huvudet.

"Var snälla mot mor nu ungar", skrattar han innan han och Georg går ut genom ytterdörren.

"Jag ska åka till klostergården och börja mura upp Herr Hagelins kakelugn i salongen".

Hagelin är en välbeställd kund. Bankdirektör på Östergötlands enskilda bank. Georg förstår att det är ett viktigt jobb för dem och erbjuder sig följa med.

"Nej", svarar Herr Andersson. "Du behöver vara här i verkstan ifall nya kunder kommer och så behövs det flera av de vita kakelplattorna. Du kan förbereda en sats på tio."

"Javisst, det fixar jag."

Georg är nöjd med att få stanna i verkstan i stället. Han trivs bra där. Jag undrar om far hade varit stolt över mig om han vetat vad jag gör.

Just när Georg ska skära till en kakelplatta knackar det på dörren.

"Välkommen in", ropar han.

In genom dörren kommer en välklädd kvinna i sextioårsåldern. Georg får en känsla av att han sett henne förr, men kan inte komma på var. Inte känner han så fint folk. Kvinnan säger inget utan kliver runt i verkstan och tittar på allt. Ibland nickar hon gillande och ibland fnyser hon ogillande. En kvinna med pengar som vet vad hon tycker om, tänker Georg.

"Är ni Herr Andersson eller Bergstrand?" Undrar kvinnan efter en lång stund.

"Kakelugnsmakare Bergstrand till er tjänst", säger Georg och bockar sig djupt.

"Ellen Key, angenämt", svarar kvinnan och sträcker fram handen.

Självaste Ellen Key! Georg blir så nervös att han inte kommer sig för att ta den framsträckta handen utan han böjer sig fram och kysser den i stället. Fröken Key skrattar till.

"Vilken gentleman. Vi ska nog kunna komma överens."

Naturligtvis har Georg hört talats om Ellen Key. Kvinnan som är författare och står upp för kvinnors och barns rättigheter. I bokhyllan hos Högberg snickeri hade han också hittat ett exemplar av tidskriften Verdandi, där fröken Key skrivit om *Skönhet för alla*. Ett estetiskt manifest som föll Georg i smaken. Fröken Key verkar, precis som han själv, ogilla den nya tidens massproduktion av själlösa prylar utan någon särskild funktion. Georg tar mod till sig och frågar:

"Behöver fröken Key en kakelugn eller vad för er hit till vår verkstad?"

"Det är till att vara rättfram unge man. Det gillar jag. Jodå, jag låter just i stunden bygga mitt drömhem. En villa vid Vätterns strand, vid foten av Omberg. Jag har träffat några olika kakelugnsmakare, men ingen verkar riktigt förstå vad jag vill ha. Ni förstår, min villa ska ha en ton av Italien, men också svensk kvalitet och jugend från mitt barndomshem Sundsholm."

Ellen lutar sig tillbaka och ser med skarp blick på Georg för att se om han har förstått. Georg nickar.

"Jo, jag kan skissa några förslag om ni har möjlighet att komma tillbaka om en vecka."

"Vi gör så här lille vän", svarar Key. "Ni kommer med skisserna till mig så ska ni få se platsen också. Bygget är full gång och jag vill att ni ska se för att förstå."

När dörren slår igen bakom Key står Georg kvar mitt på golvet och kliar sig i huvudet. Vad hade precis hänt? Är han verkligen hembjuden till fröken Ellen Key? Tänk om herr Andersson blir arg nu på att det är Georg och inte han som är inbjuden dit. Kanske de båda ska åka? Det är Anderssons företag och naturligtvis är han mest erfaren. Det kanske kan bli

ett gemensamt projekt att arbeta med? Han ska fråga
så snart Andersson är tillbaka från Klostergården.

Kapitel 14

Georg berättar om mötet med fröken Key för herr Andersson. Han ler stort och klappar Georg på axeln.

"Väl jobbat Georg. Vilket drömjobb du ordnat till företaget. Jag föreslår att vi åker dit tillsammans, men jag kommer hålla mig i bakgrunden. Detta är ditt jobb och du ska få äran för det. Jag finns här om du behöver goda råd."

Den kvällen är Georg så pirrig i magen av lycka att han knappt kan somna. Innan han släpper taget om dagen och sveps med in i drömmarna hinner han tänka att det är länge sen insomningssvårigheten beror på något så positivt.

En vecka senare står en droska utanför verkstan när Andersson och Georg kommer på morgonen. Kusken ger Georg ett brev;

Bäste kakelugnsmakare Bergstrand,

Med hopp om ett fint samarbete i samförstånd sänder jag en droska att ta er till mitt efterlängtade Strand. Jag hoppas att ni vill åka med för att själv bilda er en uppfattning om platsen, färgerna, visionen jag har. Resan tar en stund och vill ni så finns ett rum iordninggjort till er och er kompanjon över natten.

Ellen Key

Georg visar brevet för Herr Andersson som nickar nöjt. Efter att båda gått tillbaka till huset och packat övernattningssaker möts de ute på gården.

"Ja, men se då far vi då pojk. Hoppa opp i droskan. Jag ska bara hämta en väska på kontoret."

Strax därefter bär det av ner mot det mytomspunna Omberg och Vättern. Resan är mycket behaglig med sagolika vyer över Östgötaslätten och Vättern.

"Vad har du med dig i väskan?" Undrar Georg efter en stund.

"Vi behöver vara förberedda på arbete", svarar Andersson. "Jag tog med pennor, skissblock, mätsticka och några färgprover att kika på."

Georg känner sig dum som missat det viktigaste. Han drogs i väg av äventyret och glömde jobbdelen. Herr Andersson förstår hans grubbleri och skrattar och säger;

"Ingen fara Bergstrand, någon nytta ska väl jag få göra också."

Strand ligger längst ner vid Ombergs sydvästra hörn. För att komma dit åker de över nästan hela Omberg från norra sidan. Utsikten över Vättern är magnifik. De ser ända till andra sidan där Västergötland breder ut sig längs västra stranden. Dagen är solig med krispig blå hög himmel. För en gångs skull vilar vattnet lugn och sidenblankt. Både Georg och Andersson njuter av resan och ser fram emot att träffa fröken Key.

Efter en stund bromsar kusken in och nickar åt höger.

"Där har ni Strand mina herrar."

De sträcker på sig och kikar. En bra bit ner för bergets sydvästra sida syns byggställningar. Det ser inte så mycket ut för världen, men platsen är helt fantastisk. Vättern kommer nästan ända fram till husets fot och man har en perfekt utsikt över en liten fiskeby.

"Vad är det för by?" Undrar Georg.

"Det där är Hästholmen", svarar kusken. "Den bör du någon gång besöka. Sista biten ner behöver ni gå. Det är för brant för hästen tyvärr."

Georg och Herr Andersson hoppar ned från droskan och börjar gå nedför grusvägen som leder till byggplatsen. På långt håll hör de hur fröken Key mycket bestämt talar om för en av byggjobbarna hur hon vill ha det. När hon tittar upp och ser dem komma vinkar hon och ler.

”Välkomna mina kakelugnsmakare. Jag hoppas resan var angenäm och att den gett er en känsla av Vättern.”

”Javisst fröken Key, det var en vacker resa. Tack för er generositet”, säger Georg och bockar.

”Mycket angenämt”, säger Herr Andersson och sträcker fram handen för att presentera sig.

”Vi börjar med en rundtur vid bygget så ska jag berätta om mina planer för er”, säger Key. ”Sen ska vi gå upp till min tillfälliga bostad som jag hyr medan bygget blir klart. Där ska ni få tvätta av er resdammet och efter det kan vi ta en kopp kaffe och talas vid. Blir det bra?” Frågar Key utan att invänta svar.

Hon visar det pågående bygget och berättar om sina visioner. De talar om färger och känslan och betydelsen av funktion. Innan de går till hyresbostaden står de länge och tittar ut över vattnet.

”Visst får man en känsla av havet?” Säger Key. ”Inte kan man tro att det endast är en insjö vi har framför oss.”

Herr Andersson och Georg som aldrig sett havet i verkligheten nickar osäkert. Men visst är det mäktigt, det kan även de känna.

Georg och Andersson blir visade till varsitt gästrum i hyresbostaden. De tvättar av sig och reflekterar över allt de fått se och höra om Strand. De går tillsammans ner för trappen för att möta upp fröken Key på verandan där det dukats upp kaffe och småkakor. Georgs mage kurrar och helst hade han sett en tallrik med mat, men han ler tacksamt mot Keys hushållerska då hon serverar kaffet.

”Nå, mina herrar, vad är första intrycket? Vilka färger och former ser ni framför er nu när ni vet lite mer om mina planer för huset?”

Andersson rullar ut en skiss på bordet framför dem. Han harklar sig.

”Detta är Georgs jobb naturligtvis, men jag har några idéer jag vill dela med mig av. Då rummet och möblemanget har många räta linjer så föreslår jag att man fångar upp det och gör en rektangulär form. Rummet har i sig, om jag förstått er rätt fröken Key, flera inslag av varmt gula och orangea nyanser och således föreslår jag en vit färg på kakelugnen med en gnutta gult i. På så vis stör den inte inredningen utan smälter in fint med resten.”

Herr Andersson ser nöjd ut och tittar efter medhåll från Key och Georg.

Båda sitter tysta. Sen säger Georg lite försynt:

"Du har med din erfarenhet och kunskap så klart rätt. Jag tänkte nog fel för jag tänkte att kakelugnen skulle få ta sin plats i rummet och bli ett smycke som syns. Jag ser framför mig en rund hög kakelugn som längst upp pryds av en krona. Färgen är kritvit med inslag av blåa små blommor som en kontrastfärg till det orangea/gula i övriga rummet".

Key ler stort.

"Den här pojken ser som jag ser. Så får det bli. Georg, kan du skissa ett par förslag och ta fram färgprover så kommer jag upp till dig om ett par dagar och tar mig en titt?"

Georgs hjärta bultar.

"Absolut, det ordnar jag fröken Key".

Efter en, för Georg, god natts sömn, kommer kusken och hämtar dem för att köra hem dem igen. Herr Andersson är tystare än under ditresan. Georg hoppas att han inte gjort honom besviken när han sa emot hans idé.

"Herr Andersson, jag ber om ursäkt om jag var framfusig igår när jag så fräckt la fram mitt eget förslag i sådan motsats till ert."

Andersson ser på Georg.

"Jag måste erkänna Georg att jag blev förvånad när fröken Key valde ert förslag. En kakelugn är en praktisk nödvändighet som de flesta vill ska smälta in i rummet diskret och inte sticka ut som ett smycke, som du uttryckte det, men ni två verkar tala samma språk så jag får gratulera dig till ett välförtjänt jobb. Jag tror också med detta att du är redo att flytta från oss och skaffa dig egen verkstad och ett eget liv. Din tid som lärling är över."

Georg känner sig efter de orden både glad och sorgsen. Han får ett eftertraktat jobb men blir samtidigt utan hem och familj. Under de tre åren han tillbringat hos familjen Andersson har han känt sig som en av dem. Han har upplevt den samhörighet han längtat efter och nu är han ensam igen.

"Jag slänger inte ut dig på bar backe, Georg, men till nästa månadsskifte bör du ha hittat en annan plats. Jag ska skriva ett brev med goda vitsord om din yrkesskicklighet och arbetet på Strand kommer öppna många dörrar för er också."

"Tack", svarar Georg. "Tack för allt".

Kapitel 15

När Ellen Key hör om Georgs situation erbjuder hon honom att flytta in i hennes hyresbostad bredvid bygget av Strand.

"Det blir bra för både dig och mig", säger hon till Georg. "Du bor granne med din arbetsplats och jag har dig och arbetet under uppsikt."

"Tack så mycket", svarar Georg "Men jag behöver också verktyg och material till arbetet samt en plats att förbereda allt på nu när jag inte längre har Anderssons kakelugnsmakeri".

"Jag ska höra mig lite för om det", säger Key. "Skriv en lista med det du behöver är du snäll."

Georg skriver det han kommer på:

Keramikugn, murarhammare, kakelkniv, träkilar, lerbruk....

Efter ett par dagar meddelar Key Georg, att hon funnit honom en verkstad.

"Det är en gammal murarverkstad som stått tom i flera år. Så den kommer behövas städas och ses över men du får den billigt om du vill ha den. Herr Widell som hade den tidigare har gått bort och han hade inga söner som kunde ta över. Det fanns heller ingen annan murare i byn med behov av en verkstad så den har mer eller mindre stått och dammat igen. Utan arvingar gick den till statens ägor."

Georg skiner upp.

"Det låter jättebra! Var är den någonstans?"

Key ler tillbaka.

"Den ligger så jag kan se den härifrån Strand." Hon pekar mot Hästholmen. "Ser du den vita lilla stugan på kullen?"

Georg nickar entusiastiskt. Vilken vacker plats.

Georg och fröken Key åker ner till Hästholmen i droskan. Bara lite drygt tre km från Strand ligger den vita verkstaden uppe på en grön kulle alldeles intill den lilla fiskehamnen. En pittoresk liten by. Georg får genast en känsla av att han kommer trivas här i Hästholmen. Inne i verkstaden noterar Georg att allt han behöver redan finns där. Huset och verktygen behöver bara lite kärlek och omvårdnad. Det ska han fixa. Om han får råd. Visst har han sparat en del från tiden hos familjen Andersson, men frågan är om det räcker. Som om fröken Key läst hans tankar säger hon:

"Så länge du arbetar åt mig på Strand kommer jag stå för hyran på verkstaden. Det blir en del av lönen.

Om du sen trivs och vill vara kvar får du överta hyreskontraktet eller köpa loss den".

Georg är överlycklig. En egen verkstad. Det kliar i fingrarna att sätta i gång och städa.

"Jag åker tillbaka till Strand nu, men misstänker att du vill vara kvar ett tag. Här har du nyckeln så ses vi senare."

Key hoppar upp i vagnen och åker mot Strand.

Georg börjar direkt att damma av den gamla ugnen och kollar så den är tät och duglig. Bäst när han står där böjd med huvudet halvvägs in i ugnen hör han knackningar på ytterdörren.

"Halloj", ropar en mörk röst.

Georg tittar upp och ser en man i 30års åldern med murarskjorta och arbetskängor.

"Hej", svarar Georg och ler.

Mannen ler inte tillbaka.

"Jaså, ska ni få fart på den här gamla verkstan?"

"Jo, jag ska ordna kakelugn åt fröken Key som bygger Strand uppe på Omberg".

"Nog vet jag vad Strand är", svarar mannen. "Vi undrade just vad det var för en pojkspoling som fått uppdraget att mura kakelugn där. Ett fint jobb. Hur kommer det sig att du fick jobbet i stället för någon av oss andra erfarna murare från byn?”

Georg känner sig illa till mods när han uppfattar tonen av missunnsamhet. Han vill inte stöta sig med traktens hantverkare så han svarar;

”Jag är lika förvånad som alla er andra. Jag är inte erfaren eller kunnig som ni, men jag och fröken Key verkar förstå varandra och uppskattar samma formspråk.”

Mannen fnyser.

”Samma formspråk. Bara så du vet så kommer vi ha ögonen på dig pojk. Vi kommer inte låta dig komma hit och utnyttja fröken Key”.

Georg ser förvånat på mannen.

”Jag vill bara arbeta med kakelugnar och göra mitt bästa. Jag har ingen avsikt att utnyttja någon.”

Mannen går sin väg utan att presentera sig eller säga adjö. Mötet tar bort lite av Georgs tidigare glädje över sin nya verkstad. Han funderar över vad mannen sagt medan han fortsätter städa och fixa. När han känner sig klar för dagen har det redan börjat mörkna där ute. Bäst jag börjar gå mot Strand nu så det inte blir alldeles kolsvart innan jag kommer fram. I Hästholmen finns några gaslampor som lyser upp vägarna, men längs Omberg finns inga lampor.

Georg knallar på så snabbt han orkar. Efter en bit hör han fotsteg närma sig bakifrån. Han saktar ner farten och vänder sig om men ser ingen.

"Hallå", ropar han försiktigt.

Kanske det bara är något djur, tänker han och går vidare. Men efter en bit hör han det igen. Nu låter det som flera fotsteg. I stället för att sakta ner så ökar han farten i stället. Då kommer plötsligt en sten flygandes i luften och hamnar strax bakom honom. Georg börjar springa. Det är inte så långt kvar till Strand, men vägen är brant uppför och han blir snabbt andfådd. Ännu en sten kommer flygandes. Denna landar på hans högra skulderblad. Det gör riktigt ont. Han har mjölksyra i benen och skulderbladet ömmar, men han vågar inte stanna. Till slut är han äntligen framme vid Strand och springer med sista krafterna mot sin tillfälliga bostad. Där är trädgården upplyst av flera lampor. Han ser sig om och tycker sig se två figurer rusa mot skogsdungen ovanför Strand.

Kapitel 16

Morgonen efter sitter fröken Key och dricker kaffe när Georg kommer ner från sitt rum.

"God morgon Georg, har du sovit gott? "

Georg vill inte oro Key i onödan så han ger henne ett leende och nickar.

"Jag är så tacksam för verkstaden och möjligheten att bo och arbeta här hos er. Detta var verkligen det bästa som kunde hända mig just nu", säger Georg.

"Jag är bara glad att kunna hjälp en ung och ambitiös människa", svarar Key. "Dessutom förväntar jag mig en vacker och väl fungerande kakelugn i gengäld".

"Naturligtvis, fröken Key, jag ska göra mitt allra bästa för att ni ska bli nöjd med mitt arbete".

Key tittar på Georg.

"Det tvivlar jag inte en sekund på. Jag har beställt färger och lera som ska komma till verkstaden senare idag. Så det är nog bäst du är på plats för att ta emot leveransen. Säg bara till om det är något mer du behöver sen."

Georg äter frukosten och promenerar därefter mot Hästholmen. Han tänker på gårdagen, på mannen som besökt verkstan och på stenkastningen. Blir det inte värre behöver han inte oroa fröken Key. Han ska reda ut det själv. Kanske söka upp mannen och tala med honom lite mera. Om det nu är han som ligger bakom stenkastningen. Men vem eller vilka är det annars? Finns det fler som ogillar att han fått uppdraget av fröken Key? Redan innan han går upp för den lilla kullen till verkstan ser han att dörren är öppen. Pulsen ökar och han skyndar på stegen. Tänk om någon är där inne nu och väntar på honom. Kanske stenkastarna?

"Hallå, är det någon här?"

Inget svar. Georg går försiktigt in i huset. Det är tomt, men alla sakerna ligger omkullkastade överallt. Det ser ut som att någon varit oerhört arg och slängt saker av ren ilska runt om i verkstan. Georg känner hur luften går ur honom. Vem är det som vill honom så illa? Nu när han kommit så här långt. Från torpet där han själv fick sköta om sina syskon, till misshandeln av CJ, till Anderssons familj och nu egen verkstad och uppdrag av självaste fröken Key. Kan det aldrig bara få vara lugnt i livet? Det känns som att livet är en ständig kamp. Och inte hjälper det att deppa ihop, tänker Georg och reser sig för att börja städa igen. När han går där och ställer i ordning sakerna och ser så inget gått sönder dyker en figur upp i dörröppningen. Georg vänder sig om för att se vem det är. Mannen från dagen innan står och flinar mot honom.

"Oj, oj, vad har hänt?" Georg svarar inte utan fortsätter städa. "Du förstår väl att du tagit ett bra arbetstillfälle från oss som bor här?" fortsätter mannen. "Kanske bäst att du åker tillbaka till var du nu kommer ifrån?"

Georg närmar sig sin bristningsgräns. Varför skulle Gud ge honom detta uppdrag, verkstaden och allt för att sedan låta honom bli i väg körd av byborna? Han förstår verkligen inte meningen med detta. Han tittar upp rakt in i mannens ögon och berättar i ett svep om moderns död, faderns svek, åren av misshandel och hur han blev utslängd och separeras från sin lillebror för att till slut efter flera år som springpojk och lärling hamna här. Han berättar om glädjen och tacksamheten över uppdraget han nu fått ända tills stenkastningen och detta skedde. Georg släpper ut alla sina känslor och både sorg och ilska han hållit inne så många år sipprar ut. Tårar rinner och han sparkar till en pall som ligger på golvet. Mannen står kvar och ser på. Han säger till slut;

"Alla har vi vår beskärda del av olyckor att kämpa med i livet. Du verkar fått en stor del tidigt. Jag är ledsen".

Sen går han.

Georg sätter sig ner på golvet. Helt slut efter känslostormen. Tom. Resten av dagen städar och fixar han i verkstan, han tar emot leveransen av leran och färgerna fröken Key beställt. Sen testar han att få i gång ugnen och den verkar fungera bra så han provbränner en bit lera för att lära känna ugnen och dess egenskaper. Precis då det är dags att ta ut lerbiten knackar det på dörren. Åh, inga fler irriterade lokalbor nu, tänker Georg samtidigt som han ropar:

"Kom in!"

Samma man som tidigare kommer in men nu tillsammans med två andra män.

"Hej", säger mannen. "Jag presenterade mig aldrig sist. Sven heter jag och det här är Bertil och Olle".

Bertil är lång och rödhårig, han kliver fram och sträcker fram handen för att hälsa. Georg skakar hans hand. Olle, tunnhårig och betydligt kortare än sina andra två vänner, nickar mot Georg som nickar tillbaka.

"Vi vill hälsa dig välkommen till Hästholmen och be om ursäkt för vårt tidigare välkomnande", säger Sven. "Det har varit svårt att få jobb som murare och hantverkare en tid och vi blev alla glada när vi hörde om fröken Keys planer på bygget vid Omberg. När vi sen hörde talas om att en yngling från en annan plats fått vårt jobb så blev vi minst sagt väldigt besvikna och frustrerade. Vi har familjer att försörja och behövde verkligen jobbet, men det var såklart dumt att ta ut det på dig.”

”Jag är ledsen”, säger Georg och ser på de tre männen. ”Jag var bara glad att få jobb och tak över huvudet. Tänkte inte alls på att jag tog någon annans jobb. Jag är ledsen för er skull”.

”Säg bara till om du behöver nåt”, säger Sven innan männen går igen. ”Vår verkstad är i den gröna stora trävillan lite längre upp i byn. Du är välkommen när du vill.”

Georg känner en djup lättnad och tacksamhet när männen gått. Tänk så snabbt det kan vända i livet. Han packar ihop för dagen och börjar vandra tillbaka till Strand igen. Medan han går mot Omberg så tänker han på om det vore möjligt att göra en sovplats i verkstan i stället. Visst är han tacksam för Keys gästfrihet och det är trevligt med deras pratstunder på kvällar och mornar men det tar lite tid att ta sig fram och tillbaka varje dag. Det är kanske inte dags riktigt än, men han ska ändå börja planera för det så han på sikt har sitt eget hem i anslutning till verkstan. Nu är han inte helt ensam i Hästholmen heller. Han känner på sig att Sven, Bertil, Olle och han kan få en fin vänskap framöver. Han planerar att besöka deras verkstad snart.

Kapitel 17

Bygget av Strand rullar på snabbt och Georg är färdig med alla delarna till kakelugnen i sin verkstad. Idag är det dags att frakta allt material till huset för att påbörja murningen. Han har bett fröken Key om att få ta in Sven just under själva uppsättningen så allt blir perfekt. Under vissa moment är det en klar fördel att vara två personer. Fröken Key som gladdes åt Georgs nya vänskap godkände Sven som tillfälligt anställd. Nu står Sven och Georg tillsammans vid Georgs verkstad och inväntar kärran som ska komma och köra materialet upp för Omberg. Det är en vän till Sven som har en oxe med vagn. Det krävs en stark oxe för att dra lasset uppför den branta vägen. Men den sista biten som går brant nedför, kommer de få bära för hand. De har blivit lovade hjälp från de andra arbetarna vid husbygget så det ska nog gå vägen. Nu kommer kärran rullandes uppför den lilla kullen och Sven vinkar åt sin vän att köra ända fram.

"Morsning Sven", säger mannen och nickar även mot Georg i en hälsning.

Han hoppar ner från kärran och sträcker fram handen mot Georg.

”Goddagens. Nils heter jag och det där är Tor.” Nils pekar mot oxen.

”Trevligt”, svarar Georg. ”Vad bra att ni kunde hjälpa oss med frakten idag.”

”Inga problem alls. Det är så fint att se den här gamla verkstan komma till användning igen. Jag var god vän med gamla gubben Widell som hade verkstan här förut”.

De lastar på allt på kärran och åker mot Strand. Georg och Sven går bredvid. Tor har det tillräckligt tungt med att få upp den fullastade vagnen.

Väl framme möts de av ett helt gäng med starka arbetargubbar redo att lyfta Georgs material till kakelugnen in på plats i huset. Fröken Key är tillfälligt uppe i huvudstaden för att föreläsa om Barnabalken. Ur Barnabalken läste Key: *Alla barns rätt till sunda, för sitt kall fostrade, föräldrar. Alla barns rätt till skydd för såväl själ som kropp mot slag och slit, mot svält och smuts.*

Samtidigt arbetar Sven och Georg tillsammans resten av dagen med fröken Keys nya kakelugn. I skymningen går Sven tillbaka hem till Hästholmen och Georg går in till hyresbostaden och lagar till en middag åt sig själv. Nöjd efter dagens lyckade arbete njuter han av kokt potatis, sky och stekt fläsk. Han tänker på sina syskon, CJ, far och mor. Han tänker på vilken tur han ändå haft den sista tiden, men också på Valter. När kakelugnen är klar om några veckor ska han ta en tur till CJ och Valter och han ska inte ge sig förrän han får träffa lillebror. Nio år måste han vara vid det här laget. Han hoppas han sluppit lindrigt undan från CJ:s lynniga humör. Georg förstår vilka ärr han själv fått i själen från de år han bodde hos CJ. Tänk då Valter som måste vara där så länge. Hur ska det inte påverka honom. Vem kommer han vara när de möts igen? Finns hans glada, kloka, nyfikna lilla bror ens kvar längre? Georg grubblar och har svårt att somna trots att kroppen är fysiskt slutkörd av dagens hårda arbete.

Morgonen efter vaknar Georg av att solen letat sig in genom fönstret. Han hör porslinsskrammel från köket. Väl påklädd och nere i köket ser han fröken Key hälla upp en kopp kaffe. Hon tittar upp.

"God morgon Georg. Du ser bekymrad ut. Går inte arbetet bra?"

"Jodå det går bra. Sven och dina andra byggjobbare har varit till stor hjälp. Det är.." Georg tystnar. Vet inte hur mycket av sina egna problem han ska belasta fröken Key med. Hon har nog sina egna. Inte ska han beklaga sig över sina tidigare upplevelser nu när hon så vänligt gett honom arbete och hem.

"Det är…vaddå? Jag frågade så det är helt okej för dig att berätta. Jag tål att höra det mesta".

Georg berättar om sin oro för lillebror Valter utan att gå in på detaljer.

"Om du vill så åker jag gärna med dig till torpet för att se att din bror har det bra", erbjuder sig Key. "Vi kan resa om fjorton dar".

Sagt och gjort. Fjorton dagar senare rullar en droska med fröken Key och Georg som passagerare. De far över Omberg, genom Vadstena och ut på slätten till Kråktorpet där CJ och Valter bor. Droskan saktar in och stannar på gårdsplanen. Georg ser sig om och för ett ögonblick kan han återigen känna sig liten och rädd. Han tittar bort mot svinhuset och minns den dagen då CJ hämtade dem från deras rymningsförsök. Han minns slagen, skräcken i Valters ögon, lukten från grisarna och ljudet av piskan mot deras kroppar.

"Hur står det till Georg?" Key lutar sig mot honom och han känner hur han kramar om vagnen med händerna utan att han märkt det. Han ler mot Key och klättrar ner från droskan.

"Vänta lite så ska jag se om någon är hemma".

På lite skakiga ben går han mot huset. Dörren är olåst och han öppnar den på glänt och ropar:

"Hallå?"

Inget svar hörs. Georg går över gårdsplanen och bort mot ladugården. Han stannar till i dörröppningen och minns hur kon sparkade ut mjölken för Valter. Händerna skakar.

"Hallå?" Inget svar här heller.

Efter att ha gått runt hela gården, tittat in i svinhuset och ut över åkern utan att se en enda levande själ går Georg tillbaka till droskan igen. Han skakar på huvudet mot Key.

"Det verkar inte vara någon här".

"Då åker vi till Valters skola och ser om han kan vara där", säger Key bestämt. "Du får visa vägen Georg".

Droskan rullar vidare mot Åsbo och skolan.

Redan en bit innan de stannar ser Georg att det är barn utanför skolhuset. De ser ut att sitta och äta. Georg söker sin brors ansikte hos alla barnen han ser. Hos vissa tycker han sig se drag av Valter en kort stund innan han upptäcker att det inte är det. Han blir orolig över att han kanske inte känner igen honom längre. Det är över tre år sedan de sågs sist. Ett barn ändrar sig så snabbt. Sen får han syn på Fröken Wagner. Hon står bland några barn och ser upp mot droskan. Georg vinkar. Skyndar sig kliva ur och går bort till Wagner.

"Fröken Wagner, jag är storebror till Valter Bergstrand. Han började här på skolan för tre år sedan och jag vet inte om han går kvar."

"Valter. Han var sällan här och hade stora svårigheter att passa in med kamraterna. Det var en sorglig historia. En dag för ett drygt halvår sedan slutade han komma. Men du vet hur det är i dessa lantskolor, barnen behövs hemma på gården i stället. Många föräldrar tycker inte att skolan är viktig".

Hon suckar och ser på Georg.

"Han hade många blåmärken. Jag tänkte att det var från hans arbete där hemma. Men det var något mer också." Fröken Wagner tystnar.

"Något mer?" Undrar Georg.

"Ja, han förändrades så mycket också. Han gick från en blyg, tyst pojke till en…" Hon letar efter rätt ord.

"Uppgiven, han kändes uppgiven. Blev varken arg eller ledsen när någon retades. Jag minns särskilt en gång då Valter fick ta emot ett slag från en av de äldre pojkarna. Han stod bara kvar och tog emot. Duckade inte. Sprang inte. Grät inte. Kort därefter slutade han komma hit. Naturligtvis fick den äldre pojken som slagit Valter bestraffning. Men jag minns hur jag inte fick trösta Valter. Han var bara uppgiven. När jag sa att jag skulle tala med hans far om händelsen så sprang han och sen dess har jag inte sett till han. Nu när jag berättar detta för er tänker jag att jag borde gjort mer."

Kapitel 18 (1914, fyra år senare)

Georg sitter tillsammans med Ellen Key i salongen på Strand och dricker te.

"Vad kommer egentligen namnet Hästholmen ifrån?" Undrar Georg.

"Jo du Georg, du har säkerligen hört tala om Magnus Ladulås."

Hon tittar på Georg för att få någon slags instämmande nick eller hummande, men det uteblir. Ellen suckar.

"Magnus Ladulås var kung över riket på slutet av 1200-talet och bodde här i Östergötland. Sin sista tid levde han på Visingsö som ligger lite söder ut i Vättern. Magnus med följe reste med båt från sin borg på Visingsö hit och just vid Hästholmen gick de i land och satte upp på sina hästar för att rida vidare uppåt i landet. Därav namnet Hästholmen."

Georg njuter av att höra Key undervisa. Han vet hur mycket hon älskar den rollen. Sen säger fröken Key:

"Idag ska jag åka till Stockholm och träffa *de tolfterne*, men det kommer två damer hit till Strand som jag vill be dig ta hand om tills jag är tillbaka imorgon."

Fröken Key har startat upp samtalsgrupper för att borgarkvinnor och arbetarkvinnor ska kunna mötas och utvecklas tillsammans. De kallas de tolfterne och håller föredrag och diskuterar högt och lågt om det mesta. Georg vet vad de tolfterne betyder för Ellen och han vill såklart hjälpa till.

"Javisst det går bra. Vad är det för damer och vad ska de göra här?"

Key berättar att två damer från Södermanland är inbjudna till Strand för att få vila upp sig ett par veckor i en vacker miljö och få möjligheten att ägna sig åt skrivandets konst. Damerna bor i inlandet och arbetar hårt på en gård utan möjlighet att få vila och ge skrivandet tid. Fröken Key hade hört talas om dessa damer under en av sina föreläsningar i Stockholm och deras önskan att få skriva som hon själv. Nu vill hon ge dem en möjlighet att få göra det.

"Två veckor ska de bo här hos mig. Ida och Vilma. Tyvärr anländer de just idag när jag är bortrest."

Georg tycker damerna mer ser ut som unga fröknar när de anländer ett par timmar senare. De är nog i hans egen ålder. Runt tjugo. Han som alltid är blyg inför jämnåriga flickor får lite tunghäfta när de kliver ner från droskan och ser på honom.

"God dag och välkomna till Strand. Fröken Key är i Stockholm men kommer tillbaka i morgon igen. Jag heter Georg och ska hjälpa er till rätta. Jag kan ta ert bagage."

Georg tar emot väskorna som kusken lyfter ner. Flickorna fnittrar och ler mot Georg.

"Jag heter Ida", presenterar sig den lite längre tjejen med ljusrött hår uppsatt i knut. "Det här är min lilla syster Vilma". Ida nickar mot den andra lite kortare tjejen med massor av söta fräknar i ansiktet.

"Trevligt", svarar Georg och går före in i huset med bagaget.

Han visar vägen till det blå rummet på nedervåningen. Det är ett sagolikt vackert rum helt målat i blått. Det fulländas av ett fönster ut mot den blå Vättern som ramas in med den vita fönsterkarmen. Systrarna drar efter andan när de går in i rummet. Georg ler.

"Hoppas ni ska trivas. Ni ska få komma till ro en stund nu efter er långa resa, men vi kanske kan ta en kopp te i salongen om en timme".

Systrarna nickar till svar. Ida ler mot Georg som blir alldeles varm i bröstet.

När de sitter i salongen med varsin kopp te är det till en början ganska tyst och stelt. Systrarna ser sig runt i det luftiga ljusa rummet. Vita väggar och högt i tak men ändå varmt och ombonat genom de orangea gardinerna och kuddarna. Så helt olikt från deras mörka murriga hem i Södermanland.

"Här kan man andas och tänka fritt i dessa vackra rum. Kan man inte skriva här så kan man nog inte skriva alls", säger Vilma tankfullt.

"Ja jag tänkte detsamma", svarar Ida. "Och med utsikten över vattnet här utanför som hjälper tankarna flöda. Bor du här Georg?" Ida ser på honom med sina ljusgröna ögon.

"Nej, jag bor nere i Hästholmen. Jag har en verkstad där jag gör kakelugnar och murarjobb. Ni är välkomna ner på ett besök någon dag om ni vill få en paus från skrivandet".

Innan Georg lämnar Strand för att vandra hem till Hästholmen kollar han med systrarna att de har allt de behöver för natten.

"Imorgon kommer fröken Key tillbaka och jag kommer förbi en annan dag. Glöm inte att ni är välkomna till mig också när ni vill".

De tar farväl och Georg börjar promenera nerför Omberg mot Hästholmen. En för honom nu välkänd väg. Under promenaden låter han tankarna vandra. De hoppar mellan hans nuvarande arbetsuppdrag att mura upp en öppen spis åt ett äldre par i Hästholmen, till lillebror Valter, till Ellen Key och Strand, men hela tiden återkommer Idas gröna ögon och leende. Det får honom att bli varm i kroppen trots de friska vindarna från Vättern. Något hos henne påminner om hans barndomskamrat som också hette Ida.

Kapitel 19

Georg står nere vid hamnen tillsammans med murare Sven. De väntar båda på en båt som ska komma med material åt dem.

"Jag hörde att det kommit några flickor till Strand", säger Sven utan att släppa blicken från vattnet. "Har du träffat dem?"

Georg ler brett.

"Jo jag tog emot dem häromdagen när de anlände. Ida och Vilma. Två systrar från Södermanland som Key låtit komma hit för att skriva".

Sven ser på Georg.

"Det var generöst av henne."

"Jo", svarar Georg. "Hon har talat om att låta detta vara syftet med Strand efter sin bortgång. Att låta kvinnor från arbetarklassen komma och vila upp sig och få tid att skriva och läsa. Om jag förstått det rätt så ska det skrivas ett testamente om detta. Hennes bidrag till eftervärlden då hon inte fick egna barn."

Båten de väntat på närmar sig hamnen och de gör sig redo att ta emot godset. De hjälper varandra lasta av och bära materialet till verkstäderna.

"Just ja", säger Sven. "Frugan vill att du skulle kommer över på middag någon kväll i veckan. Hon tycker du ser mager ut." Sven flinar.

"Ha ha, det är omtänksamt av henne. Hälsa Lovisa att jag gärna kommer på middag."

"Då säger vi så. Fredag blir väl bra".

Georg nickar.

Efter arbetet på fredagen tvättar Georg av sig jobbdammet och byter om till de enda kläder han har som inte är arbetarkläder. Han promenerar genom byn upp till det stora gröna trähuset. Tre våningar högt och inhyser verkstad i källarplan, Sven med familj på våning två och två ynglingar som delar boende allra längst upp.

"Georg!" Utropar Sven, när han öppnar dörren. "Så stilig. Och det är tur det för vi har fler gäster. Damer." Sven ler stort.

Georg rodnar lite. Innan han hinner fråga vilka så hör han Idas skratt inifrån köket. Hjärtat tar ett extra skutt och han rättar till skjortan. När han kommer in i köket ser han Ida stå och tala med en ung man han inte känner igen. Tusen tankar flyger genom huvudet. Hon har en fästman, hon är gift, denna man försöker flirta med henne. Sven presenterar Georg och ynglingen för varandra.

”Detta är min gode vän Georg som har murarverkstad nere vid hamnen och det här är vår hyresgäst här ovanpå, Tor.”

Tor, tänker Georg, som den där oxen som drog upp vårt material till Strand. Georg synar ynglingens uppsyn. Han ser frisk och stark ut. Ljust hår och blå ögon. Ja, Ida skulle nog kunna falla för denna Tor.

”Kom nu så slår vi oss ner i vid bordet”, ropar Lovisa bärandes på en stor gryta som doftade ljuvligt.

Under middagen är stämningen på topp. De samtalar, skrattar och äter med god aptit. Georg sitter mellan Ida och Sven. Bredvid Ida på andra sidan har hon Tor och sen Vilma. Och mellan Vilma och Sven sitter Lovisa. Georg kämpar för att få Idas uppmärksamhet och för att ogilla Tor men misslyckas med båda delarna. Tor verkar vara en trevlig ung man som arbetar hårt som snickare. Ida verkar större delen av tiden sitta vänd mot Tor och lyssna på allt han säger. På vägen hem känner Georg sig sorgsen. Hur ska han med sin magra, allt för långa kropp, kunna konkurrera med killar som Tor. Om han ändå hade varit otrevlig så han kunde ogilla honom.

”Georg!” Ropar någon på honom i mörkret.

”Georg, vänta!”

Nu hör han att det är Ida och Vilma. De gick strax efter Georg och nu kom de i kapp. Georg stannar och vänder sig mot tjejerna.

"Ska ni gå ända till Strand nu i mörkret?" Undrar Georg. "Vill ni att jag slår följe med er?"

"Åh, skulle ni vilja det så vore vi tacksamma", säger Ida. "Det var så trevligt hos Sven och Lovisa att vi helt missade att det blivit så mörkt ute".

"Inga problem. Jag ska bara hämta en ljuslykta i verkstan så kan vi gå sen."

Vilma får lyktan och går några steg före Ida och Georg.

"Vad trevlig han var den där Tor", säger Georg. "Honom har jag aldrig träffat förut".

"Jo visst", säger Ida. "Trevlig. Men lite tråkig också".

Georg kan inte hålla tillbaka skrattet som bubblar upp när Ida kallar Tor för tråkig. Vilken lättnad. Då kan hon inte vara särskilt intresserad av honom. De går nära varandra. Georg känner värmen från hennes kropp, hör hennes andetag. Han vill så gärna våga ta hennes hand i sin.

När de kommer fram till Strand ser de att fröken Key står nere vid vattnet. Hon har låtit bygga en rund terrass med ståtliga pelare som hänger ut över kanten till Vättern. Där står hon nu med en ljuslykta i handen. Georg tycker nästan hon ser ut som en italiensk stark stolt kvinna som tagen ur en målning. De står tysta en stund och ser på Key. Ingen vill förstöra ögonblicket. Men sen vänder Key sig om som att hon känner deras närvaro.

"Hej ungdomar. Vad fint att se er. Georg, stannar du över natten? Jag vill att du möter min nyfunna vän. Han är lite burdus och ouppfostrad men jag tror du ändå kommer tycka om honom."

Georg blir nyfiken. Vad kan det vara för en ouppfostrad man?

Innan Georg ens hinner komma in i farstun möts han av en stor lurvig hund. Fröken Key skrattar högt.

"Får jag presentera min nya vän, Wild."

"Det var ett mycket passande namn", fnittrar Vilma och klappar hundens lena päls.

Fröken Key och ungdomarna slår sig ner i köket med varsin kopp te. De blir sittandes länge och talar om litteratur, uppväxt och kvinnors plats i samhället. Georg blir som den enda mannen i sällskapet lite obekväm när kvinnors brist på rösträtt kommer på tal. Ett ämne som alla tre kvinnorna brinner för. Visst håller han med om att män och kvinnor är lika värda, men han minns även fars ord om att kvinnor inte har ett naturligt intresse för samhället och politiken. De har andra värden som omsorg om familjen och barnen. Det är mannen som är familjens talesman utåt i samhället. Det ena är inte bättre eller viktigare än det andra. Om kvinnor skulle ta på sig mannens roll kanske barnen skulle bli försummade. Georg vågar i detta sällskap inte säga sina funderingar högt utan nickar när kvinnorna ivrigt förespråkar sin rätt att rösta.

”Nej ungdomar, nu drar jag mig tillbaka för natten.”

Ellen Key reser sig från bordet vilket också får Wild att fara upp från sin plats under bordet. Det lite udda paret går uppför trappan och kvar blir Ida, Vilma och Georg. Vilma gäspar bakom handen.

”Jag gör nog detsamma. Kommer du Ida?”

Ida blinkar till åt sin lillasyster.

”Gå före du. Jag kommer strax.”

När bara Georg och Ida är kvar i köket lutar sig Ida förtroligt mot Georg.

”Följer du med ut i mörkret och lyssnar på Vättern?”

Georg hade följt med vad Ida än hade föreslagit. De reser sig och tassar ut i natten.

Kapitel 20

Efter kvällen på Strand med Ida är Georg upp över öronen förälskad. Han har svårt att fokusera på sitt arbete om dagarna. Längtar bara efter kvällarna då han kan gå till Strand för att få en stund med henne. Den där kvällen i mörkret hade han vågat ta hennes hand i sin. Hon hade böjt sig fram och han hade kysst henne. Först mjukt, trevande, försiktigt. Sen ivrigt. Allt besvarades av Ida. De kunde inte få nog av varandra. Inte vara tillräckligt nära. Han önskar han kunnat stanna kvar hos henne. Legat bredvid i sängen hela natten. Andats in de andetag hon släppte ut. Nu är det bara tre dagar kvar av systrarnas vistelse på Strand. Georg har fysiskt ont i magen av tanken. Det går bara inte att tänka sig att hans Ida ska åka i väg och att de kanske aldrig mer ses. De gråter tillsammans. Låter tårarna blandas och bli till deras gemensamma sorg. Ellen Key som sett deras unga kärlek spira förstår naturligtvis deras bävan inför avskedet. Hon ber dem båda komma in i salongen för ett samtal.

"Georg och Ida. Jag ser era känslor för varandra. Fånga dem. Kärleken bör vara grunden till äktenskap. Jag själv lät den glida mig ur händerna. Men jag hade ett annat kall i livet. Ni har framtiden för er. Tala med din far Ida. Jag kan tala med honom också och gå i god för Georg."

Georg och Ida ser på henne och på varandra. Allt känns så rätt när hon säger det högt. Äktenskap. Kan det vara möjligt att få både hem, verkstad och familj, tänker Georg. Det pirrar till i kroppen. Det känns nästan för bra för att vara sant.

Ellen Key skickar ett telegram till Ida och Vilmas far där hon ber honom komma ner till Strand för att möta upp sina döttrar och träffa sin äldsta dotters förälskelse. Hon erbjuder att hämta honom med droska.

Ett kort telegram kom som svar:

Stigtomta 1914/08/23: Fröken Key, vi tackar för er gästfrihet till våra döttrar men nu behöfs de åter på gården. För mig finns ingen möjlighet att lämna gården och arbetet. Jag beder er snarast låta dem resa hem.

Inte ett ord om Georg och Idas kärlek. Fröken Key har inget annat val än att sända hem systrarna till deras far och mor. De är omyndiga och fadern bestämmer. Det är ett hjärtskärande tårfyllt farväl som inte lämnar någon av dem oberörd.

Georg går hem till Hästholmen med tunga steg. De följande veckorna gräver han ner sig helt och hållet i arbetet. Han tackar nej till inbjudningar från Key och Sven till middagar och samkväm. Han behöver få vara i fred och låta tankarna själva söka efter lösningar. När han har svårt att sova om mornarna vandrade han ner till hamnen för att se fiskarna ge sig ut på Vättern. En av dessa mornar ser han en lite större båt som tar passagerare. M/S Wilhelm Tahm. Han går fram emot kapten när han kliver av båten.

”Välkommen till Hästholmen. Vilken vacker båt. Vart far ni?”

Kaptenen nickar mot Georg.

”Vi avgår till Stockholm om två timmar. Vi utgår från Motala egentligen, men jag ska plocka upp min dotter här.”

Georg ser nu en ung flicka stå med resväskor en bit ifrån dem. Hon har en lång, ljus klänning som fladdrar i blåsten. Georg fattar ett snabbt beslut.

”Behöver du fler i besättningen? Jag kan städa, laga mat, ta hand om passagerare eller vad som helst. Jag behöver verkligen komma till Södermanland.”

Kaptenen fångar upp det desperata i Georgs ord.

”Visst, du kan få städa och hålla rent. Hjälpa till i köket om kocken tillåter. Vi lägger till strax söder om Södertälje. Därifrån kan du ta dig dit du ska sen.”

Georg rusar hem och packar det han behöver. Han går också förbi Svens verkstad och meddelar att han reser bort några dagar så de inte ska oroa sig. Han ber Sven meddela Key också.

"Lycka till min vän!" Ropar Sven efter honom när han går ner mot hamnen igen och kliver ombord på M/S Wilhelm Tahm.

På båten är besättningen, kaptenen, hans dotter och Georg. Passagerarna plockas upp i Motala. Så från Hästholmen och upp till Motala kan de bara njuta av resan. Vad har jag gjort, funderar Georg när han sitter fram i fören och spanar ut över Vättern. Längtan efter att få återförenas med Ida är så stark att Georg inte reflekterat särskilt noga kring konsekvenserna av att komma till gården Ida bor på. Inte förrän nu när han redan sitter här på båten och är på väg. Det som innan var ett lyckopirr övergår nu alltmer i ett orospirr.

"Är ni sjösjuk?"

Det är kaptenens dotter som ser lite undrande på Georg. Georg ler mot henne.

"Nej då, det är inte resan som gör mig sjuk utan framkomsten som oroar. Jag kanske gjort något dumt".

Han pratar halvt till flickan och halvt till sig själv. Hon ser på honom medlidsamt.

"Vill ni berätta? Ibland kan det kännas skönt att få berätta saker för en främling som man aldrig ser igen."

Georg berättar om Ida, deras möte, kemin mellan dem, om telegrammet från fader och att han nu sitter här på en båt som ska föra honom till henne utan att vare sig hon eller hennes familj vet det.

"Tänk om hon inte vill ha mig längre. Eller om hennes far slänger ut mig. Vart tar jag vägen då? Jag har inga pengar att ta mig hem för ens. Vad dum jag är."

Han gömmer ansiktet och skammen i händerna. Flickan lägger en hand tröstande på hans axel.

"Vad modig ni är. Vilken flicka skulle inte drömma om en sån handlingskraftig modig man. Jag tror Ida kommer falla i dina armar av lycka när hon ser dig. Och far hennes kommer inte ha något annat val än att bjuda in er till gården om han inte är en ohyfsad barbar."

Georg skrattar till.

"Barbar?" Han ler mot flickan. "Tack, nu känns det bättre." Hon ler tillbaka.

”Vad heter ni?” Frågar Georg.

”Jag är bara en främling på en båt en kort sekund av ditt liv. Jag behöver inget namn.”

M/S Wilhelm Tahm lägger an vid bryggan i Motala hamn och genast myllrar det av passagerare på båten. Lugnet är borta men också Georgs oro. Nu är det fullt upp med att hjälpa passagerarna att hitta sina platser och servera mat och hålla alla nöjda. Resan går snabbt och strax innan de kommer fram till Södertälje kommer kaptenen ner till Georg.

”Vart tar du vägen nu?”

”Jag ska till en by som heter Stigtomta”, svarar Georg lite osäkert.

Kaptenen nickar.

”Det är en dagsresa dit härifrån med droska. Snabbast är nog järnvägen till Nyköping och därifrån ta en droska. Här har du lön för ditt arbete. Det ska nog räcka till resan.”

Georg vill protestera och säga att han är tacksam över att fått åka med ända hit och att han inte ska ha någon lön. Men han behöver verkligen pengarna så han bockar och tackar. Innan han kliver av vänder han sig om mot kaptenen.

”Vad heter er dotter?”

”Aina. Hon heter Aina.”

Georg bockar igen och springer av båten.

Att sitta på ett tåg tillsammans med främlingar och se landskapet flimra förbi är en helt ny upplevelse. Mannen bredvid pratar oavbrutet och Georg försöker göra sitt bästa för att vara artig. Samtidigt önskar han att mannen kan vara tyst så han får vara själv med sina tankar och landskapet utanför. När konduktören ropar ut Nyköping nästa börjar Georg ursäkta sig och plockar ihop sina tillhörigheter.

”Jaså, ska ni också av här?” Frågar den pratsamma mannen. ”Då kanske vi kan slå följe en bit. Var ska ni?”

”Jag ska vidare mot Stigtomta så jag behöver finna en droska bara”, svarar Georg.

Mannen skiner upp.

”Då ska jag ta dig till min bror. Han kör droska. Jag ska be honom ge dig ett bra pris.”

Georg skäms lite för sin tidigare irritation gentemot mannen.

”Tack, det var väldigt vänligt.”

Georg sitter bak i droskan och kan nu njuta av tystnaden och att färden går lite långsammare så han får tid att fundera på vad han ska säga när han kommer fram. Han kan inte vara framfusig och förvänta sig att tas emot med öppna armar och bli erbjuden en sängplats för natten. Så planen är att finna någon form av övernattning i byn och därefter söka reda på Idas familjegård. I en sådan liten by borde det inte vara alltför besvärligt. När droskan saktar in lutar sig Georg fram mot kusken och frågar om han möjligen vet något övernattningsställe som inte är allt för kostsamt. Kusken nickar till svars och fortsätter köra några gator till. Han stannar framför ett litet timrat hus precis bredvid en kanal. Gästgifveri Vallersta står det på en skylt. Georg kliver in och frågar efter en ledig sängplats för natten. En äldre dam visar honom ett litet rum på övervåningen.

”Känner ni möjligen till två systrar här i Stigtomta socken? De ska bo på en gård hos sina föräldrar. Systrarna heter Ida och Vilma.” Georg ser mot damen.

”Systrarna Rylander är de ni söker. De bor borta i Lund. En gul trävilla på en liten kulle på andra sidan vägen.”

Damen tittar på Georg som att hon väntar sig en förklaring till varför han ska besöka dem. Men han bara bockar och tackar för informationen.

Kapitel 21

Den gula villan ser enorm ut när Georg står utanför grinden och tittar upp. Han ser på människorna som rör sig innanför fönstren och funderar på vad han ska säga, men kommer fram till att det bästa nog ändå är att bara knacka på och se vad som sker. Dörren öppnas av en kille i hans egen ålder. Han ser direkt likheten med Ida och gissar att det är en bror. Killen säger inget utan står tyst och ser på Georg lite frågande. Georg harklar sig.

"God kväll, ursäkta att jag tränger mig på. Jag heter Georg och har träffat era systrar Ida och Vilma nere på Strand hos Ellen Key."

Nu vänder sig killen in mot huset och ropar:

"Far!"

Snart kommer en respektingivande man med mustasch till dörren.

"Det är Idas Georg som är här", säger killen och ser på sin far.

Sen springer han in i huset och lämnar fadern och Georg. Georg känner handsvetten och pulsen som stiger. Han finner inga ord som känns rätt just nu.

”Kom in Georg, så får vi talas vid.” Fadern backar så Georg kan kliva in.

De slår sig ner i en mörkröd sittgrupp bredvid en rörspis. Fadern stänger dörren om dem så de ska kunna talas vid i fred. Georg hinner se en skymt av Vilma innan dörren stängs. Hon ler. Det känns fint. Då kan inte Ida tycka allt för illa om honom.

”Jag tycker vi går rakt på sak Georg. Om jag förstått det hela rätt så har ni och min dotter Ida fattat tycke för varandra.”

Georg rodnar.

”Jo det stämmer. Vi talade om giftermål när vi var på Strand. Jag vet inte Idas känslor nu, men jag har samma önskan fortfarande och det är därför jag kommit hit.”

Fadern lutar sig närmare Georg.

”Jag tror ni är en reko kille med goda avsikter, men hur ska ni försörja er och var ska ni bo?”

”Jag har en verkstad i Hästholmen där jag försörjer mig som murare och kakelugnsmakare”, svarar Georg med stolthet i rösten.

Fadern ser ut att försvinna en stund i egna tankar. Georg blir nervös, men sitter tyst och inväntar svar.

"Vad jag förstått från Ida så hyser hon samma känslor för er Georg. Jag står inte i vägen om ni avser gifta er. Men jag har ett krav som jag inte kan rucka på."

Georg tittar spänt på fadern och väntar andlöst på att få höra vad kravet är.

"Ni kan gifta er med Ida nästa år när hon fyllt arton om ni flyttar hit till Stigtomta socken."

Nu susar det i öronen på Georg. Tankarna hoppar runt i huvudet. Han ska få gifta sig med sin Ida. Men han måste lämna Hästholmen och verkstan han byggt upp. Sorg och lycka blandas till ett rus av känslor.

Georg sitter med vid familjemiddagen och får äntligen träffa Ida och hela hennes familj. Efter middagen går Ida och Georg på en promenad tillsammans innan han går tillbaka till Gästgifveriet. Han ligger i sängen och stirrar upp i taket. Ser skuggorna från fotogenlampan dansa. Han somnar med en oro som följer med in i drömmarna.

I drömmen möter Georg sin far. De är i faderns gamla verkstad hemma i Rök. Georg känner igen lukterna från ugnen, från verktygen och från sin far. "Georg, håll fast vid din dröm". Georg blir förvirrad. Är det den här drömmen han är i nu han ska hålla sig kvar i? Är det drömmen han hade under de fasansfulla åren hos CJ att komma därifrån och bli kakelugnsmakare? Är det drömmen att gifta sig med sin Ida och få en egen stor familj? Han ser hur fadern bleknar och blir till luft. Han skriker rakt ut:

"Stanna, stanna hos mig!"

Georg vaknar och sätter sig upp i sängen. Han slås nästan fysiskt av hur tomt det är utan fadern. Han saknar deras dagar i verkstan. Gemenskapen. Det ordlösa samarbetet. Känslan av att han gör sin far stolt. Sen kommer tankarna om att far övergav honom. Lämnade honom och syskonen själva. Ilskan bubblar upp i stället. Han kliver upp ur sängen och skakar av sig alla känslorna. Nu vet han att han ska stanna här och gifta sig med sin Ida. Han struntar i om han kan ha en verkstad som sin far eller inte. Det är inget värt längre. Han vill inte bli som far sin. Han ska aldrig svika Ida och deras kommande barn.

Kapitel 22 (1915, ett år senare)

Inbjudes

att öfvervara

Vigsel-Akten

Emellan

Johan Georg Bergstrand

Och

Ida Viktoria Rydberg

Stigtomta kyrka

Fredag den 22 juni 1915

Kl 3 e.m

Georg och Ida sitter i kökssoffan och tittar på inbjudningskorten de låtit trycka upp och ska skicka i väg. Idas mor och far som betalar för festen hade bestämt antal gäster, men låter Ida och Georg bestämma vilka som ska bjudas. Georg vill bjuda in Ellen Key och Sven och Lovisa. Utöver dem är det bara sina syskon han önskar bjuda, men dem har han ingen adress till. Han funderar på lillebror Valter som nu är fjorton år. Kan han bjuda honom men inte CJ? CJ är Valters förmyndare och skulle säkert inte släppa i väg Valter utan att åka själv. Georg står inte ut med tanken på att CJ skulle komma och förstöra hans och Idas dag. Till slut kommer Georg och Ida överens om att utöver Ellen Key, Sven och Lovisa endast bjuda Idas släkt och vänner. Det blir ett mindre bröllop för de närmsta vilket passar Ida och Georg bra. De vill inte heller lägga för mycket börda på Idas föräldrar som har det tufft ekonomiskt ändå. Idas far är upprymd av tanken på att de skulle få Ellen Key på besök. Han berättar vitt och brett för alla som vill lyssna. Hans svärson är vän med författarinnan Ellen Key. Georg tycker det är ganska besvärande. Det blir en större sak i socknen att Ellen Key ska komma dit än att Ida och Georg ska gifta sig.

På bröllopsdagen samlas det fullt av folk runtom kyrkan för att få en glimt av fröken Key. När hennes droska rullar in står folk och stirrar och viskar. En del beundrar henne medan somliga tycker hon har allt för radikala åsikter kring barnuppfostran och kvinnors rättigheter.

"Välkommen fröken Key", ropar Idas far innan hon ens klivit ner från droskan. "Jag ska personligen visa er in i kyrkan till er plats. Längst fram såklart så ni ser och hör riktigt bra när de unga ska gifta sig."

Ellen Key ser skeptiskt på honom.

"Jag är en gäst som alla andra och förväntar mig ingen särbehandling. Jag är här för jag vill dela dagen med Ida och Georg som jag håller av mycket."

Hon drar åt sig armen som Idas far tagit utan lov.

Georg står längst fram i kyrkan och ser gästerna komma in. Nu kommer Ellen Key med rak rygg och en självsäker gång. Han ler. På något vis gör hennes närvaro i kyrkan honom lugn och trygg. Pulsen sjunker och axlarna åker ner. Alla verkar nu intagit sina platser och orgeln börjar spela bröllopsmarschen av Mendelssohn. Kyrkdörrarna öppnas och in kommer Ida i vit klänning. Hon är så vacker och jag är så lyckligt lottad, tänker Georg. Han trycker hårt ihop pekfingrarna mot tummarna för att inte börja gråta. När Ida kommer fram till honom fattar de varandras händer. Prästen ger sin välsignelse och de är nu man och hustru. Herr och fru Bergstrand.

Bröllopsfirandet och festen flyttar från kyrkan till Idas föräldrahem Lund. Skratt och dans blandas med sprit och bråk. Mestadels är det Idas far som står för sprit och bråkdelen. Han får i sig alldeles för mycket av rusdryckerna och blir oerhört förnärmad när Ellen Key inte vill dansa med honom.

"Jaså, man är för fin för att dansa med en bonde", halvt skriker han.

Idas mor försöker leda bort honom men han lösgör sig ur hennes grepp och spottar mot fröken Key.

"Jädrans manshatare!"

Fröken Key får nog och går i stället till Georg och Ida. Tackar för deras inbjudan och kallar sedan på droskan som ska föra henne hem igen.

"Jag ber så mycket om ursäkt för far min", säger Ida förläget. "Han har varit under mycket stress och det verkar ha blivit lite mycket alkohol idag."

"Det behöver du inte tänka på flicka. Jag är glad över att fått dela dagen med er två och jag önskar er all lycka. Ni vet att ni alltid är välkomna till Strand."

Georg och Ida följer Key till droskan och vinkar av henne.

"Ska vi smita från festen nu?" Georg blinkar lekfullt åt Ida.

Hon fnittrar och springer mot deras nya bostadshus. Hennes föräldrar har låtit dem bygga om ett äldre hönshus till bostad. Det är inte stort eller lyxigt men det ärr deras egna i alla fall. De har ett kök och ett rum. Allt som de just nu behöver. När första barnet kommer kan vi säkert bygga ut, tänker Ida. Hon trivs så bra med livet nu. Hon har Georg, eget hus och sin familj. Georg har fått arbete på en gård bara en kort bit från deras hem. Ida hjälper till på sina föräldrars gård. Om de nu bara får barn också så är det inget mer Ida kan önska sig av livet. Efter de älskat för första gången i sin egen lilla bostad somnar Ida direkt. Tacksam över livets gåvor. Georg ligger vaken. I honom blandas tacksamheten med ett skav. Han vill inte riktigt titta på vad skavet är, men det är svårt så här om natten i tystanden att inte känna det. Hur mycket lycka det än finns i stunden så är hans syskon där ute någonstans. Och deras far. Vad har hänt med honom? Ångrar han sig? Han tänker också på verkstan i Hästholmen. För att få ro att somna behöver han kämpa för att slå bort skavet, minnena och oron.

Kapitel 23

Georg vaknar och hör hur Ida lägger in ved i kökspannan. Hon har redan varit uppe en bra stund. Hämtat ved och vatten. Tänt eld och kokat kaffe. Ofta får de en stund tillsammans i köket innan Ida ska gå ut till ladugården och Georg ska gå till jobbet på gården bredvid.

"God morgon älskade."

Georg omfamnar sin hustru bakifrån när hon häller upp kaffet åt dem. Han lägger sina händer på hennes mage.

"Tror du det börjat växa en lite mini-Georg eller mini-Ida där inne än".

Det är november och fem månader efter bröllopet. Frågor om barn börjar komma från både familjen och bybor. Ida skrattar till och slår undan hans händer.

"Tok där, jag spiller ju vårt kaffe."

De sitter tysta och dricker morgonkaffet. Elden sprakar i kökspannan och det lilla huset blir snart varmt. Ida drar på sig mössa och kofta och sticker fötterna i träskorna innan hon går ut och upp mot ladugården för att mjölka korna. Georg sitter kvar en stund. Vad händer om de inte får något barn? Hur blir deras liv då? Räcker deras kärlek till varandra för ett lyckligt liv? Georg reser sig och tar på sig rocken och stövlarna. Ute är det fortfarande mörkt. Det luktar frost och dynga när han går över gårdsplanen. Han kikar mot ladugården där det lyser och han vet att Ida är där inne. Oroar hon sig över att graviditeten uteblivit eller är det bara hans tankar? Han vet inte heller vad som är normal väntetid? Hans mor hade varit gravid så ofta så han hade nog trott att det bara var ett enda samlag som krävdes. Är det något fel på honom? Eller på Ida? Georg finner det skönt att jobba hårt tills inga tankar får plats längre. En fysiskt slutkörd kropp somnar bättre om kvällarna. Han börjar gå upp tidigare och arbetar längre om kvällarna. Allt för att slippa undan tankarna och skavet i honom. Ida verkar inte ha något emot att han är hemifrån mera. Det ger henne utrymme att vara hos sin familj mer. Georgs längtan efter eget barn och en familj växer ju mer Ida är hos sin. En kväll när Ida kommer hem sent är Georg på väg att lägga sig.

”Hej älskling, hur har din dag varit?” Frågar Ida.

Georg svarar först inte.

”Är något på tok?” Ida sticker in huvudet i rummet.

"Ja säg det", svarar Georg bittert. "Varför är du inte hemma hos mig i stället för hos din gamla familj? Det är väl du och jag som är familj nu?"

Georg hör själv att han låter argare än han menar. Han känner sig ensam och utanför, men det är ju inte Idas fel. Ida sätter sig bredvid honom på sängen.

"Georg, jag längtar också efter barn och jag vet inte varför jag inte blivit gravid än, men det är faktiskt du som dragit dig undan och jobbar långa dagar. Jag hjälper mor och far i stället för att sitta ensam här och vänta på dig."

Georg vill helst av allt lägga armen om henne och säga förlåt, men stoltheten gör att han i stället vänder sig bort och svarar än mer ilsket:

"Jag vill att min hustru är hemma när jag kommer hem. Mat och värme borde jag kunna förvänta mig när jag arbetat ihop pengar till oss hela dagen."

Han lägger sig under filten med ryggen mot Ida. Under veckorna som följer blir stämningen dem emellan alltmer kall. Georg börjar fundera på om han verkligen gjort rätt som valt Ida framför livet i Hästholmen. Om endast två veckor fyller svärfar 50 år och det ska bli stor fest på gården. Georg är inte alls på humör för någon fest. Efter deras bröllop har inte Georg dragit jämt med sin svärfar heller. Svärfar anklagar Georg för att vara förmer än dem på grund av sin vänskap med fröken Key. Georg tycker han är barnslig och bara känner sig kränkt för hon inte ville dansa med honom på bröllopet. Jag måste verkligen börja leta efter ett annat hus åt Ida och mig, tänker Georg. Jag har jobbat mycket en tid nu och sparat det som gått. Kanske det snart kan bli till en handpenning. Annars får vi arrendera något. Men vi måste ta oss bort från hennes föräldrahem. Jag tror faktiskt det skulle föra oss två närmare varandra igen. Samtidigt slipper jag svärfars gnäll. Det kan nog göra oss gott. Redan samma kväll tänker Georg att han ska tala med Ida om det. För första gången på flera veckor känner han sig hoppfull och glad. Han har hittat en lösning.

Georg har eldat i vedspisen och sitter vid köksbordet och väntar på Ida. Han ser att det lyser uppe i gården. Plötsligt känner han en stor sorg. Sorg över att själv inte ha sin mor och far nära. Att inte ha sina syskon omkring sig. Allt det han hoppats på att finna hos Ida har bara blivit till en större saknad efter deras giftermål. Ida kommer heller inte hem den kvällen. Georg sitter uppe och väntar hela natten. Han dricker kaffe och eldar. Går så småningom till sitt arbete tidigare än någonsin. Hela dagen mal tankarna i huvudet. Vill hon inte ha honom längre? Är äktenskapet redan över? Varför kommer hon inte hem? När Georg sen kommer hem efter arbetsdagen är Ida där. Hon har lagat middag och det doftar ljuvligt. Georg ser att det är dukat med stearinljus i finljusstakarna.

"Firar vi något?"

Ida ler men skakar på huvudet.

"Tyvärr inte Georg. Men du har rätt. Jag har tillbringat så mycket tid hos far och mor att jag försummat dig. Det har varit mycket att ordna med inför fars femtioårs jubilar och mor orkar inte allt längre. Förlåt."

Georg tar henne i sina armar. Håller om henne länge. Nära. Andas in doften från hennes hår.

"Förlåt", säger han till sist. "Förlåt för mitt beteende också."

Efter middagen går de till sängs tillsammans. De ligger länge och samtalar om den kommande festen, om att eventuellt börja leta efter ett eget hus någon annanstans, om drömmen om ett barn. De blottar sig för varandra. Visar sina rädslor och längtan. Älskar.

Kapitel 24

Undervåningen på familjegården är smyckad med löv och ris. En tårta är bakad och på spisen kokar köttgrytan. Idag fyller fadern femtio år. Georg bävar för festen men vill hålla god min för Idas skull. Ida är på strålande humör och småsjunger medan hon dukar långbord i salen. Vilma häller vin i karaffer de lånat från bygdegården. Far själv får sig en lång sovmorgon. Han är arbetsbefriad idag. Sönerna jobbar i hans ställe på gården. Georg får uppdraget att ta en oxe och kärra för att hämta mer porslin från bygdegården och rusdrycker från Herr Olsson. Han bränner eget potatisbrännvin och säljer till sockenborna. Fadern har beställt stora mängder inför sin födelsedag.

"Brännvinet skall man inte snåla med", säger han. Och inte snålar han med det till sig själv heller. Det har på senare tid blivit ett allt större problem på gården. Fadern säger sig behöva en slatt till morgonkaffet för att komma i gång. Framåt kvällen har han fått i sig många slattar och är ofta ilsk och otrevlig. Ida är ofta den enda som kan tala med fadern och hon medlar allt oftare mellan far och mor. Georg hoppas att denna fest och dag inte ska sluta i några otrevligheter. Kanske han ska försöka spä ut spriten i svärfars glas med vatten liten bit in i festen?

Middagen äts av grannar, släkt och vänner med god aptit under skratt och sång. Ljudnivån ökar i takt med att timmarna går. Maten tar slut men rusdryckerna fortsätter serveras.

"Inga glas skall vara tomma", utropar fadern glatt.

Han är i sitt esse nu. En dag där man kan dricka hur mycket man vill utan gliringar från familjen och hustrun. Folk är glada och skålar. Georg har undvikit sin svärfar så gott han kunnat under kvällen, men nu ser han Idas far komma vinglandes mot honom med öppna armar.

"Georg, vår Georg", sluddrar svärfar. "Så fint att du tar hand om min Ida. Hur går det med barnamakandet. Du vet väl hur man gör?"

Han blinkar menande till Georg. Svärfar har pratat högt och Georg ser nu hur flera tystnat och sitter vända mot dem.

"Jag är tacksam över din gästfrihet så Ida och jag fått oss ett litet hus här på gården. Hoppas du haft en fin födelsedag och jag vill ännu en gång säga gratulerar. Men för mig är det nu dags att dra mig tillbaka. Imorgon är det dags att jobba igen."

Georg klappar svärfar på axeln och backar mot dörren. Svärfar greppar tag om Georgs arm innan han hinner gå ut.

"Georg, festen är inte slut. Inte överger du mig väl nu? Och tacksamhet behöver du inte gå runt med, men barnbarn förväntar jag mig förstår du. För du har väl inte blivit sån där homosexuell? Du som bott i stan."

Nu tittar alla i rummet på Georg. Georg är högröd i ansiktet.

"Tack för i kväll", säger han och vänder sig mot dörren.

Då kommer ett slag som träffar i nacken. Georg snubblar till och landar på alla fyra. Svärfar får av sig bältet och snärtar till över rumpan på Georg. Förnedringen väcker minnen av CJ. Nu hör han Ida ropar åt sin far.

"Far, vad gör du? Låt Georg vara."

"Min svärson ska inte skämma ut familjen!" Vrålar fadern.

Flera av gästerna kommer till Georgs undsättning och håller i fadern. Georg kommer upp på fötterna igen och springer ut på gårdsplanen. Kylan och mörkret slår emot honom. Han springer förbi sitt och Idas hus och nedför vägen mot byn. Han stannar inte förrän han är framme vid kanalen som flyter i utkanten av byn. Trots kylan sätter han sig ner på marken. Hjärtat slår snabbt. Han sitter tills pulsen sjunkit och kylan börjat ta sig in innanför huden. Då reser han sig och går sakta hemåt igen. Där väntar Ida på honom. Han känner skam när han möter Idas blick. Återigen den där skammen efter att ha blivit slagen, piskad som ett djur. Den här gången inför alla andras ögon. Ilskan bubblar upp. Han är varm i kroppen och han låter all ilska välla ut över Ida. Sin älskade Ida. Hon får ta emot allt han inte orkar bära. Hon får slagen, skammen och det onda.

Kapitel 25

Georg vaknar morgonen efter femtioårsfesten. Det tar en stund innan gårdagens händelser hinner i kapp. Minnesbitarna kommer tillsammans med ångesten. Han vänder sig om för att se hur det är med Ida, men hon har redan stigit upp. Georg kommer snabbt upp på benen och går ut i köket, men Ida är inte där. Hon måste redan gått ut i ladugården. Han tar sig en kopp kaffe och går sen själv i väg till granngården för att gömma skammen i arbete. Ida är inte hemma till kvällen heller. Georg möts av ett mörkt och kallt kök när han kliver in. Ångesten som hållits borta under dagen kommer krypandes igen. Huvudvärk och krypningar i benen tillsammans med en orolig mage. Georg kan inte sitta stilla utan vankar av och an i det lilla köket. Det blir flera ångestfyllda dagar för Georg innan hans Ida kommer hem igen. En kväll efter arbetet när Georg kommer in är köket varmt och det luktar mat. Ida står vid spisen med ryggen åt honom.

"Älskade, vad jag är glad att se dig", utbrister Georg lättad.

Ida svarar inte, men vänder sig om mot honom. Han ser hennes blåtira på ena ögat och såret efter en sprucken läpp. Han skäms. Han skäms och vill bara försvinna. Vad har han blivit för ett monster? Han faller ner på knä framför henne. Håller om hennes höfter och gråter. Bönar och ber om förlåtelse. Han lovar dyrt och heligt att det aldrig mer ska ske.

"Jag är gravid, Georg."

Han kommer snabbt upp på fötterna igen. Skrattar. Kramar om henne.

"Vilka fantastiska nyheter! Nu kommer en ny tid i vårt liv. Vi lägger det gamla bakom oss. Turen har vänt!"

Ida dras till slut med i hans glädjerus. Hon förlåter. De dansar och somnar i varandras armar.

Den goda nyheten tas emot med lättnad och glädje i familjen och i byn. Georg och Ida väntar äntligen barn. Barnet blir en flicka som kom att döpas till Aina. Strax innan Aina föds flyttar Georg och Ida till Nyköping. De hittar en liten lägenhet att hyra för en mindre summa. Georg får arbete på Bryggeriet som ligger precis intill Nyköpings Å. Ida är hemma och tar hand om hushållet och Aina medan Georg arbetar långa dagar på bryggeriet. Det är en lycklig tid i deras liv även om det i hela Sverige börjar bli tufft med maten. Året innan var skörden dålig och kriget i Ryssland påverkar mattransporter. För Ida och Georg innebär det matransonering på bröd, mjölk, smör och potatis. Ida läser om olika husmorstips hur man kan få ut så mycket som möjligt av den lilla ranson potatis de får. Utanför deras fönster ser de människor demonstrera mot matransoneringen, för åtta timmars arbetsdagar, för kvinnors rösträtt. Folket är missnöjt. Men i sin lilla familjebubbla är Georg och Ida fortfarande lyckliga. Varje kväll efter jobbet möts Georg av doften av mat redan i tamburen. Han är imponerad av hur Ida får ihop god mat varje dag trots ransoneringarna. Även om portionerna är små så är de goda. Georg ger Ida beröm för maten och tassar in till kammaren för att ge Aina en försiktig puss på pannan utan att väcka henne. Då Georg arbetar långa dagar så är det sällan han träffar Aina när hon är vaken. I stället fick han lyssna på Idas berättelser om deras dagar och Ainas utveckling. Det är det bästa på hela dagen, tänker Georg, att sitta vid matbordet efter en lång arbetsdag och få se Idas lyckliga ansikte när hon berättar om dagen som varit och om deras Aina. Georg arbetar tio timmar sex dagar i veckan. Söndagar är han ledig och kan tillbringa tid med sin familj. Det är då han träffar Aina. Men Aina som är ovan att se sin far gråter oftast när han försöker lyfta henne. Hon sträcker sig efter sin mor som är tryggheten.

”Hon är så liten än”, tröstar Ida. ”Det blir annat när hon blir äldre och förstår att du är hennes far.”

Georg förstår att det säkert är så men ändå sticker det till varje gång hans dotter vrider sig bort från honom och vill till sin mor i stället. Återigen kommer de mörka tankarna om att vara utan närhet till familjen. Känslan av utanförskap och att inte duga. Skammen. Ida märker förändringen hos Georg. Från att ha varit lycklig och pratglad om kvällarna efter jobbet sluter han sig alltmer. Söndagarna umgås han nu ibland med några av de familjelösa arbetskamraterna. Han dras med i missnöjesdemonstrationerna.

Ida blir alltmer ensam med Aina. Ibland reser hon hem till gården i Stigtomta för att ägna tid åt far och mor. Det ger Georg friheten att tillbringa mer tid med kamraterna, dricka mer brännvin och vara ute och protestera. Ofta samlas de utanför rådhuset och sjunger *arbetets söner*. De är hungriga och missnöjda med de långa arbetsdagarna. Georg känner agg mot politikerna och ordningsmakten. Det är deras fel att han inte får vara med sin familj. Han tvingas arbeta dessa långa dagar och ändå får han och familjen inte äta sig mätta. Han ser det som sin uppgift som familjefar att se till att hans hustru och barn får mat och nu stoppar regeringen detta. Då är han tvungen att protestera. Georg och hans arbetarvänner eggar upp varandra. De dricker brännvin och blir ännu mer uppretade. De tycker sig se orättvisor i fördelningen av matransoneringen.

Somliga verkar alltid ha bröd och smör. Detta leder till osämja och slagsmål även bland folket. Oftast är det arbetarna som slåss med de mer välbärgade samhällsmedborgarna.

Kapitel 26 (1917, två år senare)

Under våren 1917 sker en av de största demonstrationerna i Nyköping. 2500 demonstranter vandrar från de olika fabrikerna i samlad trupp till rådhuset. Georg är en av dem. Trots stort missnöje genomförs den under lugna omständigheter. Arbetarna framför sakligt sina krav genom sin talesman snickaren Tomas;

"Vi kräver att staten ska få slut på importstoppet, ingen kronoskatt för de som tjänar under 2000 riksdaler per år, brödransonen måste öka för alla kroppsarbetare, priset på potatis, mjölk och ved ska sänkas, kommun måste ingripa vid hyresocker, om skatter ska höjas så ska det vara för de rika endast."

Stadens borgmästare kommer ut på trappan till rådhuset och bemöter lugnt demonstranterna.

"Skatter bestäms av staten och det kan vi i Nyköping inte påverka. Vi får vara tacksamma och glada över att vi inte är indragna i kriget. Då hade vi haft det än tuffare. Angående ransoneringen så ska vi låta livsmedelsnämnden se över rutinerna och bättra sig."

Efteråt samlas Georg och några av hans vänner på Vesterlunds krog. Även om de inte blivit lovade något av värde så känns det som en seger. I alla fall en delseger. Georg skrattar och sjunger med vännerna, men tankarna vandrar också till Ida och lilla Aina. Det skulle vara fint att få komma hem till dem nu och berätta, men han vet att de är i Stigtomta som vanligt. Han är allt oftare ensam hemma i lägenheten. I början var det ganska skönt. Georg slapp vakna av barnskrik mitt i natten. Han slapp Idas förebrående blickar när han träffade vännerna på söndagarna i stället för att umgås med henne. Men nu saknar han henne. Han saknar sin lilla familj och han önskar fler barn. Mest av allt vill han springa hem, ta Ida i famnen och säga "nu gör vi ett syskon till Aina. Vi gör tio syskon". Men han kommer hem till en tom lägenhet som vanligt. Den är kall och mörk och det finns inte ett spår av matlukt. Georg kryper ner i sängen med kläderna på sig. Fryser ända in till märgen. Ena stunden förbannar han Ida som inte är där. Andra stunden sig själv för han är en dålig far och make. I morgon ska han anmäla sig sjuk och i stället resa till Stigtomta. Han somnar med tanken om att träffa sin familj så snart morgonen gryr.

Solstrålarna letar sig in till Georg och får honom att öppna ögonen. Det tar en stund innan han vet var han är och kommer ihåg gårdagen. Han har inte längre någon ork att åka till Stigtomta. I stället går han upp och till jobbet som vanligt. Det känns enklast så. Det var brännvinet som hade talat i går.

Ett par dagar senare är Ida och Aina där när han kommer hem efter arbetsdagen. Hon ler försiktigt och lite trött mot honom när han kliver in.

"Vad fint att ni är hemma igen. Nu vill jag att du stannar här. Jag vill inte leva ungkarlsliv när jag har fru och barn."

Ida möter hans blick.

"Jag vill också stanna här. Men då vill jag att du kommer hem efter jobbet och umgås med oss om söndagarna. Jag vill inte heller leva som ensam med ett barn."

Georg går fram till Ida och lägger armarna om henne. Hon trycker näsan mot hans bröst. Drar in hans lukt.

"Jag älskar dig Georg."

"Jag älskar dig Ida och vår Aina också. Kanske vi ska ge henne ett syskon snart."

Veckorna går. Georg umgås inte längre med sina politiskt engagerade vänner och slutar helt med rusdrycker. Han söker sig till den nybyggda fabriken Sunlight där de utlovat bättre lön och arbetstider.

Han får arbete på stört med 200 riksdaler mer i årslön och arbetsdagar som slutar klockan arton i stället för tjugo som tidigare.

Ida drar bort gardinerna. Georg småspringer mot sin arbetsplats. På gatan går människor med snabba steg i olika riktningar. Mest män på väg till arbetet. En och annan kvinna på väg till ullspinneriet. Aina gnyr och Ida skyndar sig att ta upp henne. Snart ett år. Vart tar tiden vägen? Georg har nog rätt. Det börjar bli dags för ett syskon. Kanske de har råd med större lägenhet nu när Georg tjänar bättre. Han verkar trivas också på nya arbetet. Och han luktar gott när han kommer hem om kvällarna. Inte så konstigt när han paketerat tvålar hela dagen.

Georg stämplar in på fabriken. Morgnarna börjar de med att tända upp eldarna där de sedan ska koka tvålen. Georg går till sin arbetsstation. Lägger fram ved och tänder eld. När elden tagit fart plockar han fram materialet. Kaustiksoda, vegetabiliska fetter och citronella för en fräsch doft. Allt blandas noggrant i en stor kittel. Det viktigaste i processen är att ta kitteln från elden i rätt tid. Georg lär sig se på smeten när det är rätt. Den ska enkelt släppa från sleven men utan att ingredienserna separerar från varandra. Kokar det för länge är man tvungen att hälla ut och börja om. Då dras det av på lönen. Materialet är dyrt. Med tiden blir Georg mycket duktig på att ta smeten i exakt rätt ögonblick. Han får ofta beröm av direktör Blomstrand. Men då priserna på kaustiksodan stiger blir de tillsagda att använda mer av oljan i stället. Det gör det svårare för smeten att bli slät och hänga ihop. Det blir klumpar och slutprodukten får sämre kvalitet. Georg tycker inte alls om att göra ett dåligt arbete så han ber att få tala med direktör Blomstrand.

"De mängderna olja vi blivit tillsagda att använda nu gör tvålen klumpig och när kunderna köper tvålen och ska använda den så faller den isär. Det ger oss dåligt rykte." Blomstrand tar av sig glasögonen och ser upp på Georg.

"Så herr Bergstrand har gått och blivit både kemist och försäljarexpert. Det var inte dåligt."

Georg tittar ner i golvet.

"Om ni hade blivit ekonom också så kanske ni hade kunnat rådge även om hur vi ska få säljsiffrorna att stämma med kostnaderna utan att minska på kaustiksodan."

Det blir tyst en stund i rummet.

"Då tycker jag att Bergstrand går tillbaka till sin arbetsstation och gör det han har betalt för."

Georg går tillbaka ner för spiraltrappan från kontoret till verkstadsgolvet. En av arbetskamraterna ser Georg komma nerför trappan.

"Har ni fått mer beröm av direktören?" Georg skakar på huvudet.

"Jag sa att tvålen fick sämre kvalitet med mindre kaustiksoda. Men det handlade visst mest om förtjänsten och mindre om vårt rykte."

Arbetskamraten ser på Georg.

"Var försiktig med vad du säger om du vill ha kvar jobbat. Bäst är att göra sin lilla del och låta arbetsledningen göra sitt."

Georg suckar.

"Fast visst vill man väl kunna vara stolt över det man gör. Jag vill inte höra att de tvålar vi tillverkar har dålig kvalitet. Yrkesstoltheten försvann när industrialiseringen kom. Vi är bara en obetydlig kugge i hjulet nu."

Kapitel 27 (1918, ett år senare)

Svante Hagman står på stortorget och säljer grönsaker odlade i Hagmans trädgård strax utanför stan. En gång i veckan går Ida dit med Aina i vagnen.

"Vad får det lova att vara idag Fru Bergstrand?"

"Vad rekommenderar Hagman?"

"Idag har jag nyskördade gurkor. Stora och fina. Morötter och kålrabbi finns det också."

"Kan jag få 500gram morötter och en kålrabbi?"

Hagman väger och stoppar ner varorna i papperskasse som han räcker över till Ida. På väg hem från torget möter hon grannfrun Larsson.

"God middag Fru Larsson", säger Ida och nickar.

"Fru Bergstrand. Har ni handlat grönsaker av Hagman? Då har ni det inte knapert. Han tar bra betalt han."

Ida skyndar på stegen för att slippa stanna och lyssna mer på Fru Larsson. Det är en riktig skvallertant.

Hemma igen ringer Fru Larssons ord i huvudet "han tar bra betalt han". De har det inte särskilt bra ställt, men hon har läst i husmorstidningen om att det är viktigt för växande barn att äta grönsaker. Annars kan de bli sinnesslöa. Georg gnäller ibland på henne att hon gör slut på hushållspengarna snabbare än de kommer in. Men vad vet han om vad allt kostar. God mat vill han gärna ha efter jobbet. Och inte vill han väl att dottern hans ska bli sinnesslö. Vid ett tillfälle sa hon emot och frågade om han hellre ville att hon började arbeta så de fick en större hushållskassa. Det var ett misstag hon inte kommer göra om. Vill hon dra skam över familjen hade han skrikit åt henne. Tyckte hon inte han var man nog att försörja sin egen familj. Hon förstod att hon trampat på en öm tå.

Runt omkring Sverige rasar kriget. Om kvällarna sitter Georg och Ida tillsammans och talar om tidningarnas rapporteringar. Lenins Bolsjeviker har övertagit makten i Ryssland. Våra grannar i Finland blev för bara ett par månader sen självständigt från Ryssland men nu tar de till vapen mot varandra. Amerikanarna kommer till Europa för att mota tillbaka tyskarna.

"Jag tycker det är väldigt otäckt med allt krig runt om oss."

Ida ser på Georg.

"Jo visst", svarar han. "Men skönt att vi kan vara neutrala i alla fall."

"Ja, hoppas bara att ingen får för sig att komma hit och börja skjuta även om inte vi tagit parti."

"Jag tror inte det kommer ske Ida, men såklart måste vi ha ett starkt försvar nu och vara förberedda."

"Hur kommer det sig att du inte gjort värnplikt? Det har du aldrig berättat."

Georg ser lite besvärad ut.

"Visst har jag väl sagt att jag har nedsatt hörsel på ett öra efter en olycka?"

"Inte vad jag minns."

"Ja så är det i alla fall. Därför fick jag inte göra lumpen."

Georg reser sig och går in till kammaren för att se på Aina som sover djupt. Han står i mörkret och ser glimtar av Aina genom det lilla sken som hittar in från gatlyktorna. I tanken är han tillbaka i torpet med CJ.

"Försöker du sno mat från mig ungjävel!" CJ spottar fram orden.

Georg hukar sig. Första slaget träffar bakhuvudet. Skallen dunkar och han kämpar för att hålla sig stilla och tyst. Andra slaget träffar örat. CJ går ut genom ytterdörren och lämnar Georg kvar på golvet. Georg tar sig för örat som är varmt och fuktigt. Han tittar på handen och ser den kletig av blod.

"Georg? Hallå?" Ida rycker honom i armen. "Har du ont i örat?"

Han märker först nu att han håller sig för örat.

"Nejdå, det kliade bara."

Han gör sig fri från Idas grepp och går till hallen. Tar på sig ytterkläderna och går ut. Vandrar genom ett nästan folktomt mörkt Nyköping. Luften är kylig och det virvlar snö i luften. Omöjligt att se om de är på väg upp eller ner. Han drar åt rocken och skyndar på stegen fast att han inte har något mål.

Ida kryper ner under täcket i kammaren. Vart skulle Georg? Det är ju sent. Hoppas han inte dricker sig berusad. Det är ett tag sen nu. Men han verkade upprörd. Är han arg på mig? Ida har svårt att komma till ro. Hon lyssnar efter steg i trappan. Lyssnar på Ainas andetag. De lugnar henne till slut. När Georg väl kommer hem igen har hon somnat.

Morgonen därpå har Georg redan gett sig av till jobbet innan både Aina och Ida vaknat. Ida känner värmen efter hans kropp i sängen när hon vaknar. Förstår att han i alla fall hade kommit hem någon gång under natten och sovit där. Ida sätter på sig sockor och lyfter upp Aina. Öppnar brödskrinet. Där ligger en liten brödbit som kanske går att dela i två. Smöret är slut så hon häller lite rapsolja på. En bit tar hon själv och den andra ger hon till Aina. Aina tuggar, spottar ut, tuggar, spottar ut.

"Ät nu Aina, din magra stackars tös."

Månadens ransoneringskort för mjöl är redan använt och det är flera dagar kvar tills de får ett nytt. Ett kilo vetemjöl per månad räcker inte till. Måtte krigen snart vara över så ransoneringen tar slut. Smutsen på fönstren syns tydligt när vårsolen ligger på. Det ser varmare ut än vad det är. Ida pälsar på sig själv och Aina innan de går ut. Två trappor ner och ut på innergården. Aina tultar runt på den lilla gräsplätten innan Ida lyfter upp henne i vagnen.

"God morgon Fru Bergstrand. Redan uppe och ute med lilltösen? Jag hörde någon som gick i trapphuset i natt. Trodde först det var tjuvar. När jag tittade ut såg jag Herr Bergstrand. Vad hade han för ärenden mitt i natten månntro?"

Fru Larsson tittar nyfiket på Ida.

"God morgon Fru Larsson".

Ida går förbi och ut på gatan utan att svara på några nyfikna frågor. Hon kan gott få undra. Förresten vet hon ju inte heller vad Georg gjort ute under natten. Ida går på måfå runt i stan. Stannar till utanför

Tiptop biografen och ser på filmaffischerna. I elfte timmen. En äventyrsfilm i tre akter. Nordiska filmkompaniet. Kärlek och fågelkvitter- ett lustspel. Inställt på grund av spanska sjukan. Ida rycker till. Hon har hört om denna farsot som sprider sig ute i landet. Mestadels har det rapporterats om olika regementen som fått smittan bland de unga värnpliktiga. Nu är den alltså här. Hon vänder och går hemåt igen.

När Georg kommer hem efter arbetsdagen berättar Ida om den inställda bioföreställningen.

"Ja, jag läste i tidningen på jobbet idag att en repövning här i Södermanland fått ställas in på grund av smittan. Manskapet hade blivit isolerade och fått bo i tält för att inte sprida smittan vidare. Obehagligt när den är så nära inpå. Jag vill inte att du går ut med Aina i onödan nu."

"Jag går bara ut med henne i vagnen så hon får frisk luft. Det är ingen annan som kommer nära henne. Frisk luft behöver hon ha."

"Visst, visst, det är bra."

Kapitel 28

Hösten 1918 drabbas Sverige hårt av spanska sjukan med tusentals dödsfall. Hälsovårdsnämnden uppmanar folk att inte stå i köer, inte bjuda hem folk, tvätta händerna noga med tvål och vid snuva eller hosta helt undvika kontakt med andra. Skolor stängs ner och biografer och andra offentliga tillställningar likaså. Varje dag kommer Georg hem till sin lilla familj och berättar vad han läst i tidningen på jobbet.

"Idag stod det att en sextonårig flicka i Eskilstuna dött av spanska sjukan och i Katrineholm hade flera dödsfall inträffat" ropar han in till Ida från hallen.

Ida suckar. Orkar knappt lyssna på eländet längre. Matransonering, krig runt i Europa och nu spanska sjukan. Vilken framtid har de? Men det finns en ljusglimt i tillvaron.

"Georg, kom in och sätt dig."

Ida har dukat extra fint och lyckats trolla fram socker och ägg och gjort en sockerkaka. Sötsaker har de inte ätit på väldigt länge.

"Oj", säger Georg. "Har jag missat din födelsedag eller min kanske?"

Ida går fram till honom. Lägger armarna om hans hals. Ser in i hans ögon.

"Du är gravid?"

Ida nickar. Ögonen tåras. En ljuspunkt i en av de mörkaste tiderna.

Eftersom det inte är tillåtet att bjuda hem folk eller gå ut på tillställningar så blir det en tid med många långa hemmakvällar. Ida och Georg roar sig ofta med olika brädspel för att få tiden att gå denna höst och vinter. Fia med knuff och kinaschack spelar de ofta.

"Nu fuskar du igen", säger Ida med anklagande röst.

Georg skrattar och petar ut Idas pjäs.

"Du är verkligen en dålig förlorare kära hustru."

Julaftonsmorgonen vaknar den lilla familjen i sitt gamla hus på gården i Stigtomta. Ida tycker Aina ska få fira den med sina kusiner och mormor och morfar. Dessutom är det Idas födelsedag. Så även om Georg helst vill fira den hemma i Nyköping så kan han inte riktigt neka Ida att fira jul och födelsedag i Stigtomta. Han hoppas bara att inte svärfar ska bli alltför berusad. Efter incidenten på bröllopskvällen har han inte haft mycket kontakt med svärfar. Han oroar sig också för att Aina ska vara så nära andra barn nu i pandemitiderna. Sjukhusen är fyllda av influencapatienter och fortfarande dör många av dem.

"Aina, kom så tvättar vi våra händer innan frukosten."

Alla tre tvättar händerna med tvål och vatten. Ida kokar kaffet. Äntligen har de fått tag på kaffe igen. Det har varit en period när Sverige inte kunnat importera kaffe. Idag blir det också gröt till frukost. Kvällen innan hade de lagt en liten, liten klick gröt på ett fat och ställt på farstutrappan till tomten.

"Tomtegröt!" ropar Aina och vill öppna dörren och se om gröten är uppäten.

"Kom nu så äter vi vår gröt först och kollar tomtens sen."

Aina gör som mor säger men är inte helt nöjd. Hon får snabbt i sig sin gröt.

"Kom, kom." Aina springer fram till ytterdörren men den är alldeles för tung för henne att få upp. Georg skrattar.

"Kom gumman."

Han lyfter upp henne. Öppnar dörren. Tallriken är tom. Aina ser på sin far med stora ögon.

"Tomten?"

Georg nickar.

Ida och Aina går upp till stora huset för att se om de behöver hjälp.

"Tomten åt gröten. Tomten åt gröten", ropar Aina ivrigt när hon får syn på morfar. Han ser på Ida.

"Det var en högljudd unge du har. Ska ni vara här inne får du se till att ungen dämpar sig."

Ida tittar på Aina.

"Kom så ser vi om kusin Lilly vaknat."

Lilly sitter på golvet och leker med en docka. Hennes mor sitter framför spegeln och flätar håret.

"God morgon, går det bra om Aina stannar hos er en stund och leker med Lilly? Far är inte på humör för högljudda barn där nere."

"Det går bra. Lilly och Aina brukar leka fint ihop."

Ida lämnar Aina och går tillbaka ner till fadern. Han nickar åt henne. Nöjd.

"Var är mor?"

"Ja du, vem vet var hon håller hus." Ida går ut i ladugården och sen till hönshuset. Där finner hon mor sin som plockar ihop ägg.

"Behöver du hjälp mor?"

"Jo, det vore fint om du ville hämta in lite färsk mjölk. Sen ska vi koka ihop kryddorna till vörtbrödet."

Det vattnas i munnen på Ida. Här på landet finns det gott om råvaror som de sällan får tag i inne i stan nuförtiden.

"Javisst, jag går till ladugården."

Hela dagen hjälper Ida sin mor med maten. Far ser de inte till. Georg tar med Aina över till granngården. Sin gamla arbetsplats. Han vill helst undvika svärfar så mycket det går. Till middan samlas de vid det dukade långbordet. Ida, Georg och Aina. Svärfar och svärmor. Vilma med man har kommit hem över julen från Stockholm. Idas storebror Anders med fru och dottern Lilly från Eskilstuna. Ida sitter bredvid Vilma. Vilma lutar sig nära sin syster och viskar:

"Jag väntar barn."

Ida kramar sin syster och viskar tillbaka:

"Jag är så glad för dig. Då kommer vi få små kusiner samma år. Jag väntar också barn."

"Nå vad tasslar mina döttrar om då?" Far ser på Ida och Vilma.

"Erik", säger mor. "De kanske inte vill dela allt med alla."

"Mina döttrar har inga hemligheter för sin gamle far."

Han slirar lite på orden och familjen förstår att han haft flaskan som sällskap under en stor del av dagen.

"Jag är gravid", avslöjar Ida.

"Jag med", erkänner Vilma.

"Men det måste vi skåla för", utropar far. "Vilka produktiva svärsöner jag fått. Skål på er."

Kapitel 29 (1919, 6 månader senare)

Tolfte juni föds lilla Bengt på lasarettet i Nyköping. Utanför vankar Georg av och an med Aina snart två år. Bara en månad kvar till hennes födelsedag. Bengt väger alldeles för lite och han tas om hand av sköterskorna. Ida ligger själv på rummet när Georg och Aina släpps in. Hon gråter av utmattning och av rädsla. Tänk om Bengt inte överlever. Georg tar hennes hand. Aina stryker mamma på benet. En sköterska kommer in.

"Han klarar sig. Vi gör honom redo så ska du få amma. Jag får be far och dotter åka hem så mor får återhämta sig."

Lilla Bengt får ömsom ammas ömsom dropp för att klara de första kritiska dagarna. Efter en vecka meddelar läkaren att det går bra att åka hem. Aina har fått vara hos mormor och morfar under veckan så far kunnat arbeta. Nu samlas hela familjen igen i Nyköping. Mor, Far, dotter och son. Georg telegraferar den glada nyheten till Ellen Key. Några dagar senare anländer ett brev från fröken Key; Gratulationer från Ellen, Malin & Gull. En slant ligger också däri. Georg tänker på sin tid på Strand och hur väl omhändertagen han blev av Key. När barnen blir lite större ska jag ta med familjen på resa dit så de får träffa Ellen och Sven med familj. De har betytt mycket för mig. Sen vandrar tankarna vidare till Valter och de andra syskonen. När Aina föddes hade Ida och Georg skrivit brev till Valter adresserat till CJ. Inget svar kom.

Med en familj på fyra börjar lägenheten kännas liten. Både Ida och Georg är uppväxta på landet med stora utomhusytor att röra sig på. De beslutar sig för att prova arrendera en liten gård på landet och bli självförsörjande. Efter en tid finner de ett torp i Lugo, ett litet samhälle nordväst om Nyköping. Flytten sker en regnig novemberdag 1919. Bengt fyra månader ligger insvept i Idas sjal. Aina sitter bredvid far. Han ler.

”Nu blir allt bra Aina.”

Och visst börjar allt bra i Ludgo. De skaffar två kor, en gris och ett gäng med höns. En mindre jordplätt ingår i arrendet och där stoppar de ner potatisar, ärtor och morötter. I trädgården finns både äppelträd och päron. Ida stoppar ner en rabarber också. I lanthandeln finns mjöl, socker och allt de kan tänkas behöva. Ida sköter barn och matlagning och ser till att hemmet är i ordning. Georg sköter djuren och odlingarna. Ida promenerar till lanthandeln för att köpa ett kilo mjöl.

"Fru Bergstrand, ni har ett paket. Det kom häromdagen. Stämplat i Ödeshög."

Paketet är så stort att lanthandlarens son följer med som bärhjälp. Ida väntar med att öppna tills Georg kommer hem.

Till familjen Bergstrand. Lycka till med nya hemmet. Må det vara ljust och lättstädat. Luftigt och barnvänligt. Här skickar jag en stämningshöjare till ert hem. Mycket nöje. Ellen Key.

Lille Bengt försöker tugga på omslagspapperet. Aina tittar med stora ögon på paketet.

"Öppna du Georg."

Han tar bort pappret och finner en apparat han sett men aldrig ägt själv. En grammofon. Och en skiva till. Barndomshemmet med Ernest Rolf. Det tar en stund innan de kommer på hur man får i gång musiken. Alla fyra ser på varandra. Bengt gungar. Aina tar lillebrors händer i sina. Nickar med huvudet till musiken. Ida och Georg skrattar.

"Vilken present. Den måsta kostat en förmögenhet" säger Ida. "Hon bryr sig verkligen om dig. Om oss."

Att komma ut på landet igen är som att komma hem. Både Ida och Georg kan sina sysslor. Ett stenkast från deras lilla gård ligger Oxtorp. Ida står i trädgården och vakar över Aina som leker. Bengt ligger i vagnen och sover. Kvinnan från grannhuset kommer gåendes.

"Hej", ropar hon. "Hej."

Med sig har hon en liten pojk i treårsåldern. Han springer fram till Aina och sätter sig bredvid.

"Välkomna till Ludgo. Trivs ni?"

Ida ser på kvinnan och vet inte om hon tycker om henne eller inte. Hon är ganska påflugen. Ställer frågor utan att ens presentera sig. Går in på deras tomt utan att fråga om lov. Ida sträcker fram handen mot kvinnan.

"Hej, Ida heter jag och det där är Aina och i vagnen har vi Bengt."

"Förlåt så ohyfsat av mig. Astrid heter jag och det där är min son Oscar. Jag blev bara så glad när jag såg att ni var ett ungt par i vår ålder och med barn. Förut bodde ett äldre par här. Otrevliga dessutom."

"Ingen fara. Jo tack vi trivs bara bra här. Så skönt att komma ut på landet igen. Har ni bott länge här?"

"Vi flyttade hit när Oscar var nyfödd. Dessförinnan bodde vi inne i Katrineholm. Men vi ville prova på lantlivet och nu är vi här. Och ni då, var bodde ni förut?"

”Nyköping.”

På kvällen berättar Ida om mötet med Astrid och Oscar för Georg.

”Så trevligt med en jämnårig kvinna för dig och en lekkamrat till Aina.”

”Jo, fast det var något som inte stämde riktigt. Jag vet inte än vad det var.”

Georg ler åt sin hustru.

”Det kanske är en häxa eller en mörderska.”

”Sluta, Georg”, skrattar Ida. ”Vad tramsig du är”.

”Nåväl, jag ska gå över någon dag och hälsa på dem och se vem maken är. Det kan ju vara bra att känna sina grannar.”

På söndagseftermiddagen när både Aina och Bengt sover middag går Georg över till Oxtorp och knackar på. Astrid öppnar.

”God dag frun. Jag är Idas make och heter Georg. Har du maken din hemma?”

”Nej tyvärr”, svarar Astrid kort och börjar stänga igen dörren.

”Kommer han hem senare idag?”

”Han är bortrest.”

Kanske Ida har rätt. Lite underligt känns det. Georg ser på Oxtorp och dess uthus. Han går tillbaka hem. Ida sitter vid köksbordet och syr på en tröja till Bengt.

"Det gick snabbt. Fick du träffa maken?"

"Nej, han var inte hemma. Jag får gå tillbaka en annan dag."

"Märkte du något underligt då?"

"Jo kanske, men jag vet inte. Det var så kort möte."

Georg sätter sig mitt emot Ida.

"Gården såg väldigt nergången ut och jag såg inte till några djur. Det kändes nästan övergivet."

"Jo", säger Ida. "Men vad jag förstått är de egentligen stadsbor så de kanske inte har kunskaper om hur man tar hand om en gård."

"Så kan det vara. Ska bli intressant att träffa den där maken."

Dagen efter går Ida till lanthandeln. På köpdisken ligger ett litet paket adresserat till Oxtorp.

"Jag bor granne med Astrid och hennes make så jag kan ge det till dem om ni vill." Han tittar förvånat på Ida.

"Astrid har ingen make. Det är hon och sonen som bor där. Har du sett någon man där?"

Han lutar sig intresserat fram mot Ida.

"Förlåt, nej, jag trodde bara." Ida plockar ihop sina varor och går mot dörren.

"Hallå, du glömde paketet. Till Astrid."

Tusan också. Varför hade hon erbjudit sig. Så dumt. Hon tar paketet. Går ut från affären. Lägger paketet i vagnen hos Bengt. De går direkt till Oxtorp. Astrid är i trädgården med Oscar som skiner upp när han ser Aina.

"Jag var nere i lanthandeln och tog med ett paket adresserat till er."

"Tack, vad vänligt av er."

"Jag tror handlaren har missuppfattat situationen för han sa att ni och er son bor själva här utan man."

Ida känner sig som Fru Larsson i Nyköping när hon lägger näsan i blöt, men nyfikenheten tar över. Hon ser på Astrid.

"Vill du komma in på en kopp kaffe?"

Ida står i dörren när Georg kommer in till middagen den kvällen.

”Nu ska du få höra.”

”Snälla Ida, jag är helt slut. Går det bra om jag tar av mig stövlarna och kommer in först?”

”Jo, men skynda då. Astrid bor ensam med Oscar. Sin son. Hon ärvde gården av sin far som dog för tre år sen. Hennes bror hade redan en gård så han ville inte ha den. Astrid flyttade in med sin make Stig. Han dog efter en kort tid. I en olycka på gården. Men det dumma var att Astrid och hennes bror skrivit något om att hon ägde huset så länge hon var gift. Skulle något hända hennes make eller vid skilsmässa så kunde hennes bror välja att ta över gården. Så hon har dolt sin makes död. Hon blev livrädd när jag sa att handelsmannen visste att hon lever själv. Hennes bror är ingen trevlig typ, enligt henne själv.”

”Hoppsan, vilken soppa. Då förstår jag varför gården såg förfallen ut. Kan inte vara lätt som kvinna med ett litet barn att ta hand om en gård. Vi får försöka hjälpa till med det vi kan.”

Kapitel 30 (1921, två år senare)

Familjens tredje barn Sven föds hemma på gården tjugofjärde januari. Det snöar ute. Termometern visar på tolv minusgrader. Georg passar Aina, Bengt och Oscar medan Astrid hjälper Ida. Den här gången går förlossningen snabbt. Sven har bråttom ut. Han föds frisk och välnärd. Barnskriket ljuder genom hela gården. Bengt ser på sin far.

"Ja du Bengt, nu är du storebror."

Han hissar upp honom mot taket. Bengt tjuter och hisnar.

"Får jag gå till mor nu?" Frågar Aina.

"Vi väntar tills Astrid hämtar oss."

Efter en evighet kommer Astrid med ett litet knyte.

"Ida behöver vila lite, men här har ni lill-pojken."

"Tack så mycket för hjälpen Astrid, det är värt mycket för oss. Vi hade aldrig hunnit ta oss in till sjukhuset."

"Ni har hjälpt mig så mycket. Det är skönt att få ge tillbaka lite också."

Astrid och Oscar går hem till sitt och lämnar familjen Bergstrand som nu vuxit till fem personer.

Endast tre månader senare är Ida gravid igen. Denna gång blir det inte något firande. Ida och Georg är trötta och hade inte förväntat sig ännu en graviditet så nära inpå. Dessutom går arrendet ut på gården och när Georg ska förhandla fram nytt så har ägaren höjt årsavgiften så kraftigt att de med snart fyra barn inte har råd att stanna kvar. Ida är orolig.

"Jag ordnar det här. Du behöver inte oroa dig. Det finns fler arrendegårdar."

Georg frågar runt bland gårdarna och efter en lång tids sökande får han tag på en gård i Bogsta. Det är endast några få hus som ligger ett par mil västerut från Ludgo. Där finns ingen lanthandel men de har en kyrka. Närmaste handel är i Berga, tre kilometer från Bogsta.

"Det får gå. Du ska föda om endast tre månader så vi har inte mycket val nu."

Georg har skaffat en egen dragkärra. De fyller den med sina ägodelar. Barnen åker med bland sakerna. Georg drar och Ida går bredvid. Två mil är långt att gå. Luften är kylig. Det kommer imma från deras munnar när de andas. Största delen går de under tystnad. En gång pausar de för att äta. När barnen blir otåliga sjunger de. Ida och Georg sjunger högt tillsammans låten från skivan. *Där som sädesfälten böja sig för vinden och där mörkgrön granskog lyser bakom dem..*

Det är mörkt när de kommer fram till nya gården. Alla är trötta, men de behöver elda och ordna med mat innan de kan gå till sängs. Georg bär in det mesta av deras ägodelar själv. Ida tar barnen. Hon ammar Sven och kokar gröt till de andra. När alla fått något i magen och de ligger i sängen stryker Georg Ida över kinden.

"Sov gott. I morgon ska vi utforska vårt nya hem."

Georg vaknar först. Smyger upp. Går ut i köket och petar in ved i pannan. Tar på stövlarna och rocken. Han går runt på gården och kollar uthusen. Det är lite mindre än förra stället. Men det måste gå. Djuren på den förra gården såldes och för de pengarna ska de köpa in nya till denna gård i stället. Någon ko och gris och några höns har de plats för. Så snart det ljusnar ska jag höra mig för om nästa auktion. Vi behöver djur snabbt. Det kostar för mycket att handla all mat i affären. Jag kanske kan hjälpa till på någon annan gård ett tag för att få in lite pengar. Barnskrik ljuder från huset och Georg går tillbaka in till familjen.

Georg får arbete på en av granngårdarna några månader tills de kan köpa egna djur och börja odla.

Ida kämpar med hushållet och barnen. Varje vecka går hon till affären i Berga med sin nu höggravida mage. 21 januari 1922 är en iskall blåsig dag. Det är tomt i skafferiet och Ida bylsar på sig själv och lilla Sven. Aina som fyllt fyra får stanna hemma med lillebror Bengt två år. Det tar för lång tid att gå om alla barnen ska med till affären. Sven får åka i vagnen. Det går tungt i snön. Kylan biter i ansiktet. Ida drar sjalen hårdare runt huvudet. Halvvägs hugger det till i magen. Ida känner hur det blir alldeles varmt mellan benen. Nej, inte nu. Hon fortsätter gå. Det rinner längst benen. Hon biter ihop käkarna. Tårarna rinner. Skriket håller hon inne för att inte skrämma Sven. De kommer fram till affären. Där sjunker hon ihop. I snön som snabbt färgas röd.

När hon vaknar upp är hon på Nyköpings lasarett. Hon ligger i en sal med fem andra sängar. Flera har hängen fördragna. En kvinna ammar ett litet barn. Idas händer söker sig till magen. Där är tomt. Det ömmar.

Georg står i stallet och mockar på granngården när en av sönerna kommer inspringande.

"Georg, du måste skynda dig. Din hustru föll ihop vid affären. De har tagit henne till sjukhuset."

"Var är barnen?"

"Hon hade lillpojken med sig i vagnen. Han är hos handlarens fru. Han mår bra."

"De andra då? Var är Aina och Bengt?"

Georg springer hem. Hittar Aina och Bengt. Tar med dem tillbaka till granngården där han får låna häst och vagn. Sen far de mot Nyköping. Framme vid lasarettet går Georg och barnen in och frågar efter Ida. En sköterska visar vägen. De sitter en stund och väntar på att Ida ska bli redo att träffa dem. När sköterskan ger dem klartecken vänder sig Georg till Aina och Bengt.

"Nu måste ni vara lugna och snälla vid mor. Hon är trött och har ont."

Barnen nickar. Ida ler trött mot dem. På hennes mage ligger ett litet bylte.

"Kom och hälsa på er bror Rune".

Kapitel 31

Ida hade behövt vila upp sig på sjukhuset några dagar, men barnen och Georg behöver henne hemma. Dagen efter födseln rullar de hem igen. Åker förbi Berga och hämtar lilla Sven. Georg måste tillbaka till granngården och arbetet. Nu, mer än någonsin, behöver de få in pengar. Aina som är äldst får axla större ansvar i hemmet. Hjälpa mor med hushållssysslor och passa småbröderna.

Samma dag som lilla Rune blir fyra månader berättar Georg att de ska flytta igen. Ida suckar.

"Det kommer bli bättre för oss. Jag har fått arbete som rättare. Det betyder högre lön, bättre arbetstider och vårt nya hem är nära gården jag ska arbeta på. Det finns fler barn på gården också."

Flyttlasset går till Bergshammar. Tjugofem kilometer söderut. Den här gången får de låna häst och vagn av granngården och en av sönerna åker med som flytthjälp och för att köra tillbaka vagnen hem sen. Ljusgröna spröda löv och fågelsång längs vägen ger dem hopp om bättre tider. Ida har bett Georg låta henne vara en tid. Hon orkar inte med ännu en graviditet. Ett tag trodde Ida att både hon och Rune skulle stryka med under förlossningen.

Hon känner Runes andetag i nacken. Ser på sina barn. På Georg. Familjen rullar in på gården till sin nya bostad. En katt springer undan för hästen. Två barn står utanför grannhuset och ser på. Aina och Bengt hoppar ner från kärran och springer bort mot de andra barnen. Ida ler mot Georg. Hon tar med sig Sven och lilla Rune in i huset. Georg och grannsonen bär in deras saker. När alla barnen somnat på kvällen tar Georg Idas händer. Går in i finrummet och startar grammofonen. De dansar, skrattar.

"Vi har ett finrum."

I Bergshammar finns en kyrkskola. En röd byggnad i två våningar. Aina ska få börja där efter sommaren. Bengt vill också men han får vänta ett par år till. Nu när de inte har egna djur på gården förutom några höns behövs inte Aina hemma lika mycket. Ida behöver inte gå ut i någon ladugård för att mjölka kor längre. Barnen och hushållet klarar hon. Lite hjälp av Bengt får hon. Även om han inte är så stor än kan han hämta in ägg och passa småbrorsorna om det behövs en stund. Familjen trivs i Bergshammar. I grannhuset finns det en flicka som är jämnårig med Aina, Stina. Stinas lillasyster Barbro är jämnårig med Bengt. De fyra leker tillsammans på gården. Ida står i köket och bakar bröd. I vaggan ligger Rune. På golvet sitter Sven och leker med kastruller. De blir till trummor och man kan banka med soppsleven.

Rune vaknar och skriker. Tycker inte alls att trummorna låter bra. Ida skakar på huvudet.

"Sven lilla vän."

Hon tar upp Rune i famnen och tröstar. Knyter sjalen om ryggen där han får sitta medan hon gör klart brödet.

Georg lyssnar på Idas vädjan om att vara ifred ett tag för att slippa ännu en graviditet tätt inpå. Men 9 juni 1924, två och ett halvt år efter förlossningen i snön, är det dags igen. Ida vaknar mitt i natten av att vattnet går.

"Georg, vakna. Det är dags."

"Jag hämtar Ingrid."

Georg springer över till granngården, som de bestämt, för att hämta Ingrid. Ida hoppas hon kan vara tyst så inte barnen vaknar. Den önskan spricker redan vid första värken. Bara några minuter senare är barnet på väg ut. Grannfrun dyker upp i sista sekunden. Drar ut barnet och lägger det på Idas bröst.

"Koka vatten, Georg. Barnets måste tvättas."

"Blev det en lillasyster?"

Aina står i dörröppningen. Ida lyfter på barnet.

”Det blev en till lillebror.”

Aina rynkar pannan och går tillbaka till barnens sovkammare. Bengt, Sven och Rune sover trots tumultet. När Georg kommer med vattnet ler Ida mot honom.

”Det blev en liten Helge.”

Georg går in i rummet och tittar på sin nyfödda pojk.

”Oj, han var verkligen lik mig. Helge.”

”Ja, Helge betyder lyckosam.”

”Då får vi hoppas lilla Helge ger lycka till familjen.”

Ingrid tvättar av Helge och klipper navelsträngen. Ser till att moderkakan kommer ut innan hon går tillbaka hem för några timmars sömn innan det är morgon. Hon ser på de nyblivna föräldrarna och barnet och säger:

”Georg du kan stanna hemma med familjen idag. Så får Ida och Helge vila sig.” Georg nickar tacksamt. När Ida och Helge somnat smyger Georg upp och börjar koka gröt. Snart vaknar Sven och Rune hungriga. Georg minns hur han brukade koka gröt till syskonen när mor blev sjuk. Tänk om mor kunnat få se honom nu. Fembarnsfar och rättare. Hon hade nog varit stolt.

Kapitel 32 (1926, fem år senare)

Ett brev adresserat till Ida kommer den 10 januari. Det är från hennes mor. Far är död. Begravningen ska äga rum om tio dagar i Stigtomta kyrka. Ida reser till sin mor och tar med sig Helge, Rune och Sven. Georg kommer efter till begravningen med Aina och Bengt. Efter begravningen bjuder de hem närmaste familjen och grannarna till gården för begravningskaffe. Mor gråter inte, men ögonen är rödkantade. Ida tänker att hon gråter när hon är själv. Vad ska mor göra nu ensam på gården? På kvällen efter att begravningsgästerna gått hem samlar mor sina barn. Ida, Vilma och Anders. De talar om arvet och gården och bästa lösningen.

"Vad kom ni överens om?" Undrar Georg när Ida kommer till sängs.

"Mor vill att du, jag och barnen flyttar hit och tar över gården. Hon kan bo här i lilla huset och vi kan bo i stora. Mor min äger det så länge hon lever, men vi får bo här och bruka jorden och djuren."

Efter en lång tystnad svarar Georg:

"Ja, det känns som det rätta att göra. Din mor klarar sig inte själv här."

"Jag vet att inte alla dina minnen härifrån är så bra", säger Ida. "Men vi får skapa nya och bättre."

Georg håller om Ida. Klappar hennes mage.

"Det börjar synas."

Tillbaka i Bergshammar säger Georg upp jobbet som rättare och de börjar planera flytten. Barnet de väntar är planerat komma i slutet av mars och Ida önskar föda i Stigtomta för att ha sin mor till hjälp. 17 februari är en kylig och solig senvinterdag. De spänner en oxe framför kärran och åker de 12 kilometrarna till Idas föräldragård. Vägen är isig och skumpig. När de anländer har Ida ont i magen.

"Gå in och lägg dig Ida, jag bär in grejerna. Jag kan höra om grannen kan hjälpa till. Barn, ni kan gå in till mormor."

Tidigt morgonen därpå vaknar Georg av ljud från köket. Aina står och kokar gröt. Runt bordet sitter småbröderna.

"Var är mor?"

"Hon skulle till mormor. Hon hade ont i magen."

Georg går ut på gården. Ett skrik skär genom morgonluften. Han skyndar på stegen. Öppnar dörren till deras gamla hem. Födseln är i full gång.

"Det är inte dags än."

"Ut med dig Georg." Svärmor viftar ut honom. "Barnet bestämmer när det är dags. Inte någon kalender."

Georg går till ladugården och kollar till djuren. Mjölkar korna, ger dem mat. Går till grisarna. Tillbaka hem till barnen. Så ut igen. Hela tiden med blickar mot svärmors stuga. Till slut öppnas dörren. Georg skyndar sig fram. Svärmor stänger snabbt dörren bakom sig.

"Jag hjälper dig med barnen några dar. Ida måste få vara i fred nu. Lillkillen är väldigt liten. Alldeles för tidigt född."

"Kanske bäst vi åker till lasarettet."

"Det tror jag inte skall behövas. De behöver vila och återhämtning bara. Vi får hjälpas åt nu med barnen och gården en tid. Jag är hos dig och barnen på dagarna och sover sen hos Ida och lillkillen."

En dryg månad senare blir det dop och begravning i ett. Lilla Erik klarade inte livet utanför Idas mage.

"Förlåt Ida, om jag inte låtit dig skumpa på kärran från Bergshammar..." Georg tystnar.

"Det var jag som prompt ville flytta innan förlossningen", svarar Ida.

Den lilla hemmasnickrade kistan firas ner i marken. Ett litet kors. Erik 18 februari 1926 – 21 mars 1926. Små kistor är de tyngsta att bära. Bara Ida och Georg är där. Eriks syskon är hemma med mormor. Hon tycker inte barn har på en begravning att göra. Svärmor blir trots egen sorg den som håller samman familjen tiden som följer. Medan Georg försvinner i hårt fysiskt arbete så försvinner Ida in i sig själv. Bara en månad senare kommer nästa dödsbesked. Ellen Key somnade in i hemmet Strand, 77 år gammal. Georg tar med sig Aina och Bengt. Trots svärmors protester anser han de är gamla nog för en begravning. Så märkligt det känns att kliva in i ett Strand utan Ellen Keys närvaro. Hon ligger i öppen kista. Georg tar farväl. Dagen efter ska kroppen fraktas till familjegraven i Västervik. Georg och barnen stannar en extra natt på Strand. Innan hemresan går de ner till Hästholmen. Samma väg Georg gått så många gånger förut. I ett annat liv. Innan barnen. De knackar på hos Sven. Det stora gröna huset är sig likt. Han förnimmer Ida och Vilma sitta där. Unga, fnittriga. Sven var ett kärt återseende. De omfamnar varandra. Ville de stanna till middagen? Det hanns nog inte den här gången. Gärna en annan gång.

Tillbaka till Strand igen där de möter juristen. Kritstrecksrandig kostym och portfölj i läder.

"Georg Bergstrand?"

"Ja, det stämmer."

Ellen Key har testamenterat 1000 kronor till honom. Det skulle räcka gott till en egen häst och ny plog. Med hjälp av buss och tåg tar de sig tillbaka hem till Stigtomta igen. Bengt och Aina somnar gott efter resan. Svärmor har sett till att barnen fått mat. Ida är ännu i sorg och svårnådd. Hon sover med mor sin i lillstugan. Georg och barnen i huset. Våren övergår i sommar. En dag är Ida tillbaka hos familjen igen. Georg gläds åt Idas närvaro, men något är annorlunda. Det är slut på dans och skratt. Mat finns, rena kläder på barnen, ett städat hem. Men inget skratt från mor längre. Hon tröstäter i smyg. Georg hittar tillbaka till brännvinet. 3 liter varje månad tillåter motboken. Utöver gör han eget av potatis. Ida anklagar honom för stöld av mat från barnen. Och han henne för detsamma när hon smååter om kvällarna. "Helge den lyckosamma" känns nu som ett hån mot familjen.

Kapitel 33 (1927, ett år senare)

Aina fyller 10 år, men födelsedagen glöms bort av föräldrarna. Mormor har dukat med sötbröd efter skolan slut, klätt upp syskonen och sjunger för Aina. Ida skäms. Georg arbetar på gården och hör sången. Han skäms också. Den kvällen talar de med varandra på riktigt för första gången på lång tid. De varandra lovar bättring.

"Det är så mycket som skett här. Ska vi inte se oss om efter nytt hem?"

"Men mor då? Hur blir det med henne?"

"Hon får följa med."

Dagen därpå talar de med Idas mor om beslutet de fattat. Hon är välkommen att följa med, men de kan inte längre stanna på gården.

"Flytta ni, jag klarar mig."

Hon ler, men Ida ser igenom. Ska hon svika mor eller Georg?

I mars månad, ett år efter Eriks död, hittar Georg ett nytt hem åt dem i Runtuna. Ungefär samtidigt märker Ida att hon är gravid igen. Kyrkoherden i Runtuna församling vill anställa män till att renovera prästbostaden. Georg blir erbjuden boende i ena flygeln med sin familj under själva renoveringen. Den beräknas pågå under minst ett år. Både fasad och tak ska bli nytt. På gården finns även vagnslider, fähus, vedbod och drängstuga. Kyrkoherden med fru välkomnar familjen Bergstrand när de anländer.

"Ni är välsignade med en fin familj."

Kyrkoherden visar runt dem på gården och till sist flygeln där de ska bo. Den är rymlig och har två vita kakelugnar. En i varje sovrum. Helge, Rune, Sven, Bengt och Aina delar rum. Georg och Ida inreder det andra till sig och kommande bebis. Köket har en modern gasspis, rinnande vatten och vit och rödrutigt golv. Tvåhundrafemtio meter till vänster om huset ligger kyrkan och endast hundra meter åt andra hållet ligger församlingshemmet där även skolan är. Sven, Bengt och Aina går i skolan sex dagar i veckan mellan klockan nio och två. Rune och Helge är hemma hos mor. Georg arbetar på prästgården tillsammans med två andra män som bor i drängstugan. Rolf och Ingemar. Georg är äldst av dem och får en ledarroll. Han planerar dagens jobb och instruerar killarna. Idag ser de över panelen och läkten ifall den är fuktskadad och behöver bytas ut.

Prästparet är moderna och har en automobil. En T-Ford årgång 1926. Georg står och beundrar den då kyrkoherden kommer.

”Jaså, Bergstrand är intresserad av automobiler.”

”Jag har aldrig sett en så här nära.”

”Men då ska vi ta oss en åktur. Hoppa in.”

De åker förbi skolan. Vinkar åt barnen. Sen vidare mot Nyköping. Georg skrattar.

”Vilken frihet.”

Under middagen berättar Georg för barnen och Ida om åkturen. Det är länge sen de såg far så gladlynt och lättsam. Även Ida dras med i stämningen. De talar om att köpa en radio för att kunna lyssna på vad som sker i omvärlden.

”Vi fick en slant när vi sålde hästen. Visst vore det trevligt med en sån där radioapparat.”

”Jag hör med Kyrkoherden om han ska åka till Nyköping någon dag.”

Lördag efter skolan slutat åker Aina och Georg till stan för att inhandla en radioapparat hos Radioverkstaden. Kyrkoherden har andra ärenden och släpper av dem utanför. I affären får de provlyssna. De hör en Sten Bergman tala om reseminnen från Afrika. *”Kenya är ett fågelparadis där du kan möta både strutsar, flamingos och pelikaner.”*

"Det har vi pratat om i skolan", säger Aina ivrigt. "Flamingon är rosa för de äter räkskal. Tänk att få se dem på riktigt."

Georg ser på expediten.

"Vi tar en sån."

Radioapparaten läggs i en kartong och slås in med omslagspapper. Georg, Aina och det stora paketet står utanför och väntar på Kyrkohedern. På kvällen efter middagen samlas familjen och startar radion. Det är *grammofontimmen*, där ny musik spelas. De lyssnar till *De ä grabben me chokla i* med Ernst Rolf och Sven Olof Sandbergs *Vintergatan*. Alla har sina åsikter om musiken och det diskuteras vilt om bästa låten och sämsta.

"Nu ungar är det läggdags. Imorgon ska vi till kyrkan."

Sista dagen i september sätter värkarna i gång för Ida. Familjens barn nummer sju är redo för livet utanför. Kyrkoherden skjutsar Ida till lasarettet. Där blir hon sen kvar en vecka. Efter fem pojkar på rad kommer nu familjens andra flicka. Margareta. Aina är överlycklig. Äntligen en syster. Hon är söt som socker. Doktorn skickar med en varning hem till Georg. Efter sju barnafödslar börjar Idas kropp ta stryk.

När kylan kommer och snön lägger sig över prästgården stannar renoveringen upp. Georg får i stället hjälpa till i stallet, ta hand om snöskottning och andra sysslor på gården. Rolf och Ingemar har lämnat gården och kommer åter framåt vårkanten. I flygeln är det full fart med förberedelser inför kommande jul. Ida ska fylla trettio. Hon bjuder in sina två syskon, Vilma och Anders med familjer samt Mor. Vilma och mor tackar ja, men brodern har inte möjlighet. Han har en gård att sköta även om det är jul. Modern hämtar de i automobilen. Hon håller hårt i dörren hela resan till Runtuna. Vilma med make och barn kommer med tåget från Stockholm och blir upphämtade i Nyköping. Mor har magrat noterar Ida. Vilma pratar Stockholmska och låter märkvärdig. Ida har lagt på sig många extra kilon sen de sågs senast. Georg får hjälp av svågern med snöskottningen på julaftonsmorgonen. De tänder marschaller på gården. Lyssnar på julmässa i radion. Barnen slevar i sig risgrynsgröt med mandel. Julsångerna blandas med ja må hon leva för Ida som har födelsedag. Julgranen har Georg fått lov att hugga på Kyrkoherdens mark. Den är lite sned i toppen, men det gör inget. Dekorerad med flaggor och levande ljus är den vacker och stämningsfull. Under ligger paket med röda snören. Innan de äntligen får öppnas ska julbordet ätas. Ansjovis, grishuvud, sylta, kokt potatis, lutfisk och julkorv.

Svagdricka, öl och snaps. I kväll får barnen vara uppe så länge de orkar. Musik spelas på grammofonen.

Även om de alla är trötta morgonen efter så går de tvåhundrafemtio meter till kyrkan kl 06.00 för att delta i julottan. Kyrkoherden hälsar dem hjärtligt välkomna och verkar nöjd med deras närvaro. Tillsammans fyller de två hela kyrkobänksrader. De nickar och hälsar på de andra sockenborna som orkat sig upp i ottan.

Kapitel 34 (1929, två år senare)

Det är Ainas sista år i skolan. Alla syskonen utom Helge och Margareta går i skolan nu. Bengt i årskurs fyra. Sven i tvåan och Rune i ettan. Varje morgon efter frukosten går de tillsammans dit. Vid den tiden är Georg redan ute på gården och arbetar. Renoveringen har tagit längre tid än beräknat. Sista tiden har Rolf och Ingemar inte varit där något så Georg har arbetat på själv. Det går långsammare, men det blir bra och redigt. Kyrkoherden går förbi när Georg ska till att slå in en spik.

"Jo, jag såg i barnkammaren att kakelugnen börjat släppa i några fogar. Kan jag bara köpa in material så åtgärdar jag det."

"Ni är händig, Bergstrand. Handla det ni behöver hos kakelfabriken på Hamnvägen. Skriv upp det i mitt namn bara."

Georg ordnar med det han behöver ha och sätter i gång arbetet. Han njuter. Känner hur han saknat kakelugnsmakeriet. Tankar om far och verkstaden sköljer över honom. Sextiosex år är far nu, om han lever. Om bara några månader kommer renoveringsarbetet vara färdigt på prästgården. Lagom till Aina går ut skolan och de andra barnen går på sommarlov. Det är rätt tid att flytta tillbaka till stan då. Han försöker övertala Ida. Hon trivs bra här i flygeln och har kvar deras förra tid i Nyköping i minnet. Men Georg ger sig inte. De kan inte bo kvar här utan jobb. I stan finns det arbete. Kanske han kan höra sig för på kakelfabriken. Aina är också stor nu och kan bidra.

Till hösten går flyttlasset. Bengt och Sven börjar i storskolan medan Rune har ett år kvar i småskolan. Aina ber om att få börja flickskolan för att läsa vidare. Men det tillåter inte far och mor utan anser henne stor nog att börja arbeta. Boendet i stan kostar mera. De hyr en trerummare på Bagaregatan 58. De sex barnen i det större sovrummet och Georg och Ida i det minsta. Snart kommer barn nummer sju också. Innan barnet föds flyttar Aina hem till familjen Persson. Hon blir piga och får husrum, mat och fickpengar i lön. Drömmarna om vidare studier får vänta.

När barnet föds i januari 1930 hinner inte Ida till sjukhuset. Allt går snabbt. Lilla Inez har bråttom ut. Flickan mår bra, men Ida har ont och har svårt att knyta an till nya bebisen. Storebröderna får hjälpa till mycket hemma. En del dagar håller Ida Rune hemma från skolan för han ska passa Margareta och Inez medan hon vilar.

"Du kan inte hålla honom borta från skolan i tid och otid."

Georg gillar inte att Rune missar skolan.

"Han har ett läshuvud och kan bli något en dag."

"Han är min son och jag behöver hans hjälp", fräser Ida tillbaka.

Georg drämmer näven i bordet.

"Nog nu. Han ska gå i skolan. Jag arbetar hela dagarna och förväntar mig att du sköter barnen och vårt hem."

När Ida fortsätter protestera får Georg nog. Orden sinar. Nävarna kommer fram. Rune går emellan och får även han känna fars frustration. Georg backar och ser vad han gjort. Han går till krogen och beställer en öl.

"Vad ska man göra om hustrun inte lyder? Om hon inte förstår hur viktig skolan är för sonen."

En arbetskamrat sitter vid bordet bredvid.

"Du måste få henne förstå att utan dig hade hon ingen mat på bordet. Det där med rösträtt och egen myndighet har stigit dem åt huvudet."

Ölen och arbetskamraternas prat om kvinnor som behövde sättas på plats ger honom tillfälligt mindre skuld och skam. Men i ensamheten på hemvägen kommer den tillbaka. Han går några kvarter extra för att tankarna ska räta ut sig. Framför sig ser han Idas och Runes ansikten. Sen hör han Ellen Keys ord om barnen. "De behöver kärlek." Han ser CJ piska Valter. Magen knyter sig. Han lutar sig mot en husvägg och tömmer maginnehållet. Torkar av på rockärmen och går hem. Han kryper ner bredvid Ida. Flyttar sig närmare och lägger en hand på hennes rygg. Hon drar sig undan. Det svider, men han har sig själv att skylla förstår han.

Inez skrik fyller upp hela lägenheten redan innan solen gått upp. Ida är helt slut efter nattens amning och av bråket dagen innan med Georg. Oron över hans humör tär på henne. Igår hamnade Rune emellan också. Han fick en knytnäve på höger öga som kommer synas i skolan. Nu fann hon anledning till att hålla honom hemma från skolan. Det kunde Georg knappast neka till. Hon hör Rune lyfta upp Inez. Stegen över golvet i finrummet. Fram och tillbaka. Det fungerar en stund. Men Inez är hungrig. Till slut går Ida upp. Hon kliver över Georg som stinker bakfylla. Det äcklar henne. Rune lämnar över sin lillasyster till mor. Ser hennes blåtira på kinden. Hennes rödgråtna ögon. Han vill säga något som tröst, men hittar inte rätt ord. Varför måste hon käfta emot far? Varför lämnar hon inte? Allt låter så anklagande och egentligen vill han bara krama henne. Skydda henne.

Georg vill få tyst på sin inre röst som beskyller honom. Lägger skuld på hans axlar tills de blir ihopdragna och han går ännu mera krumt än förr. Han lägger tid på Rune. Frågar om skolan. Om han vill med far till puben någon dag. Vilken pojk vill inte det? Han sitter med männen vid bordet.

"Öh, grabben. Vill du ha en öl?" Rune ser på far som flinar. Han nickar okej till mannen som frågat.

"Bara en halv, Rune", säger Georg. "Du är ovan."

Även en halv öl luktar. Ida kan knappt se Rune i ögonen. Än mindre far hans. Den natten sover Ida i Runes säng med småsyskonen. Rune ligger inne hos Georg. Det är svårt att somna när ens mor inte längre kan möta ens blick. Funderar på männens prat på puben. Skulle inte kvinnor ta hand om barn och lyda sin man? Varför är hans mamma så svår?

Kapitel 35 (1931, två år senare)

Nu är det snart Bengts tur att sluta skolan. Det är bara några månader kvar. Sen börjar han på kakelfabriken med far sin. Redan nu känner han flera av de andra gubbarna som arbetar där. Ibland hänger han med far till puben. Leif, en av arbetarna där, har lovat hyra ut ett av sina rum till honom. Mor ska snart föda ytterligare ett barn så det kommer bli trångt hemma.

Fjärde april kommer hon ut, lilla Barbro. Aina kommer hem tillfälligt för att hjälpa mor den första tiden. En vecka stannar hon. Mor vill att hon stannar längre, men då riskerar Aina att förlorar jobbet. Hon trivs hos familjen Persson. De verkar också nöjda med henne. Som en extra bonus till julen fick hon en cykel. Den underlättar mycket när hon gör ärenden eller hälsar på sin familj. Georg provcyklar och blir imponerad. Han köper två till familjen. En som han och Bengt använder varje dag till kakelfabriken och en som Rune, Sven och Helge kan cykla på. Margareta och Inez är för små ännu. Det blir några blåmärken och skrubbsår innan de alla lärt sig cykla ordentligt.

"Ska du inte pröva, Ida? Jag hjälper dig", säger Georg.

Ida skakar på huvudet.

"Du är inte klok".

Om dagarna när familjens grabbar är på jobbet och i skolan är det Ida och småflickorna som är kvar hemmavid. Margareta som hunnit bli fyra år får hjälpa mor med Inez och Barbro. Efter senaste förlossningen har Ida fått besvär med ryggen och tunga lyft. Det är svårt att ta sig ut med alla tre flickorna när de bor på tredje våningen utan hiss. Till sommaren då Ida återigen blivit med barn ber hon Georg att de ska flytta till en lägenhet på första våningen eller till ett hus med hiss. Han lovar att hålla utkik efter lediga lägenheter.

I början av september månad ser Georg en annons i Nyköpingstidningen om en ledig lägenhet på Östra Kvarngatan. En trea på första våningen.

"Den är perfekt, Ida. Ligger i samma kvarter som barnens skola också."

Ida tycker också den verkar bra för dem. Skönt för pojkarna att få så nära till skolan. De kommer lite närmre Aina också. Kontrakt skrivs och flytten äger rum första helgen i december. De har turen på sin sida. Flyttdagen är mild och snöfri. Bengt kommer

191

hem och hjälper till. På innergården sitter en mor med två flickor.

"Hej", säger Ida och går fram till kvinnan. "Jag heter Ida Bergstrand och vi flyttar in idag. Har ni bott här länge?"

Kvinnan ser upp på Ida.

"Vad trevligt. Jag heter Alma Svensson. Det här är Kerstin och Vera. Vi flyttade hit för tre år sen när Vera var nyfödd. Kerstin är fem."

Ida pekar mot bärsjalen hon har runt magen.

"Här är lilla Barbro. Bredvid mig har vi Inez och Margareta. Killarna som är där med far sin är Rune, Sven, Helge. Stora killen är Bengt. Han har flyttat till eget. Så har vi en dotter Aina, som inte heller är kvar hemma."

"Det var många barn ni välsignats med. Ni är en stark kvinna. Vi bor i samma trappuppgång som er. Behöver ni avlastning så skicka upp några av dem till oss en stund."

Första intrycket av området, huset och grannarna är positivt. Killarna bär de tunga grejerna. Ställer dem på plats i rummen. Ida städar och fixar. Lagar mat till sina flyttgrabbar. Kokt potatis, falukorv och inlagd vitkål.

Till julen kommer Bengt och Aina hem. Även Idas mor bjuds in, men hon tackar nej. I år reser hon till Vilma i Stockholm. Anders åker även han dit med familjen. Så det är Georg och Ida med sin familj där hemma. Tur kanske. De har inte vidare gott om utrymme. Familjen själva är nu tio. Snart elva.

Tjugonde april 1932, två veckor efter Barbros ettårsdag, kommer en ny familjemedlem. Ingrid. Under förlossningen och ett par dygn efteråt får Barbro och Inez vara hos grannen Alma. Margareta stannar hemma och hjälper mor med Ingrid. Alma kommer ner med mat. Frågar om det är något mer Ida behöver. Ida är ovan med sådan vänskap. Skäms över sin underlägsenhet och behov av hjälp. I stunden tar hon tacksamt emot. Jag får ge tillbaka senare. Men det kom att dröja. Ingrid har kolik. Skriker dag som natt. Under flera månader tillbringar Barbro och Inez mycket tid hos grannfamiljen.

”Ingen fara. Tänk inte på det. Alla kan vi behöva hjälp ibland”, lugnar Alma. Arbetsdagarna är tunga för Georg som inte heller får sömnbehovet stillat hemma. Kvällarna är han på puben och allt fler nätter följer han med Bengt hem.

Framåt sensommaren har koliken börjat lugna sig och Georg är allt oftare hemma. De sitter tillsammans om kvällarna och följer valdebatterna på radion. Både Ida och Georg ämnar lägga sina röster på Socialdemokraterna.

"Jag såg de borgerligas valaffisch idag på vägen till fabriken. *Rättsordningens värnande-Frihet och försvar* stod det. Lätt att känna frihet när man har det gott ställt." Ida håller med.

"Ja och lägga pengar på försvar när vi behöver mat, bättre sjukvård och skola. Galenskaper."

Valet kommer som en gåva till makarna Bergstrand. Samhörigheten det ger betyder mycket. Nittonde september utropas Per Albin Hansson till statsminister av Kung Gustav V. Åtta dagar senare presenteras den nya socialdemokratiska regeringen för folket. Georg och Ida firar med oxtunga.

Alma Svensson med make är inte lika glada för valresultatet. De röstar borgerligt. Maken arbetar på Sörmlandsbanken som banktjänsteman. De har tjocka mjuka mattor. Sammetsgardiner som räcker ner till golven. Tjugofyra delars servis från Rörstrand. På skrivbordet av ek står en svart telefon. Ida uppskattar deras hjälp med barnen mycket, men oroar sig över att barnen ska råka ha sönder något de inte har råd att ersätta. Ida och Georg hamnar ofta i gräl såvida barnen ska få vara där eller inte.

"Mina barn ska inte växa upp med borgerliga värderingar", häver Georg ur sig.

"Då kan du stanna hemma och hjälpa mig i stället
då", ryter Ida tillbaka.

"Klara du inte av dina egna barn?"

"Du kan testa själv att laga mat med sex barn
hemma. Eller gå och handla för den delen."

Ofta slutar det med att Georg slänger igen dörren
bakom sig. Går till puben och beklagar sig inför
arbetskamraterna och sonen. Han möts av stöd och
förståelse. Ida stannar hemma och tröstäter när
barnen somnat.

Kapitel 36 (1934, tre år senare)

Både Sven och Rune har gått ut skolan och söker arbete. De drömmer om att skaffa egen lägenhet tillsammans med storebror Bengt. Men lågkonjunktur och arbetslöshet sveper över hela landet. Även om Socialdemokraterna genomfört många förbättringar för de mindre bemedlade hjälper det inte pojkarna Bergstrand direkt. För att få ut från arbetslöshetskassan måste man först ha haft ett jobb. Georg frågar på fabriken.

"Vi får alla vara glada om vi kan undvika konkurs nu. Anställning är inte att tänka på. Tyvärr."

En kväll kommer Bengt hem till familjen med Nyköpingstidningen i handen.

"Har ni läst? NK-verkstan söker arbetare till en ny stororder från Shahen av Persien. En tågvagn på över tjugo meter med specialinredning. Ni måste gå dit direkt i morgon."

Sven och Rune går upp lika tidigt som far sin. Tar cykeln och trampar till NK-villan. Visst söker de arbetare. Kan de börja om måndag? Då var det klart. Lönen är låg. De är unga och oerfarna. Men det är en start. Ett arbete. Mor och far är stolta över sina söner. Sven och Rune flyttar ut och mor är gravid igen.

Tågvagnen, Sven och Rune ska vara med och skapa, är något alldeles extra. Shahen har inte satt något pristak. Han ber om inredning av ebenholts, jakaranda och mahogny. Tak av rent silver. Varje dag cyklar grabbarna till stationen där vagnbygget pågår. Runt om samlas många Nyköpingsbor som följer det spektakulära bygget. Efter arbetsdagarna bjuder far med sina söner till puben. Georg njuter av att höra sina grabbar berätta om tågvagnen, hantverket och de dyra materialen de använder.

"Vi var nästan klara med hela silvertaket när en av Shahens män bad oss måla över det."

"Måla över ett silvertak? Varför?"

"Shahen hade ångrat sig."

"Vilka galenskaper. Vet de att folk lever på svältgränsen?"

Skillnaden på världens rikaste och vanligt folk sjunker in i hjärtat. Orättvisorna som pågår. De talar om Sverige. Socialdemokraternas nya makt. Folkhemmet som är på intåg. Känner tacksamhet över strävan att utjämna klasskillnaderna.

"Det finns något annat, nästan abstrakt, som skiljer klasserna åt. Det är inte bara pengar. Det är språk, beteende, smak, värden man föds med."

"Även om vi en dag skulle få gott om pengar så blir vi inte överklass."

Gubbarna runt bordet nickar instämmande.

"Men det är inte överklass vi vill vara. Strävan ligger inte alls där. Vi vill att det ska vara rättvist. Klart folk kan få tjäna pengar om de arbetar hårt. Men de flesta rika jobbar inte hårdare än oss. De är bara bättre på att sko sig på andra människor. Utnyttja folk och systemet."

Kvar hemma på Östra Kvarngatan är Helge, Margareta, Barbro, Inez och Ingrid när Lennart föds i september 1934. Det är ont om arbete och Georg har endast jobb fyra dagar i veckan. Ida tvingas vända på varje krona för att få maten att räcka till nästa löneutbetalning. Aina som nu arbetar som notarie på banken hjälper till när hon kan. Inom familjen är Georg stolt över sin dotter, men bland sina arbetskamrater och pubvänner nämner han inte att hon arbetar på banken. Arbeta gör man med händerna och kroppen. Kvinnor ska gifta sig. Deras jobb är att ta hand om barn, mannen och hushållet. Det är gamla värderingar som byggt upp vårt land. Medan han mörkar vad hans dotter livnär sig på, lyfter han istället stolt fram sina arbetargrabbar. Bergstrandspojkarna.

Lilla Lennarts ankomst till familjen både gläder och oroar. Han är en nöjd bebis som vill vara nära. Syskonen turas om att hålla honom. Aina kommer ofta förbi efter jobbet för att ta hand om Lennart så mor får vila sig. Hon leker med småsyskonen när Ida ammar.

"Hur går det med kärleken för dig då Aina? Finns det några stiliga Bankmän?"

Georg tittar upp från tidningen.

"Bankmän? Du vill väl ha en riktig karl? En arbetare? Inte någon myglare med kvinnohänder."

Aina skakar på huvudet åt sina föräldrar.

"Jag väntar nog ett tag till. Männen på banken är så gamla. Det finns mer i livet än män och barn."

Georg ser på sin dotter. Hennes kortklippta hår och fina kläder.

"Jag tror bankjobbet stigit dig över huvudet. Du låter som en kvinnosakskvinna."

"Och vad är det för fel på det? Din vän Ellen Key tyckte också så."

”Det hade hon råd med. Hon föddes i ett annat samhällsskikt än dig gumman. Du har inte råd med de åsikterna.”

När Georg är på jobbet och Helge och Margareta gått till skolan, klär Ida på de små och går ut på bakgården. Porten öppnas och Alma kommer ut. Hon vinkar till Ida och kommer fram.

”Hej Ida, gratulerar till nya bebisen. Vad blev det?”

”En liten pojk. Lennart. Vill du hålla honom?”

Alma lyfter Lennart. Luktar på hans nacke. Ida skrattar.

”Saknar du småbarnstiden? Vill ni ha fler barn?”

”Jag vill, men inte min man. Han säger att det är fattiga och bönder som har många barn. Förlåt. Tänk att män ska göra politik och klass av allt numer. Jag håller inte med honom.”

”Du behöver inte be om ursäkt. Min man är likadan. Allt handlar om klasskillnader. Han föraktar alla med pengar. Tycker de ska vara förmer än andra. Han gillar inte att jag umgås med dig ens.”

De båda kvinnorna sitter i samförstånd och ser barnen som leker ännu ovetandes om klass- och könstillhörighet.

Kapitel 37 (1936, två år senare)

"Dubbelmördaren har barrikerat sig i en lägenhet på Kvarngatan 6 i Stockholm. Polisen meddelar att de ska spruta in tårgas genom brevinkastet för att tvinga ut honom."

Ida och Georg sitter med varsin kaffe och lyssnar på radion.

"Att gasa ut honom låter klokt. Måste vara säkrare för poliserna än att bara gå in där direkt."

"Javisst." Georg håller med. "Nu måste han ge upp frivilligt."

"Polisen meddelar att mördaren skjutit sig själv och hittades död."

"Jaha, så var det löst då."

Georg tittar på Ida. Hon är gravid igen. Om fyra månader beräknas han eller hon komma ut.

"Har du hört om spetälskan? Lepran? Jag läste i tidningen på jobbet igår att tretton personer omkommit i Sverige. Ruskig sjukdom."

"Finns det nu? Jag har hört talas om den, men trodde det var förr i tiden. Inte nu. Hur får man den?"

"Som det stod i tidningen så smittas man om man andas in luft som en tidigare smittad andas ut. Ungefär som spanska sjukan. Fast lepra smittas inte lika snabbt."

"Det känns som ett under att någon överlever. Det är krig, svält, sjukdomar och mördare."

"Tur då att vi hjälper till och föder fram nya människor."

Ida kan inte låta bli att skratta mitt i eländet.

"Jo fast jag önskar att män också kunde föda fram dem. Det är ett större jobb än att tillverka dem vill jag lova."

Georg skrattar också.

"Tillverkningen tycker jag är mycket trevlig."

"Ssch, inte inför barnen."

Femte maj kommer Stig till världen. Lennart sexton månader blir storebror. Han, Ingrid och Barbro är hos Alma några dagar trots protester från Georg. Den här gången blir Ida sängliggande en lång tid. Ryggen krånglar och hon har rikliga blödningar. Järntabletter ordineras och vila. Alma är till stor hjälp. Så även Aina. Georg jobbar på som vanligt. Familjen behöver pengarna. Förmaningarna från läkaren är skarpare nu. Inga fler barn. Idas kropp orkar inte. Tolv barn på nitton år och Ida är ingen ungdom längre med sina trettionio år.

Georg lyssnar på doktorn, men hon är hans fru och han har sina behov. Flera tillfällen avvärjer Ida hans försök i sängen.

"Inga fler barn Georg".

Det blir till ett trätoämne.

"Då får jag väl söka närhet hos en prostituerad då", hotar han med.

"Ja hellre det", kontrar hon.

Georg söker stöd hos arbetskamraterna. Han får tipset att uppvakta henne. Inte träta. Det gör henne bara mer avig. Så efter en lång kväll på puben med lite för många öl prövar han taktiken. Han sätter i gång en skiva och bjuder upp till dans. Ida är inte road av sin berusade make som för liv och väcker de små. Hans tålamod tryter när han avisas ännu en gång och han tar för sig av det han anser sig ha rätt till.

Det blir en graviditet till. På luciadagen nittonhundra trettiosju, elva dagar innan Ida fyller fyrtio, föder hon fram Bertil. Ida kräver att Georg delar sovrum med Helge och Lennart medan hon bor med Stig, Bertil och flickorna.

En söndag kommer Aina hem. Med sig har hon en kasse från affären.

"Idag lagar jag mat. Kåldolmar. Vad sägs om det?"

Bengt har också kommit hem. Hela familjen sitter runt bordet. Bertil ligger i vaggan. Femton stycken är de. Trångt och högljutt. Kåldolmarna luktar gott och Aina har lagat mycket mat. Ida reser sig upp för att duka av.

"Sitt ner mor så brygger jag lite kaffe åt oss."

Aina serverar kaffe. De mindre barnen har fått lov att lämna bordet.

"Jag vill berätta för er att jag träffat en kille. Han heter August och är storebror till en av mina kollegor på banken."

"Och vad arbetar denna August med?" Undrar Georg.

"Han läser juridik vid Stockholms högskola".

Georg gör ogillande grimaser.

"Så trevligt", svarar Ida i stället. "När får vi träffa honom?"

"Alldeles strax. Jag har bjudit hit honom på kaffe."

Precis då Ida pratat klart knackar det på dörren. Georg öppnar. August kommer in i finrummet där Aina, Ida och Bengt sitter.

"Vart tog far vägen? Vad sa han?" Undrar Aina oroligt.

"Var det far din jag mötte i dörren så sa han inget. Han skakade bara på huvudet och gick ut"

August ser förvånad ut.

"Kom in och slå dig ner. Ida, heter jag. Ainas mor. Jag ber om ursäkt för min makes beteende. Du är hjärtligt välkommen."

En kväll efter arbetsdagens slut går Georg mot krogen. Stannar till utanför och lyssnar. Hör musiken, slamret och diskussionerna. Går sakta vidare. Närmar sig hemmakvarteret men fortsätter förbi. Det var inte så här livet skulle bli. Han drömde om den stora familjen. Om hur han skulle känna kärlek. Aldrig slå. Sen drömmen om egen verkstad och skapa kakelugnar som sin far. Känna yrkesstolthet. Han vill gå hem och berätta för Ida hur mycket han älskar henne och deras barn. Vill be om ursäkt för slagen och för att han tvingat henne. Han menade det inte. Ville inte alls skada. Tvärtom.

Där hemma sitter Ida och ammar Bertil. Helge, Margareta och Inez är ute på gården och leker.

Barbro och Ingrid leker med dockor i sovkammaren. På golvet sitter Stig och Lennart. De bläddrar i en tidning och låtsasläser för varandra. Ida ser mot tamburen när ytterdörren öppnas. Georg är hemma ovanligt tidigt. Inte luktar han öl heller noterar Ida när han kommer in i rummet.

"Det finns en tallrik med mat åt dig i köket. Vi åt nyss så den är nog fortfarande varm. Hade jag vetat att du skulle komma hem så tidigt hade vi väntat på dig."

"Det kunde ni inte veta såklart. Tack."

Georg slår sig ner i köket. Maten smakar bra. Han sköljer ner den med mjölk. Ställer tallriken på diskbänken och går ut till familjen.

"Vad gott det var."

Ida svarar inte. Hon ser trött ut. Tar Bertil och lägger honom i vaggan. Öppnar fönstret på gården och ropar in barnen.

"Det är dags att tvätta av sig och krypa i säng."

"Jag måste göra mina läxor först", protesterar Helge.

"Vad är det för läxor? Varför gjorde du inte dem innan du gick ut och lekte?"

"Förlåt, jag glömde. Jag ska lära mig Sveriges kungar under 16 och 1700-talet."

"Öva du en stund så kan jag förhöra dig sen", säger Georg.

Helge tar fram Historieboken och sätter sig vid köksbordet. Historiebok 1 med en bild av Gustav Vasa på. Helge sitter med huvudet böjt över boken och rabblar svenska kungar. Georg ser på honom. Jag ska aldrig mer slå någon av dem. Från och med nu ska jag vara den far de förtjänar och den man som Ida behöver. Jag ska vara den far jag berövades själv. Inte någon CJ.

Kapitel 38 (1939, tre år senare)

På radion talar man om oroligheterna i Europa. Per Albin Hansson lugnar folket och säger att i Sverige har vi en god beredskap. Bengt gör sin värnplikt vid Gotlands kustartilleriregemente. Tiden för värnplikt är förlängt på grund av oroligheterna. Ett år ska de vara där. Det tar inte lång tid innan även Sven och Rune kallas in. Sven hamnar på pansarregementet i Strängnäs P10. Han är stolt över att göra en insats för Sverige. Rune är inte lika villig. Försökte först få frisedel. Sa sig vara allergisk men hade inga papper som styrkte det. Så han placerades på Göta regementet i Göteborg. Göta artilleriregemente. Lite stolt är han ändå när bröderna är hemma på permis och han kan berätta om hur han kört pansarvagnen.

I början av maj kommer ett brev från Idas mor. Hon är sjuk och behöver hjälp. Ida tar med sig de fem yngsta barnen. Inez, Margareta och Helge stannar hemma med far så de inte missar skolan. När Ida kommer till Stigtomta och ser sin mor faller hon i tårar. Hon gråter över mor som är mager som en harpalt, över tiden som gått, över far och Erik, över bristen på kärlek de senaste åren mellan Georg och henne, över slagen hon fått ta emot. Allt släpper hon fram i sitt barndomshems trygga lukt. I mors famn.

"Förlåt mor. Det är jag som ska ta hand om dig och här står jag skör. Misshandlad av livet. Och vill bara krypa in i din famn. Förlåt."

Mor ser på Ida.

"Lilla flicka min. Du har gett så många liv att ditt eget krympt. Gråt du. Jag är glad att du är här."

Ida kokar kaffe till sig och mor. De slår sig ner på kökssoffan. Fastän det är en varm dag utomhus är det ruggigt i huset. Ida tänder i vedspisen. De sitter tysta en bra stund. Elden knastrar. Doften av brinnande ved blandas med kaffebönornas. Barnen leker i rummet intill. Allt är dämpat.

"Vill du berätta för mor din om ditt liv i stan? Hur har ni det? Hur mår barnen? Georg?"

I stan kämpar Georg på. Dagtid är det arbete på kakelfabriken. Sen är det en stund på puben med arbetskamraterna. De som inte är inkallade. Hemkommen hjälper han barnen med läxor och lyssnar på radion. Om det inte blivit för många öl på puben. Då blir det sängen direkt. Helge hjälper sina yngre syskon de kvällarna. De rabblar multiplikationstabeller, glosor och alla åar i Halland tillsammans. Söndagarna kommer Aina hem och tar med syskonen på en promenad. Ibland går de på bio. Söndagsmatiné. Hon gör söndagsstek. Georg har fått lov att acceptera hennes förhållande med August, som nu är färdig med studierna och har fått arbete i Nyköping på Wernströms advokatbyrå. En bra grabb trots allt. Förlovade sig med hans Aina senaste nyårsafton. Sommarbröllop ska det bli. Georg minns sitt bröllop i Stigtomta och saknar Ida. Ser framför sig hur de stod mitt emot varandra i kyrkan. Hur ljuset från kyrkfönstret föll över halva hennes ansikte. Såg ut som hon hade en gloria. Sen bilderna från hennes fars femtioårsdag. Slagen. Blåmärkena dagen efter. Valters blåmärken. Runes. Allt blandas. Våldet och kärleken. Skammen. Ångest. Självhatet.

"Mor kommer väl hem till mitt bröllop?"

Aina ser oroligt på Georg. Om fyra veckor ska bröllopet ske. Först akten i St Nicolai kyrkan på stora torget. Därefter bjudningen i Augusts föräldrars sommarhus ute i Nyköpings skärgård. Först blir Georg irriterad på deras frikostighet. De ska visa att de har pengar. Att de kan bjuda på mer än vad Ida och han kan. Sen släpper det och Georg tänker att det är ganska skönt att slippa stressen över kostnaden och planeringen. Särskilt nu när inte Ida är hemma.

"Klart hon kommer till sin dotters bröllop. Det ska du inte oroa dig för."

Ida kommer hem dagen innan bröllopet. Georg tar emot med öppna armar. Berättar om Aina och

Augusts planer för morgondagen. Hur han hittat finkläder åt alla barnen. Kan Bertil, Stig och Lennart prova sina nu kanske? Augusts föräldrar hade lånat ut sin nya Volvo så Aina och August skulle kunna åka fint från kyrkan till sommarhuset. Georg pausar. Ser på Ida. Hennes ögon är döda. Munnen stram.

"Förlåt, jag bara babblar på. Hur mår du? Hur var det med din mor? Orkade hon inte komma med på bröllopet?"

Ett kort "nej" får han som svar. Ida går sen in i barnkammaren och stänger efter sig.

Dagen efter är de alla uppe tidigt. Det är många som ska tvättas och kläs på. Inte för tidigt så de hinner bli smutsiga innan bröllopet bara. Bertil kläs på sist. Från Östra Kvarngatan till kyrkan är det mindre än en kilometer så familjen går dit. Ida drar vagnen med Bertil. På varsin sida går Stig och Lennart.

"Håll i vagnen nu. Jag vill inte att ni snubblar och smutsar ner er."

Det är mycket folk i kyrkan. August far är en framgångsrik advokat och har många vänner. Barnens kläder som Georg varit så stolt över tidigare känns nu fjuttiga. Han ser på de andras barn. Deras kläder måste kostat som en årslön för Georg. Ida placerar de små barnen mellan sig och Georg. Orgeln stämmer upp i Mendelssohns brudmarsch.

Georg söker ögonkontakt med Ida, men hon är vänd mot kyrkdörrarna. In skrider Aina. Brudbukett med vita blommor. Långt släp. Slöja och guldkrona. Ida drar efter andan. Hennes dotter ser ut som en riktig prinsessa.

I sommarhuset står ett långbord dukat. Rena vita dukar fladdrar i havsbrisen. Servitörer i frack. Drinkar serveras på silverbrickor. Exotiska frukter uppskurna som små konstverk. Familjen Bergstrand känner sig helt felplacerade. Ida har fullt upp med att hålla ordning på alla barnen. Hemma igen somnar barnen snabbt. Trötta efter dagens intryck och all mat i magen. Ida lägger sig hos Georg.

"Jag är ledsen Georg. Det går inte längre. Jag vill att vi skiljer oss."

Kapitel 39

Ida reser tillbaka till mor med minstingarna. Georg grubblar. Vrider och vänder på allt de gjort och sagt. Mycket medveten om sin egen skuld. Men vad hände med *i glädje och sorg* och *tills döden skiljer er åt*? För varje dag som går sjunker omfattningen av Idas beslut in. Familjen ska splittras. Det ger honom panik. Det var det enda som inte fick ske. Han har misslyckats. Han är misslyckad. Efter den insikten försvinner Georg in i berusningen. Allt flyter ihop och blir en sörja. Ganska snabbt får han sparken. Inez och Margareta försöker ta hand om far så gott de förmår. Men han är otrevlig. Vevar med knytnävarna. Sentimental och vill ha tröst. Sover. Vaknar och dricker. Har de gömt spriten eller ännu värre hällt ut den, blir han galen. Och det finns gränser även för vad barn kan stå ut med från föräldrar. De flyttar till mor. Nu är det bara Helge och Georg kvar.

När till slut även Helge kallas in för mönstring rämnar den sista muren. Georg blir hemlös. Han släpper taget helt om den gamla världen. Hittar nya vänner i stadens mörkaste gränder. Misshandlar och misshandlas. Sover någon timme då och då i en trapp. Under en bro. På en väns soffa. Gamla arbetskamrater känner inte längre igen honom. Ingen hälsar i alla fall när de möts. Av torghandlaren, Ida tidigare handlat frukt och grönsaker av, tar han det han kommer åt. I början handlar han sprit på krita. Sen när alla tappat förtroendet börjar han stjäla. När han inte blir insläppt i butiken handlar han på krita av de illegala sprithandlarna. De är inte alls lika tålmodiga som handlarna. Georg får stryk och hot. Men hellre det än nykterheten. Så fort berusningen släpper taget det minsta kommer ångesten. En kväll träffar han på en man han inte sett tidigare. Han säger sig ha egentillverkat brännvin hemma. Georg följer med. De hamnar i utkanten av stan.

"Hur långt är det egentligen?"

Mannen tar fram en cigarett. Tänder den. Blåser ut röken.

"Inte långt alls nu."

Georg får ett slag i bakhuvudet. Han landar med ansiktet i backen. Känner hur mannen söker igenom hans fickor. Tar plånboken. Klockan från handleden. Måttar en spark i magen. En till mot kinden. Springer i väg. Smärtan känner Georg igen. Han ligger kvar tills kylan lämnar marken och kryper in i hans kropp. Det här måste vara botten. Nu går det inte att sjunka djupare. I plånboken finns inga pengar. Men kort på Ida och barnen. Klockan har inget ekonomiskt värde, men far har en gång haft den på sin arm. Georg låter tankarna vandra runt. Från far till mor. Till Hästholmen. Till Ida. Hans Ida.

Han vaknar av en stark obarmhärtig sol. I ett rum med ett fyrkantigt fönster. Vitmålade väggar. En inramad plansch med gröna bollar och texten Bauhaus. Han förstår inte alls var han hamnat. Tog tjuven med mig hem? Är jag fånge? Kidnappad?

"Far? Hur mår du? Vill du ha frukost?" Det är Aina.

En av Augusts fars vänner hade åkt förbi. Sett att det var Georg som låg där. Kände igen honom från bröllopsfesten. Åkte förbi sjukhuset som plåstrat om honom. Sen hem till Aina och August. Georgs första instinkten är att fly snabbt och hitta sprit. För den skam som nu väller upp är outhärdlig. Hellre misshandlad än nykter.

"Mormor har dött. Jag vill att du åker med på begravningen som är imorgon. Du kan stanna här till dess. Äta, duscha och sova. Du behöver det."

Hans enda tanke är att han ska få träffa Ida och hela sin familj. Kanske för sista gången. Han söker och finner någon styrka längst där inne. Tar en lång dusch, rakar sig, kräks, dricker kaffe. Framåt kvällen får han i sig mat. Sitter vid matsalsbordet med Aina och August. Händerna skakar.

"Tack för jag får vara här. Tack för er gästfrihet. August, hälsa och tacka din fars vän som plockade upp mig. Förlåt för hur jag betett mig. Förlåt för vad jag gjort mot familjen."

Han vågar inte titta upp. Håller blicken fäst vid bordsskivan. Hans ord landar i en tystnad. Sen tar August till orda först.

"Georg, du ingår i min familj nu och i en familj ser man efter varandra har jag lärt mig. Till mig behöver du varken rikta tack eller förlåt. Jag gör bara det man ska."

Georg ser på August. Ögonen blänker.

"Jag missbedömde verkligen dig August. Jag är glad att Aina har dig."

Han vågar fortfarande inte möta Ainas blick.

"Far, du har betett dig illa. Mot oss, men mest mot dig själv. Jag förlåter dig, men du behöver också förlåta dig själv."

Nu rinner tårarna på Georg. Han kan inte svara och ännu mindre förlåta sig själv.

Dagen efter åker de till Stigtomta kyrka för att begrava Idas mor. Alla barnen är där. Bengt, Rune,

Sven och Helge har fått permis. Ida hälsar på Georg och tackar för att han kommit. Som hon gör med alla andra gäster. Under begravningskaffet sitter Georg bredvid Helge.

"Jag har ansökt om att bli yrkesofficer i flottan efter värnplikten."

"Vad fint att du trivs".

Inte mycket mer blir sagt. Förutom Aina är det ingen av döttrarna som kommer fram till sin far. Georg går ut på gården. Tänder en cigarett. Ser på deras gamla hem. Dörren öppnas bakom honom. Ida kommer ut och ställer sig bredvid.

"Jag har talat Vilma och Anders. Vi ska sälja gården. Den är eftersatt och har inte något större värde. Och ingen av oss vill bo här. Jag flyttar till Norrköping med barnen."

"Alla barnen? Var ska ni bo? Hur ska du försörja dem?"

"Jag tar med Margareta, Inez, Barbro, Ingrid, Lennart, Stig och Bertil. Jag har hittat en billig tvårummare på Vattengatan. Har fått arbete på Drags, en yllefabrik. Vi klarar oss. Hur går det för dig?"

"Jag klarar mig fint."

Georg fimpar och börjar gå.

"Hälsa Aina och August att jag tar mig hem själv. Ha det fint. Hälsa våra barn. Jag älskar er."

Han ropar utan att se sig om ifall Ida står kvar.

Kapitel 40

Det är något befriande med att gå långt ensam. Tankarna hinner tänka klart. Timme efter timme går Georg. Mot Nyköping. Så länge han inte är framme känns det som att han har ett mål. Samtidigt som staden växer och åkrarna blir färre, växer även ångesten. Han hör en bil närma sig och han kliver åt sidan ut mot vägkanten. Bilen saktar ner och stannar.

"Georg?"

"Kyrkoherden från Runtuna?"

"Jag tyckte väl det var du. Hoppa in. Jag kör dig."

Kyrkoherden synar Georg.

"Vart ska du?"

"Jag vet inte riktigt. Du kan släppa av mig vart som helst i stan."

"Georg, jag ska vara ärlig mot dig. Det har gått rykten om dig. Om att Ida och du skiljt er. Att du gått ner dig. Förlorat både hem och jobb. Jag är inte ute efter att snoka. Jag vill hjälpa dig om du behöver det så var ärlig nu. Hur mår du? Hur har du det?"

Georg skjuter undan reflexen att gå i försvar. I stället öppnar han upp sig och är helt ärlig. Allt kommer ur honom. Hur han förlorade föräldrarna, syskonen och hur CJ misshandlade honom och Valter. Hur han sen själv svek Valter. Arbetet i verkstan i Hästholmen. Mötet med Ida. Minnen och ångest. Alkoholens dämpande av ångesten när han själv tagit till nävarna. Skilsmässan. Hur han blev rånad och hamnade hos Aina. Idas mors begravning. Och nu sitter han här. Helt slut och färdig med sig själv och sitt liv.

"Jag orkar inte en dag till. Att förlora två familjer under ett liv är för mycket. Och sen inse att det är mitt eget fel. Inte ens din Gud kan förlåta mig nu."

Kyrkoherden svarar inte men stannar bilen och åker åt ett annat håll. Bort från Nyköping.

"Vad gör du. Vart ska vi?"

"Du får följa med hem till mig. Bara några dagar. Du behöver vila upp dig i lugn och ro."

Georg känner sig som ett fångat djur. Han vill vara själv. Dricka. Men orken räcker inte till att protestera. Framme vid prästgården parkerar Kyrkoherden utanför drängstugan.

"Ingen bor här nu så du kan ta stugan. Men jag behöver din hjälp i kyrkan först. Är det okej?"

Med den gästfrihet som han visat kan Georg inte säga nej till att hjälpa honom även om han är helt slut och bara vill gå in i stugan och lägga sig. De går under tystnad. Kyrkoherden låser upp och öppnar den stora porten. Tänder några stearinljus i salen.

"Jag vill att du skurar golvet. Min fru har haft ont i knäna en tid så det är länge sedan det är gjort. Kan du göra det?"

Förvånat ser Georg på honom.

"Visst."

Kyrkoherden plockar fram hink och skurborste. Tänder lite flera ljus och går sen ut. Georg faller på knä längst upp i högra hörnet av salen och börjar skura. Ovan vid sysslan blir första rörelserna lite trevande och hackigt. Sen blir det som meditativt. Rörelsen, ljudet, lukten av stearinljus. Allt det skapar ett lugn. I stillheten rinner tårarna. När hela golvet är skurat ett par timmar senare sätter sig Georg en stund på bänken längst fram. Han ser upp på Jesus och minns en annan Jesusbild han sett på för länge sen hemma i Röks kyrka. Han minns den lilla pojke han var då. Hur pojken axlat rollen som både mor och far. Tog hand om syskonen så gott han förmådde. Han är ingen dålig människa. Livet har inte varit nådigt. Kanske han kan hitta en känsla av förståelse och förlåtelse ändå. När han tänker på sig själv i skepnad av den tolvåriga pojken så är det lättare. Honom kan han förlåta. Han har gjort sitt bästa. Georg reser sig och lämnar kyrkan. Går över gräset bort till drängstugan. Himlen är mörk. För första gången på länge somnar han med ett lugn.

Georg vaknar utsövd och går ut samtidigt som dagens allra första solstrålar landar på gårdsplanen. Kyrkoherdens fru Agnes kommer gåendes mot honom.

"God morgon Georg. Vad fint att ha dig här igen. Det finns frukost i köket. Min man sitter och äter nu. Gå in till honom du. Det skulle han uppskatta."

Georg tackar och går in i huset. Kyrkoherden nickar mot en stol mittemot honom. Georg slår sig ner. Häller upp en kopp kaffe. Tar en bit bröd. Sen berättar han om upplevelsen i kyrksalen kvällen innan. Kyrkoherden nickar som om det var exakt vad han hade förväntat sig.

"Jag har ett förslag. Det är några saker här på gården och i kyrkan som jag skulle behöva hjälp med. Men dessvärre har jag inte så mycket pengar att betala med. Skulle du kunna tänka dig att stanna några veckor här? Utföra lite sysslor för mat och husrum?"

Som om kyrkoherden kan läsa Georgs tankar fortsätter han. "Det är inte enbart för att hjälpa dig nu. Jag behöver verkligen hjälp. Så vi kanske kan hjälpa varandra?"

Första uppdraget är att måla om drängstugan med röd slamfärg. Faluröd. Själva prästgården och flyglarna är i vit puts, men alla uthus och drängstugan är av trä och målade med den röda slamfärgen. Georg trivs med sina nya rutiner. Han går upp i gryningen och äter frukost inne hos kyrkoherden och Agnes. Därefter blandar han ihop färgen och målar i timmar. Efter arbetsdagen går han en stund till kyrkan. Sitter längst fram på bänken och samtalar med Jesus. Han vill inte kalla sig religiös, men det ger ett lugn. Sedan går han tillbaka till prästgården för att äta middag. De ber bordsbön och äter under tystnad. Somliga kvällar sätter sig Georg och kyrkoherden i vardagsrummet efteråt. Ibland lyssnar de på radion om världsläget. Ibland talar de om barndomen, om Gud, om livets upp och nedgångar. Kyrkoherden berättar om deras sorg över att inte ha fått några barn, men också om insikten att de har ett annat kall i livet och acceptansen över det. Hur de får hjälpa så många fler barn i stället i söndagsskolan och hur Agnes hjälper mödrar när de inte själva räcker till. Det finns något vackert i att göra egna uppoffringar och få hjälpa de som behöver det mer.

Kapitel 41 (1940, fem månader senare)

Det är svårt för Ida att få ihop livet som ensamstående mor i Norrköping. De första månaderna arbetar hon dagtid på yllefabriken, men pengarna räcker inte till att mätta barnen. Hon ber om att få byta till skiftarbete för att höja lönen. När de fyra flickorna är i skolan och Ida arbetar får Lennart, Stig och Bertil klara sig själva. Dagskiftet slutar klockan 17. Ida går den korta biten från Garvaregatan hem till Vattengatan. Knappt två kvarter. Hon hinner andas och rensa skallen mellan lönearbete och mammaroll. Redan i hallen hör hon hur Lennart och Stig träter.

"Hallå killar, vad bråkar ni om?"

Ida hänger kappan på galgen och går in. Pojkarna tystnar och ser på mor.

"Var är Bertil? Hallå, svara. Var är Bertil?"

"Vi var ute och han försvann."

"Vadå försvann? Hur? Var? Ni ska inte gå ut när ni är själva hemma. Jag har sagt det så många gånger. Ni måste vänta tills tjejerna kommer hem från skolan och kan följa med er ut."

"Men vi hade så tråkigt och de kom aldrig hem."

"Var är de nu då?"

"De gick ut för att leta efter Bertil."

Just då kommer någon i dörren. Det är Ingrid och Barbro.

"Var är Inez och Margareta?"

"De är kvar ute och letar efter Bertil. De sa att vi skulle gå hem till dig."

"Stanna här nu med era bröder. Jag går ut och letar."

Ida vet inte var hon ska börja. Hur långt kan en treåring ha kommit? Hon vet inte ens hur länge han varit på egen hand. Någon kanske tagit honom. Ida söker på ställen hon vet Bengt tycker om. I lekparken vid Oxtorget möter hon Inez och Margareta.

"Vi hittar honom inte mor."

"Gå hem ni och ordna mat till era syskon. Jag fortsätter leta."

"Jag kan fixa mat", säger Margareta. "Inez stannar och hjälper dig."

"Tack."

Inez och Ida går runt i timmar och letar. Frågar folk de möter.

"Vi måste gå till polisen snart mor."

"Då tar de er i från mig. Säger att jag inte kan ta hand om er. Vi måste lösa det själva." Klockan närmar sig tio och Ida ser hur Inez hänger med huvudet.

"Vi går hem och äter mat så kan Margareta följa med mig en stund till sen."

Margareta och Ida går ut efter maten. Det är inte särskilt många ute nu längre. De går mot Matteusskolan. Flickorna går där om dagarna och första dagen följde mor och Bertil med dem. Det är långsökt men nu finns det inte många platser kvar att söka på. De går runt och ropar. Inget svar där heller. De går ett varv runt skolbyggnaden. Då ser Margareta ett litet knyte bland buskarna. Visst är det Bertils jacka?

"Bertil!"

Knytet rör på sig. Ida rusar fram. Lyfter upp Bertil som är alldeles kall. Han gråter och slår armarna hårt runt mors hals.

"Jag visste inte hur jag skulle komma hem. Sen blev det mörkt och otäckt. Då gömde jag mig."

Ida bär Bertil hela vägen hem. Ingen av syskonen har somnat. De både kramar och grälar på lilla Bertil.

”Du får inte smita från oss.”

Mor förmanar bröderna.

”Ni får inte gå ut själva.”

Till Bertil säger hon:

”Du måste stanna hos dina syskon. Gå aldrig utan dem.”

När alla barnen somnat ligger Ida vaken och grubblar. Förebrår sig själv. Det är ett stort ansvar på Lennart och Stig. De är inte gamla nog för ansvaret. Men hur ska hon göra? Hon behöver arbeta. Flickorna måste gå i skolan. Innan natten övergår till ny dag har hon kommit fram till sitt livs största och svåraste beslut. Svårare än skilsmässan.

Nästkommande söndag köper Ida tågbiljett för en vuxen till Katrineholm. Bertil sitter i hennes knä. Hon har hört andra på yllefabriken tala om barnhemmet. Bertil har en resväska med kläder, en leksaksbil och en brun nalle. Han tittar genom fönstret och ger ifrån sig små glädjetjut när de passerar något hus eller djur. Ida håller hårt om honom. Luktar på hans hår. Inte tänka nu. Inte känna. Det får jag göra sen. Efteråt.

Ida har en adress och frågar sig fram. Katrineholmarna är hjälpsamma. De ser på Ida och lilla Bertil med omtanke och visar vägen. Regndroppar börjar trilla ner. Den grå himlen passar dagen. Det är med sorg Ida lämnar bort sin yngsta son. Sitt minsta och sista barn. Hon ler och kramar. Går därifrån med högt buret huvud. Vänder sig om och vinkar glatt, men utom synhåll släpper hon fasaden.

Tågresan tillbaka till Norrköping går sakta genom regnet. Hade hon kunnat göra på något annat sätt? Om hon låtit bli att skilja sig? En dam bredvid tilltalar henne. Först hör inte Ida vad hon säger.

"Ursäkta?"

"Har ni rest långt? Jag har varit i Flen och hälsat på min syster Gerda. Vi ses så sällan numer. Har ni syskon?"

Damen ser på Ida och väntar uppenbart på svar. Ida öppnar munnen. Stänger den. Försöker igen.

"Jag har en syster, Vilma. Och en bror, Anders. Vi ses inte heller så ofta nu för tiden."

"Det blir så lätt så med åren. Man är nära varandra som barn och sen kommer livet emellan. Har ni barn?"

Ida nickar.

"Tretton barn har jag fött och nu har jag elva av dem kvar."

Nu kommer tårarna.

"Förlåt, så dumt av mig att vara så framfusig. Förlåt mig."

Damen plockar fram en näsduk och håller den mot Ida. Hon tar emot den. Torkar tårarna.

"Ingen fara. Jag skäms så mycket. Jag har varit sådan dålig mor. Precis nyss var jag i Katrineholm och lämnade bort mitt yngsta barn till barnhem. Jag är skild och bor själv med sju av dem."

Damen lyssnar på Idas berättelse, på hennes sorg och skam. Utan att avbryta eller komma med tröst och goda råd. När de skiljs åt vid Norrköpings station ger damen Ida en kram.

"Du låter inte som en dålig mor. Du låter som en stark och omtänksam kvinna."

Kapitel 42

"Georg det har kommit ett brev till dig!"

Agnes kommer gåendes mot drängstugan.

"Tack".

Han ser direkt att det är Idas handstil. Så fort Agnes gått sprättar han upp kuvertet.

Hej Georg,

Jag hörde att du var tillbaka till Runtuna prästgård igen. Det kan nog göra dig gott. De är goda människor och du trivdes så bra när vi bodde där minns jag. Jag skriver till dig med en tyngd över bröstet, men vill ändå berätta. Jag anser att du har rätt att veta som far även om ni inte haft kontakt senaste tiden. Jag blev tvungen att lämna vår Bertil till barnhem. Jag är verkligen ledsen men jag måste arbeta och jag räcker inte till. Det var inget lätt beslut som du säkert förstår. Barnhemmet i Katrineholm verkade ändå som en bra plats. De tog emot oss utan förebråelse och kvinnan som tog Bertil såg snäll och godhjärtad ut.

Hälsningar Ida

Han läser brevet flera gånger. Går sen till kyrkan och sätter sig på den vanliga bänken längst fram. Han ser på Jesusbilden. Min son behöver mig. Jag har fått en möjlighet att göra något rätt. Lappa ihop delar av familjen i alla fall. Men hur? Samma kväll ber han att få samtala en stund med kyrkoherden efter middagen. De slår sig ner med varsin kopp kaffe i vardagsrummet. Det brinner i kakelugnen. Georg tar fram brevet och läser det högt.

"Vad vill du göra Georg?"

"Jag vill åka till barnhemmet och hämta min son."

"Han är fyra år. Var skulle han vara när du arbetar om dagarna? Hur ska du försörja honom? Tyvärr kan jag inte ge dig lön."

På barnhemmet har Bertil börjat inse att mor inte kommer tillbaka. Den första tiden frågade han efter henne varje dag. Några av tanterna var snälla och svarade:

"Mor kommer när hon kan, men det kan dröja lite. Hon måste arbeta förstår du lille vän."

Andra var inte fullt så empatiska:

"Mor din kan du glömma. Hon kan inte ha dig hemma. Nu får du bo här. Glöm henne."

Tyvärr är det nog de elaka som har rätt. Bland de andra barnen på hemmet är det mest pojkar, men de flesta är äldre än Bertil. Bara en pojke är i samma ålder. Han heter Lennart, precis som Bertils storebror. På barnhemmet bor också Lennart storasyster Birgit. De tre barnen leker tillsammans. Birgit får beröm för att hon tar så fint hand om småpojkarna. Innan maten får de visa sina händer för föreståndarinnan. Hon synar naglarna noga. Förekommer smuts blir det ingen mat. Birgit hjälper Lennart och Georg att tvätta så ingen smuts finns kvar. De är alltid röda och nariga om händerna. Men hellre det än hungriga.

Georg söker febrilt arbeten på olika gårdar runt om i Södermanland. Han trivs egentligen bra i prästgården, men tanken på att kunna hämta Bertil från barnhemmet finns kvar. Sommaren året därpå är det många ställen som söker efter arbetare. Georg har turen att få arbete som rättare igen. Det är en mindre gård i Oppeby som ägs av ett ungt par. De har själva väldigt liten erfarenhet av att driva en gård så de anställer Georg. Kyrkoherden skjutsar honom dit med automobilen.

"Du är alltid välkommen tillbaka om du behöver. Och glöm inte bort att hälsa på oss. Berätta hur det går med dig och Bertil."

Georg vinkar åt Kyrkoherden när han kör i väg. Han knackar på dörren till det gula trähuset som är det största på gården. En ung man öppnar dörren. Georg sträcker fram handen och presenterar sig.

"Kom in. Carl heter jag. Och det här är min hustru Vera."

De talar om gården, arbetsuppgifterna och lönen.

"Vi kan ta en sväng så visar jag dig runt så du hittar. Och så ska du få se var du ska bo."

Gården är omodern och har inte rinnande vatten. I lillstugan där Georg ska bo finns inte heller el indragen. Det finns hästar, kor, grisar och höns. På fälten odlar de vete och potatis. Förutom Georg är det fyra anställda. De bor i ett annat hus en liten bit därifrån.

"I kväll kan du komma in till oss och äta middag. Så får vi lära känna varandra lite."

Georg blir lämnad själv en stund efter rundvandringen. Han gör sig hemmastadd i lillstugan och lägger sig sen en stund på sofflocket. Det är mycket jobb, få arbetare och inte mycket moderna hjälpmedel. Det kommer bli tungt, men familjen verkar trevlig. Det får man vara tacksam för.

Under middagen deltar parets två döttrar Elsa och Britta. Georg gissar att de är i tioårs åldern. Paret måste fått barn mycket tidigt. De ser inte ut att vara fyllda trettio. Georg funderar på om de har fler barn. Nästan som om Vera kunnat läsa hans tankar säger hon:

"Vi kan inte få fler barn. Många undrar varför vi inte har fler, men Elsa och Britta är tvillingar och det var en svår förlossning. Naturligtvis är vi tacksamma att vi ändå fick två, men en liten pojke hade varit bra för gården också."

Carl instämmer.

"Har du några barn Georg?"

Han berättar om sina tretton födda barn, om Eriks död, och skilsmässan.

"Vad många prövningar livet utsatt er för."

Georg tackar för maten och går hem till sig. Tvättar av sig och kryper till sängs. Imorgon är första arbetsdagen och den börjar tidigt i ottan. Då ska han träffa de andra arbetarna också. Hoppas det är ett bra gäng. Vissa arbetare på gårdar har en benägenhet att dricka mycket och bli odrägliga och opålitliga i jobbet. Georg faller snart i sömn. Drömmer om Bertil på barnhemmet. Hur han själv försöker ta sig in men alla dörrar och fönster är låsta. Han ser Bertil

sitta på golvet där inne. Helt ensam och gråter. Han
ropar på honom. Bankar på rutorna. När Bertil till
slut vänder sitt ansikte mot honom så är det Valter.

Kapitel 43 (1942, två år senare)

Nästan två år har passerat sen Bertil anlände till barnhemmet. Två femtedelar av sitt liv har han bott här. Han ser hur andra barn blir hämtade. En del kommer hem till sina föräldrar igen. Varje gång han ser någon blir hämtad av sin mamma får han tillbaka lite hopp igen. Sen finns det barn som blir hämtade av nya föräldrar. De ska till något som heter fosterhem. Bertil vet inte riktigt vad det är. På kvällarna ligger han i sin säng och ber allt han kan för att få bli hämtad av sin mor. Han har sett skillnaden på minen och kroppsspråket hos de barn som hämtas av sin mor eller av fosterföräldrar. De flesta slänger sig om halsen på sin mor. Klamrar sig fast. Fosterföräldrarna tar de artigt i handen och bockar eller niger. De är främlingar. Hans vänner Lennart och Birgit blev hämtade för ett par månader sedan. Bertil blev glad för deras skull att det var deras mor. Han blev lite ledsen för sin skull. Nu är han ensam igen. Visst finns det andra barn som är snälla, men han hade blivit god vän med Lennart och Birgit. Det var nästan alltid de tre som lekte. En dag står han i det stora rummet och ser på när två av de äldre killarna bygger en tågbana. Han samlar mod för att gå fram och fråga om han får vara med. Just när han tar första steget mot dem knackar någon honom på axeln. Det är föreståndarinnan.

"Bertil, kommer du med mig till kontoret?"

Han följer efter. Lyssnar på ljudet av hennes klackar mot golvet.

"Sitt ner."

Bertil sätter sig på den gröna karmstolen. Han når nästan ner med fötterna till golvet.

"Du har varit häri två år nu, men i morgon är det din tur att flytta. Hur känns det?"

"Kommer mor?"

"Det är din nya mor och far. Du ska till fosterhem."

"Jag vill till min mor. Och mina syskon."

"Det går dessvärre inte. Nu får du gå och packa dina saker. De kommer i morgon. Tänk på att vara glad och artig så du får följa med. Annars får du stanna här för evigt. Det vill du väl inte?"

Bertil går till rummet där han sover tillsammans med fem andra pojkar. De har våningssängar. Under sängarna står kistor. Varje barn har en egen. I den kan de förvara kläder och ifall de har saker med sig hemifrån. Bertil öppnar sin kista. Där ligger kläder. En leksaksbil och en brun nalle. Han luktar på nallen. Den luktar hemma och mor. Tror han. Minns inte riktigt längre. I kistan ligger också en blå sliten ryggsäck. Han stoppar ner sina kläder och leksaker däri. Fantiserar om de nya föräldrarna. Tänker att de är snälla. Undra om de har några fler barn? Det är svårt att somna den kvällen.

Klockan elva ska de komma. Bertil sitter redo med ryggsäcken. Prick elva kommer föreståndarinnan och hämtar honom.

"Kom med till kontoret och hälsa på fostermor och fosterfar."

Hon låter glad. Har målat rött på läpparna.

"Här har vi Bertil", kvittrar hon till mannen och kvinnan på kontoret.

Hon föser fram honom. Han ler och bockar.

"God dag."

"God dag Bertil, vad fint att få träffa dig. Du ska få komma till oss och bo på vår gård. Jag heter Carl och det här är min fru Vera."

På väg till sitt nya hem sitter han tyst. Carl och Vera småpratar med varandra. Emellanåt vänder sig Vera mot Bertil och ler. Han ler tillbaka, men bara med munnen. Resan tar lång tid. Bertil blir kissnödig.

Han håller sig så länge det går. Till slut går det inte längre.

”Jag behöver kissa.”

Carl stannar till vid sidan av vägen.

”Se så. Skynda dig nu. Det är farligt att stå så här vid vägkanten.”

Bertil hoppar ur och ställer sig en bit ifrån för att kissa. Skyndar tillbaka igen. Carl kör i väg.

”Nu är det inte så långt kvar”, säger Vera och ser mot Bertil.

De kommer fram till ett stort gult hus med ladugård och flera små hus. Det verkar vara en gård. Han ser två män gå över gårdsplanen. En annan är ute på fältet.

”Kom med in Bertil så ska jag visa dig runt.”

Carl går ut i ladugården. Vera visar runt Bertil. De går upp för en grå trappa av trä. Till vänster finns ett rum med tre sängar. Två på ena sidan och en ensam på den andra. Vera pekar mot den ensamma sängen.

”Där ska du få sova. Blir det bra?”

Bertil nickar. Tittar undrande på de andra sängarna.

”Där sover våra döttrar. Elsa och Britta. De är i skolan nu.”

Vad skönt att inte vara ensamt barn. Undra om Elsa och Britta också är fosterbarn. De går tillbaka nerför trappan igen.

"Bertil, jag ska tända i spisen. Kan du gå ut till vedbon och hämta in lite ved? Det är det lilla röda huset bakom svinstian."

Han får en trälåda att lägga veden i. Det är tungt att bära bara den tomma lådan.

"Du kan ta stövlarna som står i farstun. De kanske är lite stora men det ska nog gå."

Han stoppar ner sina små fötter i de stora stövlarna. Snubblar till lite. Går mot vedbon tvärs över gården. Så ser han att en av männen stannat upp och tittar på honom.

Georg står på gårdsplanen med en av arbetarna när Carl och Veras bil rullar in. Hjärtat slår snabbare. De skulle till Katrineholms barnhem idag. Han hade tipsat dem om att det fanns en liten pojke från Norrköping där. Han hade hört från en bekant att det var en artig och välartad pojk. Hans mor hade många barn och kunde inte försörja dem alla. De hade nappat direkt. Hade önskat sig en pojke i många år. En välartad som kunde hjälpa till på gården. Georg kommer få träffa sin son varje dag även om han inte kan berätta för vare sig Carl och Vera eller Bertil hur det ligger till. Nu ser han sin son komma snubblande

över gården i alldeles för stora stövlar på väg mot
vedbon.

Kapitel 44

På olika sätt visar sig kriget i Sverige. I Norrköping är det ännu mörkare om kvällarna när alla reklamskyltar släckts ned. Inte av rädsla för flygangrepp som i många andra länder, men för att spara på elen då bränslet blivit dyrare. Det är en ohyggligt kall vinter och samtidigt utlyses textilransonering. Kläder, filtar, handdukar, madrasser och kuddar. Allt ransoneras utifrån ett genomtänkt poängsystem. Ida tycker det är krångligt. Ett kilo garn är värt 20 poäng och en jacka 45. Alla kvinnor får 110 poäng per år, män får 120 och barnen 105. På fabriken syr man uteslutande uniformer till krigsindustrin. Den går på högtryck och vissa dagar står det män och skyfflar in halm med högafflar i pannorna för att hålla ångan uppe. Ida får jobba så mycket hon vill och hinner med. Nu är det bara Stig som inte börjat skolan än, men han är sex år fyllda och klarar sig fint tills storasyskonen kommer hem. Men även om det finns gott om arbete är lönen torftig och det är svårt att försörja så många barn själv.

Dagtid håller Ida skafferiet låst för att maten inte ska ta slut. Det är frukost och kvällsmat som gäller. På söndagarna äter de fortfarande söndagsmiddag med

Aina och August. Ofta handlar Aina med mat och hjälper till att laga den också. Hennes arbete på banken är inte i närheten av att vara lika krävande som mors på yllefabriken.

Aina går in i hallen. Efter kommer August med tre matkassar i händerna.

”Halloj!”

”Hej, kom in. Ska jag hjälpa er med kassarna?”

”Tack, jag har nog tappat känseln i händerna trots tjocka handskar. Det är ruggigt kallt ute idag.”

”Minus 31 visar termometern i köket. Jag trodde knappt ni skulle komma idag.”

”Klart vi kommer mor. Och idag har vi finbesök också.”

Helge och Rune har permis och är hemma över helgen.

”Hej syster, vad fint du tar hand om mor. Hej August. Läget?”

Helge är mån om familjen. Vill alla väl. August hälsar på Helge och nickar åt Rune.

”Hur är läget med dig? Allt väl i Göteborg?”

”Jo´rå, det är finemang. Skulle vara trevligt med mera stålar bara. Ska försöka hitta jobb snart där.”

"Så du tänker stanna i Göteborg? Du kommer inte hit efter värnplikten?"

"Nä, Göteborg eller Stockholm blir det. Den här stan är lite liten."

"Helge, hur tänker du då? Har du några planer?"

"Jo, jag trivs bra i flottan och har blivit antagen till en officersutbildning. Så jag blir nog kvar till sjöss ett tag till."

Stämningen runt bordet är varm. Maten är god. Ingen nämner far eller Bertil.

Efter middagen bygger Stig och Lennart en koja av stolar och filtar. Tjejerna sätter sig med ett pussel föreställande spårvagnar i Norrköping. De vuxna slår sig ner i vardagsrummet med varsin kaffe. Knäpper på radion. Hör hur de tyska styrkorna i Sovjetunionen lider av kylan. Japanska soldater går in i Burma. Finska barn ska sändas till Sverige. Ida slår av radion igen.

"Det är ju bara elände."

"Jovisst, men det försvinner inte bara för man stänger av radion."

"Nej", säger Ida. "Men vad ska jag göra åt det?"

"Kanske inte mor, men Sverige. Vi borde hjälpa de allierade."

Alla ser på Helge.

"Vill du att vi börjar kriga? Är du galen?"

Rune ser upprört på sin bror.

"Ska vi bara se på menar du? När Tyskland tar över land efter land? Vill du hellre bli tysk än kämpa emot?"

"Svensk eller tysk. Vad är skillnaden då. Han gör ju många bra saker Hitler. Förut var det arbetslöshet, fattigdom och orättvisor. Precis som här. Han gjorde något i alla fall."

"Fast han låter döda tusentals människor för att få igenom sin vilja. Du kan inte mena att du tycker det är rätt?"

Rune rycker på axlarna.

"Moraliskt är det inte rätt, men ibland måste man genomföra tuffa beslut för att få ett bra land i slutändan för det egna folket."

"Tycker du det var rätt av vår svenska regering att försöka tysta våra egna journalister som skrev om hur tyskarna torterade judar i norska fängelser?"

Återigen rycker Rune på axlarna. Helge stormar ut från lägenheten.

"Förlåt mor, jag behöver gå ut en sväng så ni får lite lugn. Jag hör av mig." Rune skrattar.

"Oj, det var visst känsligt för lillebrorsan."

August ser på Rune.

"Kriget är nog en känslig fråga för alla. Trist om det väcker osämja inom familjer också."

Ännu i juli, när Ida tar ut två veckor betald semesterledighet, har hon inte sett Helge. Lite brevkontakt har de haft, men under senaste permissionerna har han åkt till far sin i Oppeby i stället. Rune har hon heller inte sett till. Han har varit kvar i Göteborg. Skriver om flickvänner och uteliv ibland. I senaste brevet från Helge berättar han om Bertil. Att han bor på samma gård som Georg. Varför hade inte Georg berättat? Hon som tänker varje dag på Bertil och undrar hur han har det. Och så har Georg vetat hela tiden. Är det en hämnd på skilsmässan? Hon bestämmer sig för att hälsa på dem, fosterföräldrarna. Kan Bertil känna igen henne efter dessa år som gått? Ida köper tågbiljett till Nyköpings station. Därifrån går det bussar till Oppeby. Adressen har Helge gett henne. Hon hoppades han inte förvarnat far sin. Hon vill se hans min när hon anländer. Hon kliver av den gröna bussen och går förbi några hus. Ser det gula stora trähuset med en massa uthus runt om. Precis som

Helge beskrivit. Väl där knackar hon på dörren. Just när den öppnas ser hon en liten pojke hämta vatten i en hink en bit bort. Ida presenterar sig för kvinnan som öppnat dörren.

”Hej Ida, jag heter Vera. Kom in så tar vi en kopp kaffe och pratar.”

De sitter i köket och Ida ser ut över gården. Pojken är kvar.

”Ja, det är Bertil”, säger Vera. ”Jag tror inte han känner igen er. Kanske det är bäst så för honom.”

Ida nickar.

”Jo, för hans skull. Georg, då? Jobbar han här?”

Vera ser förvånat på Ida.

”Känner ni Georg? Han är väl från Nyköping. Hur känner ni varandra?”

Han har alltså mörkat för sina arbetsgivare att Bertil är hans son.

”Jag har också bott i Nyköping för länge sen. Vi var grannar då. Jag hörde att han fått arbete här. Vilken slump va? Min son och före detta granne på samma ställe.”

"Så lustigt." Vera höjer ögonbrynen. "Men då vet han inte att Bertil är er son? Han har inte sagt något i alla fall."

"Nej, vi har inte setts på så många år. Han känner inte igen Bertil."

"Georg är ute i stallet om ni vill tala med honom."

"Jag gör nog inte det den här gången. Vi krånglar inte till något för Bertil. Han verkar ha det bra som det är nu. Tack för ni lät mig komma in."

Kapitel 45

Rune slarvar sig igenom värnplikten. Tar det inte på allvar. Kommer ofta sent från permissionen. Blir straffkommenderad. Han känner inte alls den där samhörigheten så många talar om under värnplikten. Däremot gillar han Göteborg. En storstad i jämförelse med Nyköping och Norrköping. Jazz, kvinnor och fest finns i överflöd. Det enda som saknas är pengar. Att leva i en storstad utan pengar är inte särskilt skoj. Pengarna de får från armén räcker inte långt. Under krigstiden blir det fler inkallningar till armén, men tiderna däremellan måste de försörja sig själva. Rune som bara gått sex år i skolan och arbetat med att bygga en tågvagn i Nyköping känner sig vilsen. Vad kan han arbeta med och tjäna bra med pengar? Han får en tillfällig anställning på en gård strax utanför Göteborg som dräng. För det får han mat, husrum och fickpengar. Han trivs inte alls med jobbet. Det känns under hans värdighet. En vuxen karl som jobbar för fickpengar. Det mesta går till spriten.

Rune minns hur far hans bjöd med honom på puben när han var 12 år. Då var farsan stolt och han fick smaka av ölen. Han kommer ihåg känslan i kroppen av alkoholen. Hur han som knappt vågat öppna munnen plötsligt kunde babbla högt inför alla. Han hade inte känts sig liten och obetydlig just då. Snarare jämbördig med far. Sen minns han andra sidor av far också. När han slog. Det var inte så ofta, men hotet fanns alltid där. I kväll ska Rune ta bussen in till city. Han ropar hejdå till familjen han bor hos. Går ut i lördagskvällen under tunneln och bort till busshållplatsen. Kliver av på Götaplatsen där han möter sin dryckeskamrat Örjan. De går längs Avenyn ner till Dojan på Vallgatan. Hittar ett hörnbord och beställer in varsin pilsner.

”Du, hur gick det med den där tjejen förra helgen.”

”Vilken av dom?” Skrattar Rune.

”Hon den där korta, rödlätta. Som bjöd hem dig.”

”Jaså, den. Hon släppte till halvvägs hem. Så jag lämnade henne där och tog bussen hem i stället. Så bra var hon inte att jag ville ha mer.” Rune flinade.

”Fan Rune, du är grym.” Örjan skakar på huvudet. Då öppnas dörren och ett större tjejgäng kliver in. Rune böjer sig fram mot Örjan.

”Ser du hon i den mörkblå klänningen. Hon är min innan kvällen är slut.”

Örjan tittar på tjejen. Hon är snygg. En tjej Örjan knappt vågar tilltala. Men han vet att Rune har rätt.

Vill han ha henne så kommer hon vara hans innan kvällen är slut. Det slår aldrig fel. Örjan förstår inte varför. Rune är inte den snyggaste och inte heller särskilt trevlig. Men tjejer får han. De snyggaste som ingen annan vågar närma sig. Örjan ser på när Rune går fram till tjejgänget. Lutar sig över henne i blå klänning och viskar något i hennes öra. Han ser hur de dansar, skrattar och skålar. Till slut kommer Rune fram till Örjan.

"Vi drar nu."

"Följer hon med dig hem?"

"Nej, vi åker till henne. Man tar inte hem tjejer, Örjan. Ha ha. Då kan de ju stå där utanför dörren en dag med stor mage."

Tjejen, som heter Birgitta, bor inte långt från Dojan.

"Vi måste vara tysta. Jag delar lägenhet med två kollegor."

"Inga problem. Väcker vi dem kan vi alltid bjuda med dem. Ha ha."

Birgitta ger Rune en skarp blick.

"Jag skojar bara. Jag vill inte ha någon annan än dig."

Birgitta tar tyst av sig sina stövlar i hallen. Tar Runes hand och de tassar in i hennes lilla rum. En skrubb egentligen. Sängen fyller upp det mesta av rummet. Endast en byrå och ett litet sängbord med lampa på får sen plats. Rune drar av sig jackan och slänger sig i sängen. Birgitta ler osäkert.

"Kom gumman. Du blev väl inte blyg för mig bara så där?"

Rune klappar med handen på sängen. Birgitta sätter sig ner. Rune tar tag om nacken och kysser henne. Efter en kort sekunds tvekan besvarar hon kyssen. När han knäpper upp knapparna i hennes klänning fnittrar hon till. Rune får en bild av sin mor som fnittrar åt nåt far sagt. Det var fel läge att fnittra och mor fick en örfil. Han minns hennes förvånade min. Han ville både skydda henne och skälla på henne. Fnittra inte åt far. Du borde veta bättre. Han slits mellan att trösta mor och vara far till lags. Vad han än väljer blir det fel. Tillbaka till Birgitta. Han tar av klänningen och ser på henne. Att en så vacker kvinna kan vara så blyg och osäker är för honom en gåta. Han glömmer bort sig. Blir hårdhäntare än han menar. Hon skriker till. Då lägger han sin hand över hennes mun. Vill bara få tyst. Hon gråter. Nu kommer örfilen. Faderns örfil på mor blir till hans örfil på Birgitta. Makt och skam i samma rörelse.

"Förlåt."

Han reser sig upp. Klär på sig och går ut i Göteborgsnatten. Går hela vägen hem och somnar precis innan nästa dag gryr.

Sömnen bryts abrupt då det knackar på dörren.

"Rune?"

"Mmm."

Skallen dunkar och munnen är torr. Det tar några sekunder innan han förstår var han är och vilken dag det är.

"Rune, korna behöver mjölkas och utfodras!"

"Jag är sjuk", kraxar Rune.

"Jag hörde när du kom hem. Det stinker fylla. Du kan packa ihop dina saker och dra. Jag är trött på din bristande arbetsmoral nu."

Fan också. Vart ska han ta vägen nu då? Och utan pengar också. Kanske vila upp sig hos morsan ett tag? Trist, men han kan inte se någon annan lösning just nu. Det blir en fulresa med tåget. När konduktören kommer in i vagnen smiter Rune ut på toaletten och sen vidare till restaurangen. Där ser han två damer vid ett bord som han charmar och får sitta hos en stund. I Norrköping tar mor emot honom med öppna armar. Alltid glad när någon av pojkarna kommer hem igen.

Kapitel 46

Efter en lång arbetsdag på gården sitter Georg i sin lilla stuga. Det är gråkallt och han tänder i pannan. Just när han sätter i gång en kanna med kaffe knackar det på dörren.

"Kom in."

Dörren öppnas och in kommer Aina och August.

"Hej far."

"Hej, vilken överraskning. Kom in. Vill ni ha kaffe?"

De slår sig ner runt det lilla fyrkantiga köksbordet.

"Vi ville komma och berätta till dig personligen."

Georg ser på Aina och väntar på fortsättningen.

"Du ska bli morfar."

"Morfar Georg. Inte dåligt. Det är fina nyheter. Har ni kommit hela vägen hit för att berätta för mig? Det var inte dåligt."

"Såklart far. Vi ville träffa dig också. Det var länge sen nu. Är allt bra?"

Georg berättar om livet på gården. Han nämner inget om Bertil. Aina och August säger adjö och far tillbaka hem till Nyköping.

"Vi är inbjudna till min mor och far på söndag. Ska vi berätta för dem om barnet då?"

"Det är din fars födelsedag. Det kan bli hans present från oss."

Aina känner sig alltid lite obekväm hos Augusts föräldrar. De är vänliga och artiga men det finns alltid en distans. Det känns inte äkta på något sätt. Aina är rädd för att säga fel, göra fel. Hon är inte uppväxt med alla artighetsfraser. Men tiden som piga hos familjen Larsson har lärt henne en del. Hon tänker ofta på hur fru Larsson betedde sig i familjen. Hur hon höll tillbaka och lyssnade på maken. Teg och nickade uppmuntrande. Det har blivit Ainas strategi när hon träffar Augusts föräldrar. Dämpa sig själv och visa intresse för dem och August. Hon kände sig mindre än hon visste hon var.

Augusts föräldrahem ligger på den östra sidan av Nyköping. Ett pampigt hus med pelare och stor bred trapp. Redan där blir Aina mindre. Förminskad. En piga öppnar dörren och niger för dem. Av ren reflex niger Aina tillbaka. August knuffar till henne med armbågen. Ger henne en blick. Hon skäms. I salongen är det gott om folk som minglar. Äter snittar och dricker bubbel.

”August, min son. Vad fint att se dig. Och Aina. Välkomna.”

Far klappar August på axeln. Nickar kort åt Aina. De slår sig ner vid det långa bordet med vita stärkta dukar. Kristallglas som lyfts mot födelsedagsfiraren. Skålar utbringas och det hurras. Det är dyra frisyrer. Kavajer av god kvalitet. Inga arbetarhänder mot kristallen, mer än kyparnas som serverar och pigorna som plockar undan och diskar. August klingar i glaset och harklar sig.

”Far. Jag och Aina vill börja med att gratulera på födelsedagen. Vi är glada att vara här och fira med dig och alla här idag. Vi har inget paket med till dig utan vill ge en annan present. Den anländer inte förrän om så där sju månader.”

Han pausar. Ser på sin far. Sen på mor. Mor har tårar i ögonen. Far ler lite stelt.

”Som ni förstår så ska ni bli farmor och farfar. Nästa födelsedag så är vi en till i familjen.”

Far höjer sitt glas mot August.

”Tack, min son. Vilken överraskning.”

Far börjar därefter tala med sin bordsgranne om kriget, ekonomin och ransoneringar. Mor kommer gående mot Aina och August. Kramar om dem båda.

"Vilken fin present. Den bästa. Hur mår du Aina?"

Aina och August promenerar tillbaka hem till sin lägenhet.

"Tror du presenten uppskattades?"

August rynkar pannan.

"Naturligtvis. Varför frågar du det?"

"Förlåt, det var dumt. Tyckte bara inte din far såg så överväldigande glad ut."

"Han är en stolt man som inte visar allt offentligt bara."

Aina nöjer sig tillfälligt med svaret, men kan inte riktigt släppa tanken. Hemma igen frågar hon August:

"Tror du din far är missnöjd med mig som sonhustru. Jag menar för min bakgrund. Att jag jobbat som piga?"

"Nu nedvärderar du både dig själv och min far."

August ser inte ens upp från tidningen han läser.

"Förlåt. Jag bli bara så osäker inför dina föräldrar. Du har rätt. Det har med mig att göra. Inte dom."

Nu svarar han inte. Fortsätter bara läsa.

"Det har varit en lång dag. Jag går och lägger mig. Kommer du älskling?"

Aina ser på August.

"Mm, snart."

Hon tvättar sig och byter till nattlinne. Bäddar upp sängen och kryper ner. Tänder lampan på sängbordet och tar lite handkräm. Smörjer noga händerna. Lägger dem på magen. Det syns inte mycket än, men Aina pratar med bebisen där inne. Känner samhörighet. Berättar om familjen, om sina syskon.

"Vem pratar du med?"

"Vår bebis."

August klär av sig kostymen. Hänger upp den på galge i garderoben och tar fram pyjamasen.

"Han eller hon kommer verkligen få se två olika världar hos sina mor och farföräldrar."

"Aina, skäms du för din bakgrund? Det verkar vara ett stort problem för dig. Inte för någon annan. Det är bara du som pratar om det."

"Jag skäms inte alls. Jag är bara rädd att dina föräldrar skäms för mig. Eller för att vårt barn en dag ska skämmas för min sida av familjen."

Och där kommer örfilen. Smack.

"Du måste lära dig när det räcker, kvinna."

August släcker lampan och vänder ryggen mot henne. Hon lägger sin hand på den brännande kinden. Känner sig som mor. Förebrår sig själv. Tänk om hon bara hade kunnat hålla tillbaka sina ord och anklagelser. Hon måste verkligen skärpa sig.

Kapitel 47

På Vattengatan i Norrköping är det trångt. Rune tar plats. Han är hemma om dagarna. Letar inte något nytt arbete, men klagar över brist på pengar och brist på mat i skafferiet.

"Jag kan inte försörja dig också Rune. Du är vuxen."

"Så mor vill inte ha mig här? Slänger du ut din son nu också? Först din man och sen din son?"

Ida ger Rune en örfil. Rune ger en tillbaka.

"Jag slänger inte ut dig, Rune. Jag säger att du är en vuxen man som behöver skaffa dig arbete."

"Du kanske borde låtit mig gå i skolan längre då så jag hade haft en utbildning som gett mig bättre jobb än som dräng. Jag är trött på att slita hårt för ynka fickpengar!"

"Jag bad far om det. Minns du. Far sa nej. Han tyckte du skulle börja arbeta. Inte gå i skolan."

"Så du skyller på far nu? Så enkelt för dig att skylla på någon som inte är här. Tack vare dig!"

Rune klampar ut. Smäller igen dörren. Ida suckar. Vilket humör. Hon har inte gjort annat än sett efter sina barn. Gett dem mat. Skyddat dem. Så får man detta tillbaka.

Idag ska i alla fall Aina komma. Ida öppnar skafferidörren. Några potatisar finns det. Mjöl. Lök. Om hon skulle ta och baka bröd. Medan hon knådar degen och tänker på Rune knackar det på dörren.

"Kom in Aina."

"Hallå", hörs en mansröst.

Det där är inte Aina. Ida vänder sig om och kikar ut mot hallen.

"Helge! Är du hemma? Kom in. Jag trodde det var Aina. Hon är på väg."

Helge är stilig i sin uniform från flottan. Han lägger mössan på hatthyllan och går in.

"Bakar du mor? Kan jag hjälpa dig med något?"

Ida blir varm i bröstet. Helge är så fin. Något rätt har hon gjort som mor ändå.

"Koka gärna lite kaffe till oss."

Han tar fram en tändsticka och vrider på gasspisen.

"Halloj."

Nu är det ändå Aina.

"Kom in Aina. Din storebror är här också. Helge."

"Hej brorsan, så stilig du är."

Aina pussar sin bror på kinden och sedan mor.

"Oj, oj, så glad du är idag då. Har något särskilt hänt."

"Skulle det vara något särskilt med att bli mormor tycker du?" Ida tappar brödkaveln.

"Är det sant? Ska min lilla tös få ett barn?" Aina nickar.

"Grattis syrran, du får hälsa så mycket till August också. Var är han förresten?"

"Han behövde arbeta idag."

"På en söndag? Det var värst. Men han håvar in klöver också. Ungen kommer inte födas fattig."

Aina boxar till sin bror på axeln och skrattar.

"Hur går det med kärleken för dig då? I din snygga uniform får du väl damerna på fall?"

Helge skakar på huvudet åt sin syster.

"Du vet som sjöman har man en i varje hamn, men ingen särskild."

Ida ser på sin son.

"Du leker väl inte med flickorna. Och några oäktingar vill jag inte veta av." Helge skrattar högt.

"Oäktingar? Har vi oäktingar i familjen är de nog mer lika Rune än mig."

Ida suckar.

"Ja, så är det nog. Han ger mig gråa hår Rune."

Just då öppnas ytterdörren igen.

"När man talar om trollen."

"Vaddå för troll? Vad pratar ni om?"

Rune ser på mor och sina syskon.

"Din syster ska bli mamma. Du ska bli morbror."

"Har vi inte nog med ungar i vår familj?" Han ser på Aina "Vill du verkligen bli som vår mor? Föda en massa barn och sen skilja dig?"

Aina känner att det luktar alkohol om lillebror. Förstår att det inte är någon idé att tjafsa med honom nu. Hon tittar på Helge i stället.

"Berätta om livet till sjöss. Trivs du? Är du klar med utbildningen?"

"Jo, det är därför jag är hemma nu. Jag fick permis en vecka innan min tjänst som underofficer börjar.

Jag får tyvärr inte berätta var jag blir stationerad, men jag är nöjd." Rune stirrar på Helge.

"Nu har du en son att vara stolt över i alla fall, mor."

"Nu är brödet klart. Någon som vill ha nybakt till kaffet?"

Rune reser sig från stolen som faller i golvet. Han vinglar till och går mot ytterdörren. Dörren slår igen.

"Vad var det med honom?" Aina och Helge ser på mor.

"Här ta för er av brödet innan det kallnar."

Som mor får man ta emot mycket. Både kärlek och ilska.

Rune går nerför trappan. Huvudet dunkar. Han är arg på allt och inget. En kvinna med barnvagn går emot honom. Han stöter till barnvagnen. Hon ger en arg blick.

"Se dig för människa."

"Se dig för själv och använd preventivmedel så slipper du bre ut dig på trottoaren med ungjävlar."

Kvinnan fnyser och Rune raglar vidare mot närmaste krog. Söndag lunch är det inte välfyllt på puben. Endast de trognaste stamkunderna sitter där.

En kvinna sitter ensam vid ett bord. Rune går fram och slår sig ner.

"Vem har bjudit dig till bords?" Hon ser irriterat på honom.

Han lutar sig närmare henne.

"Ingen, men jag drogs hit. När jag såg dina ögon kunde jag inte stå emot. Förlåt mig. Jag är svag för så vackra kvinnor."

Hon skrattar och visar hela tandköttet. De flesta tänderna är kvar.

"Du var mig en lustigkurre. Jag är väl medveten om att jag sett mina bästa dagar. Men du roar mig så sitt kvar för all del. Bjuder du på en öl?"

Rune och kvinnan får i sig flera öl innan de går hem till henne.

"Bor du ensam?"

"Jag hyr ett rum i en villa. Så både ja och nej. Men det är källarvåningen med egen ingång. Så kanske mest ja ändå."

Rune lägger en arm över hennes axlar. De fnittrar tillsammans. Utifrån sett ser de ut som nykära ungdomar. När de viker runt hörnet till St Persgatan krockar de nästan med en annan kvinna.

"Ursäkta fröken", säger Rune och låtsas lyfta på en hatt. Inom sig svär han åt henne. Nu gäller det att inte göra bort sig. Han vill inte vara ensam i natt.

Kapitel 48 (1944, två år senare)

Tidig morgon den 23e februari sitter Georg i köket med en kopp kaffe och lyssnar på radion. Under natten har Sverige bombats på flera håll. Pansarregementet i Strängnäs fick ta emot flera sprängbomber. En större bomb landade bara 50 meter från södra kasern. Det var där Sven gjorde sin värnplikt. Georg har inte hört från honom sen dess. Han hoppas innerligt att han inte är där nu. Även på flera platser över Stockholm har det släppts bomber. I Eriksdal har en 100 kilos bomb träffat en teaterscen. Bombskärvor som hittats har nu på morgonen identifierats som Sovjetiska. Georgs första tanke är att samla familjen. Han vill veta att alla är oskadda. Rune far till Stockholm ibland. Det vet han. Och Vera med familj bor där. Han måste kontakta Ida och höra att alla är oskadda. Vad kommer hända nu? Är de under anfall? Ska sönerna ut i krig? Han tar på stövlarna och rocken och går ut i ladugården. Krig eller inte. Korna behöver mjölkas och utfodras. Nu under vintern har de inga andra anställda på gården så han får själv utföra sysslorna. De flesta morgnarna kommer även Bertil ut. För att inte avslöja sig som hans biologiska far håller Georg sig oftast på avstånd. Det är många tillfällen som

Georg har velat hjälpa Bertil. Trösta honom. Tala med honom. Men det är för riskabelt. Georg hämtar fodret. Öser ut det i en skottkärra och går fram till utfodringshäcken. Han ser hur ladugårdsdörren öppnas och Bertil tittar in.

"God morgon Bertil."

"God morgon."

"Du kan börja mjölka." Bertil nickar.

När mjölkningen och utfodringen är klar går Georg till lanthandlaren.

"God morgon, Georg. Du är tidig. Jag har knappt öppnat upp."

"God morgon. Ni har väl hört om bomberna i natt. Tror du ryssen kommer nu? Jag skulle behöva låna telefon och ringa min dotter. Se så allt är bra."

"Jo, visst har jag hört. Hemskt det där. Jag har en son i flygvapnet. Klart du kan låna telefonen. Du vet var den står. Jag ska hämta tidningarna här ute bara."

Georg slår numret till Aina och August. Ida har ingen telefon så vitt han vet.

"413, vem talar jag med?"

"Aina? Är det du? Det är far. Jag vill bara höra om allt är okej."

"Far? Jo det är bara bra med oss. Själv då? Har det hänt nåt?"

"Jag hörde på radion om bomber över Stockholm och Strängnäs. Blev orolig för er, för mor och Sven som gjorde värnplikten i Strängnäs. Har du hört något? Är alla okej?"

"Jag har inte hört något från mor. Det betyder att allt är bra. Annars hade hon hört av sig. Sven är här i Nyköping. Han är färdig med sin värnplikt för nu i alla fall. Du behöver inte oroa dig."

"Okej. Vad fint att höra. Hälsa dina syskon och mor."

Georg lägger på luren. Lite lättad.

"Allt väl med familjen?" Handlaren plockar upp tidningarna i metallstället och ser på Georg.

"Javisst. Tack. Och tack för lånet."

Han går tillbaka till gården igen. Kylan biter i kinderna.

Efter att ha mockat i stallet går Georg hem till lillstugan. Tänder eld i spisen och slår på radion. Vissa källor anger att Sovjet missat målet med bombningen. Den var avsedd att träffa Åland. Sovjet själva förnekar. De har absolut inte släppt några bomber över Sverige. Georg känner sig lite lugnare.

Sverige verkar inte vara under angrepp. Kanske det var ett misstag. En felnavigering. Han hoppas det. Genom de immiga fönsterrutorna ser han Bertil knata från ladugården mot stora huset. Han börjar bli stora killen nu. Sju år. Till hösten börjar skolan för honom. Även om han inte kan berätta att han är far till pojken är det fint att få vara nära ändå. Kunna hålla ett vakande öga. Tankarna vandrar till de stora pojkarna. Sven, Rune, Helge, Bengt. Och så de yngre. Stig och Lennart. Kom de ens ihåg far sin nu. Stig och Lennart. De var så små vid skilsmässan. Vad ska det bli av dem? Uppvuxna utan far. Är det bättre än med en far som slår och dricker för mycket? Han har haft både ock. En far som lärde honom yrkesstolthet, noggrannhet. En örfil kunde han få. Välförtjänt. Men inte misshandel med knytnävar och piska. Så som av nye far. CJ. En örfil i uppfostringssyfte. Som Gud och staten förespråkade. Inte misshandel av ilska och ondska. Varifrån kom hans slag som träffat de han älskade? Hans Ida. Så vacker hon varit på Strand. När hon och systern klev ner från droskan. Hur kunde han skadat henne? Rune som bara var en liten grabb när han lät knytnäven träffa honom. Nu sonar han sina brott. Skild, ensam sliter och arbetar han. Håller ögonen på minstingen utan att avslöja sitt faderskap. Visst sonar han nu. Men sonar CJ?

Några dagar senare. En söndag. Knackar det på dörren till lillstugan. Där står Ida.

"Ida, kom in. Det är kyligt ute."

Hon stampar av sig snön. Kliver in och hänger av sig kappan.

"Har det hänt nåt?"

Ida slår sig ner.

"Varför har du inte berättat om Bertil? Att han är här hos dig?"

"Förlåt, Ida. Carl och Vera vet inte att han är min pojk. Jag var rädd att du skulle avslöja mig."

"Så du ordnade så de tar hand om honom? Så du skulle kunna vara nära han utan att någon visste?"

Georg nickar och ser på Ida.

"Tycker du det var dumt av mig? Jag saknar barnen. På det här viset kan jag vara nära utan att skada. Som jag skadat dig och våra andra barn."

"Så det har kommit i kapp dig nu?"

"Jo." Blicken riktas ner i bordsskivan.

Kapitel 49

Helge är trött på kriget. På militärer och att lyda blint. Ofta kommer han i onåd hos befälen. Han säger vad han tyckte. Försvarar sig själv och sina kamrater. Även om han nu är underofficer så är han alltid på de svagaste sida. Bestraffningar, lydnad och makt har han svårt för. Till slut kommer det till en punkt där både han och befälen anser det är bäst han slutar. Vart ska han ta vägen? Mor och småsyskonen är i Norrköping, men där känner han sig inte hemma. Far utanför Nyköping, Aina och August och även Sven inne i stan. Det är mer hemma. Nyköping får det bli. Sven har ett litet kyffe centralt i stan där Helge får stanna tills han finner sig ett arbete.

"Fint att ha dig här bror."

"Schysst av dig att ta emot mig. Vet du om de söker folk någonstans? Hur är det på din arbetsplats?"

"NK-verkstad? Nja, jag vet inte. Vad kan du om snickeri då?"

"Kanske inte något jag är så särskilt duktig på om jag ska vara helt ärlig. Har du nån annan idé?"

"Du får gå ner till arbetsmarknadsverket imorgon bitti. Säg att du letar jobb så hjälper de dig. Några av killarna som jobbar hos oss fick jobben igenom dem."

Klockan nio dagen därpå går Helge till arbetsmarknadsverket. Det är redan kö utanför. När det är hans tur har han trasslat in sig i tankar om att han inte kan något. Inte har någon annan utbildning än till underofficer.

"God morgon, hur kan jag hjälpa er?"

Helge ser upp. En söt brunett ler mot honom.

"God morgon, fröken. Ni kanske vill gifta er med mig. Det skulle hjälpa."

Hon skrattar till, men blir sen allvarlig.

"Söker ni arbete? Annars får jag be er kliva undan. Det är en lång kö idag."

"Ursäkta, jag blev lite betagen av frökens gröna ögon och söta skrattgropar. Jo jag söker jobb."

"Kan ni tänka er en utbildning först så har jag ett jobb åt er."

Om Helge går en utbildning till yrkeschaufför så är han garanterad jobb som busschaufför. Det passar perfekt. Visst kan han vara trevlig och köra buss.

När Sven kommer hem efter arbetsdagen berättar Helge om mötet med flickan och löftet om arbete.

"Vad är du mest exalterad över brorsan? Flickan eller jobbet?"

Helge rodnar.

"Du måste bjuda ut henne."

Han har fått en bunt papper att fylla i. Det är namnuppgifter, adress, tidigare yrkeserfarenheter och utbildningar. Sen behöver han göra en syn och hälsoundersökning hos läkare som ska stämpla papper åt honom. När allt är klart måste han tillbaka till arbetsmarknadsverket och lämna in alla papper tillsammans med ansökan. Då kan han bjuda ut henne. Han vet inte ens vad hon heter. Dagarna som går finns hon i hans tankar. Han prövar olika fraser högt för sig själv.

"Jag har hört att maten på restaurang Baggen ska vara god. Skulle ni vilja följa med dit och prova på lördag?"

Hon stirrar ner i pappren han gett henne.

"Det skulle vara oprofessionellt av mig."

"Asch då, jag är snart busschaufför och inte arbetslös. Då är jag inte kund här längre. Eller vad ni kallar de som söker hjälp hos er."

”Då får ni komma tillbaka då.”

”Ni var svårflirtad fröken. Vad heter ni?”

”Kerstin Nilsson.”

”Ses snart fröken Nilsson.”

Helge och nio andra män sitter runt ett bord. Vid ena huvudändan står Herr Persson. Han håller upp en bild med ett trafikmärke på.

”Vad betyder detta märke?”

Han pekar på Helge med en pekpinne. Helge känner sig som en liten pojke igen. Tillbaka i skolbänken.

”Enkelriktat.”

”Helt korrekt. I morgon är det dags för körprovet mina herrar. Kom utvilade och redo klockan åtta utanför garaget.”

Helge somnar gott på kvällen. Inga nerver spökar. Körningen är inget problem. Oron är mest för den teoretiska delen. De som klarar körprovet ska skriva teoriprov nästkommande dag. Det är många krångliga regler att komma ihåg.

”Det där fixar du brorsan. Tänk på belöningen sen. En träff med fröken Nilsson.”

Och visst fixar han körprovet. Precis som han trott. Det var inga problem. Han är en praktiks kille. Köra buss är roligt. Sven tycker det borde firas med en öl eller två.

”Nej du, fira gör vi i morgon om jag fixar teoriprovet. I kväll ska jag öva.”

Han rabblar regler och skyltar till långt in på småtimmarna. Sova är ändå inte att tänka på. Han kliver upp tidigt och dricker kaffe. Måste hålla sig vaken och pigg nu. Sex av dem har fått körprovet godkänt och ska skriva provet. De står utanför och väntar på att Herr Persson låser upp dörrarna till provsalen. Alla har med sig penna och sudd. I salen sitter de med en meter mellan varje person för att minska risken för fusk. Två timmar ska de sitta där. Det är kryssfrågor. Helge svettas fast det är kallt i rummet. Känner sig seg i huvudet och kommer inte alls ihåg något av det han läst. Sätter bara kryss på måfå. Han ser sig runt i salen. Alla kryssar bestämt i sina rutor. Ser ut som om de vet vad de gör. Helges blick möter Herr Perssons. Han ser frågande på Helge som tittar ner igen. När timmarna passerat och alla lämnat in sina svar säger Herr Persson:

”Ikväll klockan åtta kommer resultatet sitta i fönstret här. Ni kan se det från utsidan. Ni som blivit godkända behöver ta foton i automaten och skicka in till vägverket som utfärdar förarbeviset.”

Prick åtta står sex män och trampar utanför fönstret till provsalen där de suttit tio timmar tidigare. Nu rör gardinen på sig därinne. Herr Persson tittar ut. Tejpar upp ett papper med sex namn efterföljt av godkänd eller icke godkänd. Helges puls är hög. Händerna svettiga. Han armbågar sig fram. Sträcker på huvudet för att se. Helge Bergstrand. Icke godkänd.

Kapitel 50

"Georg, det har kommit ett brev till dig."

Vera står bredvid honom i stallet med ett brev i handen.

"Vill du ha det nu eller ska jag lägga det i lillstugan åt dig?"

"Jag kan ta det nu. Ska bara skölja av händerna."

Han tar tvålen och ser mot Vera som står och väntar. Hon ler. Vad fin hon är. Han har inte tänkt på det tidigare. Det är länge sen nu han hade en kvinna. Vattnet är kallt. Han sköljer av tvålen och torkar händerna. Går fram och tar brevet. Fingrarna nuddar hennes lena hud en kort sekund. Han öppnar brevet och ser att det är från Helge. Ögnar igenom det lite kvickt och uppfattar att Helge söker jobb. Att han misslyckats med teoritestet till busskortet. Han ser upp från brevet och på Vera.

"Var det goda nyheter?"

De står nära varandra. Han känner hennes doft.

"Min son, Helge, letar arbete. Han har nyss kommit hem från att ha tjänstgjort i flottan. En bra grabb."

”Jag kan höra med Carl om vi kan ta emot honom.”

Helge stryker henne över kinden.

”Vad fint. Du är fin.”

Hon blundar. Njuter av beröringen. Det var länge sen Carl rörde henne med ömhet. Georg böjer sig fram och kysser mjukt hennes läppar. Han känner hur kyssen besvaras. Nu kan han inte längre hålla tillbaka. Kyssen blir ivrigare. Händerna letar sig innanför kläderna. Knäpper upp knappar. Letar efter varm hud. Hon flämtar till. Längtar. Vänder sig om. Sätter händerna mot väggen och låter honom komma in. Oj, vad han längtat efter det här. De är snabba. Hungriga. Det är lika snabbt över som det börjat. Hon tar raskt på sig. Rättar till kläderna. Går ut från stallet utan att se på honom. Georg klär också på sig. Går tillbaka till hästarna och fortsätter sitt arbete. Vad har han gjort? Med Vera? Det här är inte bra.

Senare under dagen när Georg ligger på knä för att smörja plogen kommer Carl emot honom. Raska bestämda kliv. Jädrans. Har hon sagt något till honom? Vart ska han ta vägen om han får sparken?

”Hur går det Georg? Smörjer du henne?”

”Eeh, va?”

”Smörjer du henne? Plogen?”

"Ja, jo. Hjulet gnisslade. Jag testar om det räcker att smörja lite." Driver han med honom nu? Vad vill han?

"Jo, jag hörde att du har en grabb som behövde arbete."

"Ja, det stämmer. Helge. En bra grabb."

"Här behöver vi ingen just nu tyvärr. Kanske till höstskörden. Men grannen borta vid Åkertorp behöver en dräng. Jag ska tipsa om Helge."

"Tack, jag ska berätta för honom. Stort tack."

Efter arbetsdagen slut går han ner till handelsbon och lånar telefonen för att ringa Aina. Hon får föra vidare till Helge sen. På vägen tillbaka möter han Vera.

"God dag frun", säger han i ett försök att hålla distansen.

Hon fnittrar till. Härmar:

"God dag frun." Han skrattar också. "Så kan vi inte ha det Georg."

"Nej, jag blev osäker bara. Hur du ville ha det. Det kändes så dumt när jag pratade med Carl förut."

"Jo, jag vet. Vi måste vara försiktiga."

Det som började som en trevande kort stund av uppblossande passion övergick till veckor av hemliga möten. I Vera växte kärlek. I Georg närhetsbehov och passion. De fick inte nog av varandras bekräftelse och närhet. Smög åt sig ögonblick här och var. Tog det de kunde. Sen kom brevet. Ett brev Georg i sin ungdom fantiserat om. Som han med tiden glömt av. Nu var det dags. Hans biologiska far har dött.

Begravningen äger rum på fredag i en liten by utanför Örebro i Närke. Han letar upp Carl.

"Min far har dött och ska begravas på fredag. Skulle det gå bra om jag är ledig då?"

"Självklart, Georg. Jag beklagar."

Carl är förstående, vilket skaver i Georg. Om han vetat vad Georg gjort med hans hustru hade han inte varit det. Samvetet är inte nådigt nu.

"Tack Carl", svarar han. "Jag har inte träffat min far på många år. Det känns som jag förlorade honom redan som barn."

Carl lägger en hand på Georgs axel. "Jag tror ändå du behöver åka på begravningen och säga adjö på riktigt."

Carl har helt rätt. Fars död drar upp känslor till ytan. Mer än han hade trott. Det är nästan fyrtio år sen han träffade honom. Sen far valde bort honom och syskonen. Det är därför han och Valter hamnat hos CJ. Det är därför han själv blivit en dålig far och en dålig make. För att far gjorde det där valet när mor dog. Han var en feg hund, far. Som han själv blivit, slog det honom nu. Han har blivit en man som smyger med någon annans hustru. En som gömmer sig för sin son. En riktigt feg hund. Han är mer lik sin far än han erkänt för sig själv tidigare. Han behöver åka på begravningen. Få ett avslut.

Sen slår det honom. Syskonen. Visst måste de fått likadant brev. Ska han äntligen få möta dem igen? Han längtar efter att få prata med Ida. Hon kommer att förstå. Även om han inte berättat allt så är det henne han berättat mest för. Hon vet vad det här betyder för honom.

Dagen innan begravningen kommer Helge och hälsar på. Han har fått jobbet som dräng på Åkertorp.

"Hej far."

"Helge, vad fint att ha dig här. Kom så går vi och tar en kopp kaffe. Jag ska bara ösa i det sista fodret."

"Jag hjälper dig."

Far och son sitter i lillstugan. På spisen kokar kaffet.

”Så, berätta. Hur är det med alla? Aina? Sven? Dig? Har du träffat mor och de andra något?”

”Det är fint. Sven knegar. Aina har fullt upp med dottern nu. Vi ses inte så ofta. Jag tror hon saknar sitt jobb lite. Men jag vet inte. Mor träffade jag för några veckor sen. Det är bara bra. Hon jobbar på. Minstingarna är stora nu och går i skolan.”

”Gott att höra.”

Georg ställer fram koppar. Häller i kaffet.

”Och far då? Hur har du det?”

Georg berättar för Helge om sin far. Hur han lämnat honom och syskonen. Om den stundande begravningen och möjligheten att få återse sina syskon igen.

”Oj, varför har inte far berättat om det här tidigare? När vi var små och frågade efter farmor och farfar sa du bara att de var döda.”

”Det var ingen vidare berättelse för er barn. Nu är du vuxen och ser saker på annat vis.” Helge tar en klunk av kaffet.

”Var hamnade du efter att din mor dött och far din lämnat? Vad hände då?” Georg skakar på huvudet.

”Det tar vi en annan gång.”

Kapitel 51

Visst är det mysigt att vara hemma med Birgit. Ta hand om hemmet. Laga maten och gå till lekparken. Men Aina saknar arbetskamraterna. Småpratet med andra vuxna. Hon har tagit upp det med August. Men det vill han inte lyssna på. Han förstår henne inte alls. Hur kan hon klaga på att få vara hemma med deras barn? Han gör sin del och försörjer dem. Hon borde vara tacksam. En gift kvinna med barn ska inte arbeta. Behöver inte arbeta. Om hon behöver arbeta betyder det att mannen inte är kapabel. Han är oduglig och inte man nog. Är det så hon vill få honom att framstå? Där kommer alltid smällen. Då han tänker tanken att han enligt henne är omanlig och att han inte räcker till. I snart tre år har han fått henne att dämpa sig själv. Ifrågasätta sig själv. Är det hon som får honom att slå? Om hon bara är tyst och lite mer kvinnlig och mild. Nu börjar något annat bubbla upp i henne. Ilska. Varför får inte hon skratta högt, säga vad hon tycker och tänker? Hon funderar på mor sin som skiljt sig. Hon tänker på far. Och hur hon vill att Birgit ska få växa upp. Hon vill verkligen vara stark. Men det är svårt i ensamheten.

Aina sitter med Birgit i knä på tåget till Norrköping.

”Vi ska hälsa på hos mormor Ida.”

”Mojmoj Ida” härmar Birgit.

För ovanlighetens skull har Aina puder i ansiktet. Igår kväll hade de grälat som vanligt. August tyckte inte hon skulle till Norrköping. Han ville ha dem hemma. Aina stod på sig den här gången. Oftast slog han där ingen kunde se men nu landade knytnäven i ansiktet och lämnade ett stort blålila märke. Hon ville undvika alla frågor så det fick bli puder. Hon tittar nervöst i fickspegeln innan det är dags att kliva av. Mor är på arbetet nu och slutar inte förrän om två timmar. Under tiden tänker Aina handla och laga mat till mor och småsyskonen. Det är bara Inez, Barbro, Ingrid, Lennart och Stig som bor kvar hemma nu. Minstingen Stig är åtta år och går i andra klass. Äldst av dem är Inez som fyller fjorton. Tänk vad tiden går. Hennes lilla Birgit blir snart två.

När hon kliver in genom ytterdörren ber hon en liten bön för att inte Rune ska vara där. Visst är han hennes lillebror men han är inte någon man vill ha sitt barn hos. Han svär och dricker för mycket. Skryter om kvinnor han lägrat och använder ett språk man inte vill barnen ska ta efter. Bönen fungerar. Han är inte där, men Lennart och Stig är där. De sitter vid köksbordet och gör läxor.

”Hej killar. Var har ni systrarna?”

Lennart svarar:

"Hej Aina! De övar med kören efter skolan idag."

"Vad blir det för mat?" Undrar Stig och ser upp från boken.

"Det blir kålsoppa. Gillar ni det?"

Båda grabbarna ryckte på axlarna. Ytterdörren öppnas och Aina hör fnitter i tamburen.

"Hej flickor. Tvätta händerna och kom och hjälp mig skala rotfrukterna."

När mor kommer hem står kålsoppan på bordet och de yngsta har redan ätit. Hon sätter sig ner i lugn och ro med de äldsta flickorna. Lyfter upp lilla Birgit i knä och ler tacksamt mot Aina.

"Vad fint att ni är här. Hur har du det där hemma? Berätta allt?"

Aina sitter tyst. Funderar på hur mycket hon ska berätta. Hon vill inte belasta mor med sina problem. Mor hade fullt med sitt. Samtidigt behöver hon stöd från någon för att orka ta steget eller för att orka stanna.

"Äktenskap kan vara svårt ibland. Utåt sett har man allt. Barn, hem och mat. Är jag otacksam som saknar arbetskamraterna från banken?"

Ida ser på sin dotter. Ser pudret. Hon skakar på huvudet.

"Du är ung än. Du kan börja om och få en ny chans. Det är nya tider nu. Kvinnor tillåts mera. Låt ingen man förminska ditt liv."

Ögonen på Aina fuktas. Ida reser sig. Tar tallrikarna, ställer dem på diskbänken och börjar skölja av dem.

"Du och Birgit kan stanna om ni behöver. Rune är tillbaka i Göteborg. Han fick jobb på en gård där."

Söndagen därpå lämnar Aina Birgit hos mormor och åker till Nyköping för att packa ihop kläder och tillhörigheter de behöver. Med som stöd och bärhjälp är Inez. Han kan väl ändå inte våga ge sig på henne inför hennes syster. Hon ber en bön att han inte ska vara hemma. Men den här gången hjälper ingen bön. Hon ser hur han pressar tillbaka ilskan när han ser Inez. Aina packar snabbt Birgits kläder, en trasdocka, skor och symaskinen hon fått i bröllopspresent av svärföräldrarna. När de ska gå tar han tag i hennes handled. Ett hårt grepp.

"Jag kommer aldrig låta dig gå", viskar han och säger sen högt;

"Hej då Inez. Hälsa dina syskon och mor."

Så ser han på Aina. Släpper taget om handleden.

"Vi ses."

Aina och Inez går ner för trappan med väskorna. Tillbaka till tågstationen. Inte förrän de sitter på tåget och det börjar rulla pustar Aina ut. Inez kramar hennes hand.

"Det är över nu. Han kan inte skada dig mer."

Aina blinkar bort de envisa tårarna och ler mot sin kloka lilla syster. Stryker henne över kinden.

"Tack."

August sjunker ihop på stolen vid köksbordet. Ser sig om i den tomma lägenheten. Han släpper ut ett vrål. Sen tårar. Han har inte gråtit sen han var liten. Då hade han fått en örfil av far. "Flickor och fattiga gråter. Är du flicka eller fattig?" Han känner sig fattig nu. Pengarna han tjänat till sin lilla familj hade inte räckt till. Aina vill ha mer av honom än han kunnat ge. Hon vill prata med andra. Han är inte tillräcklig. På något sätt ska hon få igen. Hon tar inte hans barn och förstör hans äktenskap ostraffat. Han reser sig. Går in i sovrummet. En klänning ligger kvar på golvet. Grön i mjukt silke. Han tar upp den och håller den mot ansiktet. Känner doften av henne. Tårarna bränner. Han sliter sönder klänningen. River den i remsor. Förbannar henne. Hon ska inte komma undan.

Kapitel 52

På sängen ligger hans enda kostym. Det är samma han hade för över tjugo år sen på sitt eget bröllop. Han tar på sig den och som tur är passar den fortfarande. Kanske smiter åt lite tajtare idag. Han är fortfarande lång och senig, men lite mer muskler har åren på gårdarna gett. Georg väntar på skjuts in till stan. Därifrån ska han ta sig till Örebro med tåg. Trettionio år har det gått sen han senast såg sina syskon. Utom Valter som han fick två år till med. Han kan knappt andas när han tänker på Valter och hur han övergav honom. Hur kunde han? Det har han aldrig kunnat förlåta sig själv för. Knappt ens kunnat tänka på. Nu ska han stå till svars. Möta honom igen och få höra om helvetet med CJ. Valter var så liten och försvarslös. Utelämnad till den vuxna hatfulla mannen. Varför hatade han så mycket att han behövde slå på lilla Valter? Sen kom han på sig själv. Vad har han gjort med sina barn? Sin älskade Ida? Han har blivit ett monster själv. Han sätter sig på tåget och ser ut genom fönstret. Den grå himlen släpper små regndroppar över åkrarna som svischar förbi. Hans far är död. Det finns inte längre någon möjlighet att få svar nu. Tänk om han letat reda på far innan. Han kunde ha frågat varför han lämnat dem. Hur har han levt resten av livet? Glömde han bort sina barn? Frågor som aldrig kan få sina svar nu. Dags för tågbyte i Katrineholm. Han kliver av tåget. Andas in den fuktiga luften. Vänder sig om och tittar rakt i ögonen på Rune.

"Rune?"

"Far?"

Rune tar ett bloss på cigaretten.

"Rune, vart är du på väg?"

"Stockholm. Det strulade till sig i Göteborg. Jag har lite på gång i Stockholm i stället."

"Jag måste på det här tåget nu. Kom och hälsa på mig när du har tid. Det var länge sen. Fint att se dig."

Georg hittar sin sittplats och slår sig ner. Märkligt att se Rune så här. Tänk när de suttit på krogen i Nyköping. Rune, Sven och Georg tillsammans med arbetskamraterna. De drack öl och talade om politik och kvinnor. Han hade varit så stolt över sina arbetargrabbar. Hade hans far varit stolt över honom? Det trodde han nog. I verkstan. När han hade lyckats blanda ihop det perfekta bruket. Han hade sett det i fars ögon även om han aldrig uttalat orden. Tåget stannar. Han är framme i Örebro. Nu ska han bara hitta rätt buss som tar honom vidare ut till Vintrosa kyrka.

På håll ser han den vita kyrkan ta sin plats på Närkeslätten. Han rättar till kavajen. Drar i ärmarna. Borstar bort hårstrån. Och ser igen mot kyrkan. Det står några utanför med paraplyer. Kommer han känna igen sina syskon som vuxna? Bussen stannar ett par hundra meter från kyrkan. Han kliver av och börjar gå. Alla ser ut att ha gått in nu utom en person, klädd i svart kostym med ett svart paraply i handen. Georg har inget paraply med sig. Han blir blöt av regnet. Det känns passande en dag som denna. Ett sista försök att skölja bort skuld och skam. Han känner inte igen mannen som står utanför. När han kommer fram sträcker mannen fram handen och säger:

"Välkommen, jag heter Torbjörn och kommer från begravningsbyrån."

"Hej, Georg heter jag och var son till den avlidne." Det känns konstigt att säga det högt.

"Då är ni fem syskon här idag. Välkommen Georg. Du är sist."

Fem syskon? Vilka var det som saknades? Georg går in i foajén. Klockorna ringer och dörrarna in till kyrksalen står öppna. Alla har satt sig. På den vänstra sidan sitter vänner och på höger sitter familjen när det är begravning. På vänster sida ser han bara tre huvuden. En äldre dam och två herrar.

På den högra sidan ser han fyra bekanta huvuden. Det finns en plats till honom kvar. Han trycker in fingrarna i handflatorna. Prästen står i dörröppningen. De nickar åt varandra. Han tänker på Prästen Kullbom där hemma i Rök. När han berättade för tolvåriga Georg att hans far valt att fly när mor deras dött. Han fortsätter fram till bänkraden med syskonen. Där sitter dom välbekanta, men lite äldre. Vuxna. Visst känner han igen dem alla. Gerda, Inez, Svea och Verner. De ser tårögda på varandra. Georg sjunker ner på sin plats bredvid Svea. Utan att tveka tar hon hans hand i sin och kramar till. Det känns fint.

Linnea och Valter saknas. Han får en klump i magen. Prästen pratar om Guds förlåtelse och himmelriket som väntar. Han är tveksam. På orgeln spelas *tryggare kan ingen vara*. Tårar rinner på dem alla. I kapp med regnet utanför. Det finns någon upprättelse i det. Himlen gråter för dem. För barnen som lämnades allt annat än trygga.

Inget begravningskaffe är planerat eftersom ingen visste vilka som skulle komma. Syskonen kom överens om att åka in till café i Örebro. Ta en kaffe ihop. Många frågor behöver få svar. Även de tre personerna från bänkarna till vänster i kyrkan bjuds med, men de tackar nej. Damen har tydligen varit särbo med far de senaste åren. Det är hon som ordnat med begravningen och bett begravningsfirman kontakta barnen, även om de inte längre stod som barn i folkbokföringen eftersom de alla bortadopterats. Georg går fram till henne och presenterar sig.

"Jag vill inte vara ohövlig när ni var så snäll att bjuda in oss, men jag behöver svar. Pratade han någonsin om oss?"

"Jag förstår att du undrar", svarar hon. "Jo, ibland kunde han berätta om er. Han sa att du Georg med all säkerhet var kakelugnsmakare. Men han var rätt fåordig. Jag tror han skämdes. Inte över er utan över att ha lämnat er."

Georg nickar. "Vad dog han av?"

"Din far hade problem med spriten. Jag tror han försökte dricka bort sina skuldkänslor över att ha lämnat er. Han fick tillslut cancer i levern."

Georg tackar igen för att hon bjudit in honom och tar hennes adress innan han åker till Örebro.

På caféet beställer Georg en kopp kaffe och en ostfralla. Slår sig ned vid ett ledigt bord med plats för fem. Vid bordet bredvid sitter ett gäng byggarbetare. Blåställ och rejäla köttbullemackor. Inredningen går i chokladbrunt. Stolar av trä med stoppade dynor. Tillräckligt bekväma att sitta på en stund, men inte för länge. Man vill ha fler kunder. Inte långsittare. Konditoriet ligger centralt och omges av rörelse, bilar, gående, arbetare och hemmafruar med barn. Det är skönt att det är ljud och händelser. Även om syskonen befinner sig i ett vacuum. Begravningen hänger sig kvar. Psalmerna, kyrkorummet och det sista av far. Vet någon nåt om Linnea och Valter? Linnea är död. Dog av sjukdom i unga år. Blev bara tjugoåtta. Hade levt utan familj i Stockholm. Ingen visste hennes yrke. Eller ville nämna det idag. Gerda vänder sig mot Georg.

"Vad hände med dig och Valter?"

Han sväljer. Ser på syskonen. Alla sitter tysta. Vända mot honom och väntar på att få sina svar.

"Vi fick slita hårt, precis som ni andra. Jag blev ivägkörd när jag fyllde fjorton. Sen vet jag inte vad som hände med Valter. Jag hade hoppats att han var här idag. Jag försökte träffa honom några gånger, men gav upp. Kanske för lättvindigt. Men livet kom emellan. Det är ingen ursäkt. Men det var som det var."

Tyngd av skuldkänslor ser han upp. Ser dem alla i ögonen. Letar efter anklagande blickar. Men möter bara förståelse och omtanke.

Syskonen skiljs åt med kramar, adressbyten och en vilja att återuppta kontakten. Det finns mycket kvar att prata om.

Kapitel 53 (1948, fyra år senare)

Väckarklockan ringer ilsket på nattygsbordet. Ida sträcker ut handen och knäpper av den. Gäspar stort och gnuggar bort sömnen. Nattens drömmar var oroliga. Hon såg sin far berusad, håna Georg. Mor såg tigande på. Georg slog henne och mor såg på. Mor närvarande i allt, men tyst och oberörd. I alla fall på ytan. Hur lär man sig tygla sig själv så mycket att hela jaget försvinner? Ida sätter sig upp i sängen och tar på sockor innan fötterna nuddar det kalla golvet. I kökssoffan sover fortfarande Aina och Birgit. Lilltösen som är på väg att bli stor. Börjar skolan nästa år. I kammaren börjar även Stig och Lennart vakna till. De andra är inte barn längre utan har lämnat barndomshemmet och skaffat egna liv. Fortfarande samlas de ofta hos Ida om söndagarna. Utom Rune. Det är länge sen hon hört något från honom. Han är hennes stora oro. De andra har funnit sig till rätta i livet. Men Rune har fått en orolig själ. Byter ständigt jobb, städer, kvinnor.

Aina sätter sig upp i kökssoffan och ser på när mor fyller kaffekannan med vatten och pulver. Vrider på gasen. Det luktar tryggt. Senaste tiden har Aina känt en ny framtidstro. Ett pirr av förväntan på livet. Det kanske är hennes tur nu. Hon har träffat en man.

Första gången såg hon honom i affären längre ner på samma gata. Han hade en grön rock och matchande hatt. Såg så stilig ut. Världsvan. Gråblå ögon. Med flit hamnade hon bakom i kassakön. Hans händer var en arbetares. Det skulle far gillat. Inga borgarhänder, hade han sagt. Men Aina vet nu att både arbetarhänder och borgare kan slå. Det är inte klassen som avgör hatet. Behovet att trycka ner och förminska andra. Det finns överallt. Den här gången ska hon vara försiktig. Gå långsamt fram. Han stannade till och hjälpte henne plocka ner varorna i kassen.

"Tack, så vänligt."

Hans gråblå ögon stannade lite längre än normen tillät vid hennes gröna. Tillsammans täckte de havets nyanser. Det hände något där. Det har de båda sagt efteråt. Han frågade om de skulle ta en kaffe någon dag. På fiket ett kvarter bort. Hon tackade ja. Sedan blev det bio och en middag. Inget mer. Inte än.

"Du kan väl bjuda hem honom om söndag?"

Mor är nyfiken på vem som får dottern hennes att glittra.

"Jo kanske."

Mor går till arbetet. Pojkarna till skolan. Aina och Birgit är kvar hemmavid. Aina har sökt jobb på banken. Det är svårt som skild och ensamstående mor. Ett städjobb på kvällar och helger har hon fått. På pojkarnas skola. Det passar bra då mor är hemma och ser efter Birgit. Det blir enklare nästa år då Birgit går i skolan på dagarna. Städjobbet ger pengar så hon kan hjälpa mor. Men det ger inte arbetskamrater och den gemenskap hon längtar efter. Idag ska hon träffa honom igen. En förmiddagskaffe på Nelins. Birgit får leka en stund på bakgården med grannens dotter.

"Jag kommer tillbaka snart Birgit."

Klackarna ekar mot trottoaren. Solen värmer hennes ansikte. Varm och pirrig kommer hon fram till Nelins. Hon ser sig om efter honom. Han sitter med en tidning vid det vanliga bordet. Har inte sett henne ännu. Hon studerar honom. Hans tjocka hår. Munnen. Hans fokus på tidningen. Nu ser han upp, rakt på henne. Ler. Hon vinkar. Beställer en kaffe och går fram till bordet. Han reser sig genast och drar ut en stol åt henne. Hjälper henne av med kappan.

"Vad vacker ni är fröken Bergstrand."

Hon har tagit tillbaka flicknamnet efter skilsmässan.

"Och ni är väldigt stilig herr Svensson." Hon tar en klunk av kaffet. Bränner sig lite i gommen.

"Mor undrar om ni vill komma på middag om söndag? Träffa allihop. Min dotter, mor, småsyskonen. Jag förstår om ni inte vill. Det kan vara överväldigande med alla samtidigt."

"Vilken fin inbjudan. Tack, jag kommer gärna."

Han lägger en hand över hennes.

"Då kanske vi kan börja kalla varandra vid förnamn nu. Snälla säg Tore."

"Tore."

"Ska vi ta en promenad i det härliga vädret?"

De dricker ur kaffet. Reser sig och går ut i det soliga Norrköping. Tar sig fram mellan spårvagnar och barnvagnar. Tittar i skyltfönstren och äter glass.

"Jag behöver gå hem till Birgit nu. Tack för en fin promenad."

"Får jag slå följe och säga hej till Birgit? Det skulle kännas fint att ha hälsat innan vi ses på söndag med de andra."

"Javisst."

Tillsammans går de in på gården där Birgit sitter på en gunga. Aina presenterar dem för varandra. Tore skojar och får Birgit att skratta. Han säger adjö och går hem till sitt. Birgit och Aina går upp till lägenheten. Snart kommer Lennart och Stig från skolan. När mor kommer är det dags för Aina att gå till sitt arbete.

På söndagen är Aina fumlig, nervös. Vill så gärna att de ska komma överens, mor och Tore. Hon har lagat grönsaksgryta och bakat bröd. Det luktar gott. Solen skiner in genom nytvättade fönster. Aina, klädd i rutig klänning, öppnar när det ringer på.

"Välkommen."

Fnittrig ocg rosig om kinderna som en skolflicka.

"Mor, det här är Tore."

Ida synar honom. Nickar.

"Välkommen, slå dig ner. Aina har stått vid spisen i timmar. Hon är duktig min flicka."

Middagen faller väl ut. Tore passar in i familjen. Han roar barnen, charmar mor. Aina erkänner sig förälskad.

Aina och Tore blir till ett par och ganska snart flyttar Aina hem till honom med Birgit. När Aina arbetar är det Tore som ser efter dottern. Han verkar inte alls ha något emot en kvinna som arbetar. Om det är hennes önskan. Själv arbetar han som vägarbetare. Arbetsledare för ett gäng gubbar. Han trivs med jobbet utomhus.

Ida sitter vid köksbordet tillsammans med Stig och Lennart när hon hör tumult från trapphuset.

"Aina! Svara!"

Det knackar hårt på dörren.

"Aina! Öppna." August röst är arg och sluddrig.

"Gå in i sovrummet" viskar Ida till sönerna.

Hon öppnar dörren några centimeter.

"Åk hem August. Aina är inte här längre."

Stanken av alkohol och svett slår emot henne. Han tar tag om dörren och sliter upp den.

"Jag ska träffa min dotter! Hon kan inte hindra mig."

"Klart du får träffa din dotter. Men inte idag. Inte i ditt skick."

Efter långt resonemang går det upp för honom att de inte är där och han raglar i väg. Ida tar ett djupt andetag. Går in till sönerna.

"Han har gått nu."

Dagen efter ringer hon Aina och berättar. Hon faller i gråt.

"Just när jag blev lycklig igen."

Kapitel 54 (1949, sex månader senare)

Vårsådden är färdig på Åkertorp och Helge har två veckors ledighet som han avser tillbringa i Norrköping hos mor och syskonen. Om kvällarna har han läst och läst teori inför busskortet. Han ska ge det en sista chans och har bokat nytt prov i morgon bitti. Mor och Helge tar en kaffe och talar om arbetet på gården, om far och det kommande provet.

"Om du klarar provet, vad händer då?"

"Då bjuder jag ut Kerstin och så söker jag arbete här i Norrköping."

"Kerstin? Är det flickan som arbetade på arbetsmarknadsverket?"

"Jajamän, mor."

"Tänker du på henne än så torde det vara äkta."

Ida ler mot sin son.

"Jag hoppas verkligen du klarar provet och får flickan."

"Tack, det gör jag också."

Helge går till sängs tidigt. Mycket står på spel imorgon.

Helge tar ett par djupa andetag. Vänder på pappret och läser första frågan. Den kan jag. Han kryssar i alternativ C och fortsätter med nästa. När alla frågor är besvarade ser han på klockan. Femton minuter kvar av provtiden. Tankarna går till Kerstin. Den vackraste flickan han sett. Senare samma kväll när han går tillbaka för att få resultatet följer småbröderna med.

"Kolla du Lennart, jag vågar fasiken inte."

Helge står kvar några meter från fönstret. Lennart går fram och kikar.

"Grattis brorsan!"

"Är det sant?"

Helge går också fram.

"Jag klara det!"

Morgonen därpå strålar solen över Norrköping. Helge rättar till hatten. Han går med säkra steg in genom dörrarna hos arbetsmarknadsverket. Det är två köer. Ingen av dem leder till Kerstin. Där sitter två andra damer. Lite äldre. Helge ser sig runt i lokalen. Ställer sig i ena kön. Hjärtat slår snabbt. Har han sumpat chansen? Hon kanske gift sig och blivit hemmafru.

"Vad kan jag hjälpa dig med?"

"Eh, jag söker Kerstin Nilsson."

"Är det privat ärende så får du söka henne hemma."

"Hon hjälpte mig med en utbildning här för en tid sedan. Och nu har jag klarat den och ville prata med henne om nästa steg. Så som vi kom överens om."

 Damen ser misstroget på honom.

"Hon har semester två veckor. Du får återkomma."

Nu gäller det att han skaffar sig ett jobb snarast så han inte behöver åka tillbaka till Åkertorp innan Kerstin är tillbaka.

"Fast kanske du kan hjälpa mig i alla fall. Jag har precis fått busskort och söker arbete här i stan."

"Det finns inga lediga tjänster just nu, men du kan fylla i en blankett med dina personuppgifter så kontaktar vi dig när det kommer in något."

Han fyller i blanketten och går hem igen.

På väg upp för trappan hör Helge arga röster från mors lägenhet. Han öppnar försiktigt dörren. Stannar i hallen och lyssnar.

"Jag kan väl bara få bo här tills jag fixat eget?!"

"Du skrämmer pojkarna, Rune. Jag vill inte att du bor här om du ska dricka och bråka."

"Jag bråkar väl inte med er?!"

"Behöver du stå skriven här för att få post och kunna söka jobb så går det bra. Men du får inte vara här när du dricker. Jag har fått nog av fulla män."

Rune kommer rusandes ut i hallen. Tar på skorna och går ut. Han ägnar inte Helge en blick. Tränger sig bara förbi och smäller igen dörren.

"Helge, jag hörde inte att du kom." Mor ser trött ut.

Rune känner hur ilskan bubblar inombords. Han går med snabba steg, men vet inte vart han ska. Går omkring i stan en stund, men sen går han mot tågstationen. Köper en enkel till Stockholm. I den här lilla hålan händer inget kul. Stockholm har betydligt mer att erbjuda. Han kliver ombord och går direkt till restaurangvagnen. Sablar vad dyrt det är med lite vin. Med dom priserna kommer han inte ha råd med särskilt många glas. Han ser sig runt i vagnen. Ögonen fastnar på två äldre damer i päls. Den enas väska står på golvet ut mot gången. Han agerar snabbt. Reser sig med vinglaset i handen. Låtsas snubbla och spiller vin på golvet och på sig själv.

"Ursäkta, så klumpigt. Oj, oj."

Han böjer sig ner och låtsas torka golvet med en servett samtidigt som han sticker ena handen i väskan. Hittar portmonnän och stoppar kvickt ner den i fickan. Reser sig och går mot toaletten. Hjärtat slår snabbt. Han låser om sig och tar fram portmonnän ur fickan för att se hur stort bytet blev. Två hundra kronor. Tjohej, nu kan han leva loppan i storstan.

Tåget rullar in på centralen och han slänger sig snabbt ut i folkvimlet. Storstadsnatten är hans. Han går från krog till krog. Bjuder runt. När folket börjar sina och natten går mot dag kommer funderingar på logi. Var ska han sova? Han vill finna en kvinna, men orkar inte smöra och charma. Är så trött nu. Han går i stället till gatorna där nattfjärilarna svärmar. De som ger sina kroppar i utbyte mot stålar. Han går ett varv. Spanar. Som en hök som söker lämpligt byte. Hittar en söt flicka han går fram till.

"Har du något ställe vi kan gå till?"

Hon vill till ett hotell, men det tänker han inte betala för. Han pröjsar för henne. Det får räcka. Efter lite tvistemål går hon med på att han följer med hem.

Hon bor i en liten dragig vindsvåning. Ett kök och ett litet krypin som nästan helt täcks av en madrass på golvet. På vägen dit har de samtalat om livet, framtiden, drömmar. På kort tid uppstår det ett litet band mellan dem. Rune känner sig upprymd. Det är sällan han känner samhörighet med en kvinna. Tänk vilken historia om han skulle bli tillsammans med en prostituerad och de gifter sig och får barn. Han ler vid tanken på vad hans mor skulle säga.

De lägger sig på madrassen. Han stryker bort håret från hennes ansikte.

"Tänk om vi skulle rymma du och jag. Hoppa på en båt nere vid hamnen och dra ut i världen."

Hon fnittrar.

"Jag tror Bosse skulle leta efter mig då."

"Vem fan är Bosse?"

"Min fästman. Jag sa ju det förut. Han sitter inne nu, men kommer ut om ett par månader bara."

Rune känner förvånat hur besviken han är. Jävla fruntimmer! Man kan inte ens lita på en hora. Han trycker ner henne mot madrassen. Tar henne med våld. Hon skriker och han tar tag runt halsen för att hon ska tystna. Han vill inte ha några nyfikna grannar som knackar på. Plötsligt upphör allt motstånd och kroppen blir slapp. Han släpper förskräckt taget om halsen. Det kommer ett gurglande ljud. Panik! Rune ser sig om i rummet. Hennes trosor ligger bredvid. Han tar dom. Knölar ihop till en boll och pressar ner i halsen på henne tills gurglandet äntligen slutar.

Kapitel 55

Vera smyger sig ut till Georg efter arbetsdagen slut. Hon kan inte få nog. Tänker på honom och deras små stunder hela tiden. Längtar. Tänk om hon vågar skilja sig. Men gården tillhör hennes make. Georg äger inget. Han skulle få sparken och de skulle få det svårt. Hon vill inte utsätta sig eller barnen för det. Hon får njuta av de stunder de kan få istället. Han står vid tvättstället och sköljer av sig dagen. Vera ser på. Ljuset från fotogenlampan dansar över hans seniga muskler. Hon går fram till honom. Tar tvättsvampen och drar den långsamt över hans rygg. Kysser hans nacke. Mjukt. Han står stilla och tar emot. Då rycks dörren upp. Carl står i öppningen och stirrar på dem båda. Situationen går inte att misstolka. Han pekar på Georg.

"I morgon ska du vara härifrån."

Han vänder sig om. Dörren åker igen med kraft och Vera börjar gråta.

"Nej, nej", jämrar hon sig.

"Förlåt, det är mitt fel. Allt är mitt fel", säger Georg.

Han packar sina saker och går ut i mörkret. Kommer fram till Sven mitt i natten. Sven släpper in honom utan frågor och går tillbaka och lägger sig. De får talas vid i morgon. Han behöver sin sömn för att orka arbeta.

När Sven kommer hem efter jobbet har Georg kokat kaffe åt dem och gjort i ordning smörgåsar.

"Jag gjorde ett misstag och var tvungen att lämna gården. Går det bra att jag stannar hos dig några dagar bara?"

"Självklart far. Självklart."

Sven tar en tugga.

"Har far hört om Rune? Otäck historia."

Georg skakar på huvudet och väntar på fortsättningen.

"Han har åkt dit för mord. I Stockholm. Har du läst i tidningen om kvinnomördaren?"

Georg ställer ner kaffekoppen. Blir helt kall.

"Vad säger du? Men det är väl inte han? De har väl tagit fel kille?"

Sven rycker på axlarna.

"Det står att han erkänt allt. Han har berättat detaljer som bara mördaren själv kan känna till."

Georg reser på sig och vandrar runt i rummet.

"Jag måste få träffa honom. Kan man besöka honom tror du?"

"Vet inte. Han sitter häktad, men jag tror de skulle göra någon sinnesundersökning snart. Då går det nog inte att hälsa på. Du kanske kan åka på rättegången?"

"Vet mor?"

Sven nickar.

"Jo, han var där när de grep honom."

Georg sätter sig ner. Lägger huvudet i händerna.

"Jag måste till Ida."

Dagen efter tar Georg tåget till Norrköping. Går hem till Ida där Helge öppnar dörren.

"Far?"

"Helge? Är det här du gömmer dig? De undrade på gården var du tog vägen."

"Jag ringde flera gånger men fick inget svar."

"Nä, det är sällan någon inne i huset om dagarna."

"Vad höll dig kvar här? Har du fått annat jobb?"

Helge skrattar till.

"Kärleken far, kärleken höll mig kvar. Jag har mött min blivande fru, Kerstin."

Georg skakar på huvudet och ler mot sin son. Då kommer Ida.

"Georg? Vad i all sin dar gör du här?"

Hon ställer ner matkassarna hon bär på hallgolvet.

"Ja, förlåt att jag tränger mig på så här. Jag blev så orolig när jag hörde om Rune. Sven berättade. Hur är det med dig? Vad hände?"

Ida hänger av sig ytterkläderna och går in och sätter sig.

"Det var verkligen hemskt. Rune kom hem nykter för en gång skull. Jag såg att han var uppriven så jag lät honom sova över. Sent när vi alla lagt oss bankade det på dörren. Det var polisen." Ida slår händerna för ansiktet. "Jag trodde väl aldrig jag skulle få se min son gripas för mord."

Georg stryker med handen över hennes rygg. Hon drar sig undan. Hans händer har hon fått nog av. De kan inte trösta. Det svider i honom när hon ryggar undan, men han förstår. Han har gjort så mycket illa med dem. Kanske det också är han som bär skulden till detta. Om han bara inte tagit med Rune till krogen i så unga år. Om han inte slagit hans mor. Vad har han för rätt att sitta här nu med familjen?

"Du kan stanna i natt, men inte längre."

Ida går in i sovkammaren och stänger om sig. Georg och Helge sitter kvar och talar om kärleken och framtiden. Helge har bestämt sig för att övertala Kerstin att flytta med till Eskilstuna där Helge hittat jobb som busschaufför. Men först måste han bjuda ut henne på middag.

"Följ med mig far. Det finns plats till dig också. Jobb finns det säkert att hitta där." Georg har inga bättre planer så varför inte. Helge är en bra grabb.

Georg far tillbaka hem till Sven och förbereder flytten till Eskilstuna. Han har inte många ägodelar så det går rätt smärtfritt. Han får en tid tillsammans med Sven innan det är dags. De talar om uppväxten och om Rune men tassar som katter runt det som gör mest ont. Dricker pilsner och blir sentimentala. Alkoholen fyller sitt syfte för tillfället. Dämpar det onda och stärker samhörigheten, karlarna emellan.

I Eskilstuna finner de sig strax till rätta. Helge lär känna stan från bussturerna. Georg söker arbete. Han frågar på gårdar runt om stan. Köar utanför arbetsmarknadsverket. Letar annonser i tidningar. Och där hittar han en annons som skulle kunna vara för honom. *Vi söker en händig karl för vaktmästarjobb på skola.* Nog är han händig allt. Han river ut annonsen och söker reda på adressen.

Eskilstunas högre allmänna läroverk. Han läser orden på byggnadens utsida och kliver upp för trappan. Hittar en dörr med texten rektorsexpedition och knackar på.

"Stig in."

Intervjun känns bra. Rektorn är reko. Nu är det bara att gå hem och vänta på svar.

Helge har funnit Kerstin Nilsson i telefonkatalogen och slår siffrorna.

"Ni har kommit till Nilsson, vem talar jag med?"

"Är det Kerstin?"

"Ja, vem är ni?"

"Jag ber om ursäkt i förväg för mitt framfusiga tilltag, men jag kan inte sluta tänka på er. Minns ni mig? Helge Bergstrand, som skulle bli busschaufför och sen bjuda ut er?" Det är tyst i luren. Sen kommer skrattet.

"Herr Bergstrand, visst minns jag er. Har ni blivit busschaufför än?"

Han pustar ut.

"Ja, nu så. Dessvärre i Eskilstuna. Men jag är en man vid mitt ord och åker gärna till Norrköping i helgen om ni låter mig få bjuda ut er."

"Naturligtvis, det var ju ett löfte."

Kapitel 56 (1950, tre månader senare)

Tolv år ska Rune sitta inlåst för mordet på den prostituerade unga kvinnan. Tjugotre år fick hon leva och andas. Sen tog han det från henne. Med vilken rätt? Var han Gud över liv och död? Han tog resten av hennes liv. Säkert hennes mors, kanske hennes fars och fästmans också. Det kommer aldrig bli detsamma. I gengäld tar staten tolv år av hans. Rune tycker själv det är lindrigt. Han tycker, i vissa stunder, inte han har rätt att fortsätta leva. Självhatet gnager på insidan. Utåt spelar han med. Är den tuffa mördaren. I fängelset möts han med respekt. Nästan beundran från somliga. Brev från kvinnor i hela Sverige når honom. De vill bli hans flickvänner, gifta sig med honom. Vad är det med kvinnor? Han förstår ingenting. Några veckor efter domen ansökte hans far om att komma på besök, men han sa ifrån. Orkade inte med fars besvikelse. Det räcker gott nog med den egna. Helge ville också träffa honom. Men inte än. Sen kanske. Det hugger i bröstet när han tänker på mor som inte vill komma. Även om han skulle ha nekat henne också så ville han få en reaktion. Han vill att hon fortfarande ska bry sig. Fast det finns kanske gränser för en moders kärlek ändå. I så fall har han säkert klivit över den. Han har testat den många gånger, men aldrig gått över. Tills nu. Om kvällarna efter inlåsningen ligger han på britsen och stirrar upp i taket. Låter tårarna flöda över och rinna ut ljudlöst tills kroppen är tom. Tom på tårar och känslor. Sen somnar han. Varje kväll den första tiden. Om dagarna tuff och hård, med attityd mot plitarna. Om kvällarna mjuk, gråtmild och sårbar. Han kommer till den punkten där inget annat än mors förlåtelse spelar någon roll. Bara om hon förlåter kan han förlåta sig själv. Efter det kommer ilskan. En kväll rinner inga tårar längre. Bara en våldsam flod av ilska väller fram. Över att ingen skyddade honom som barn. Han hade varit värnlös mot far. Han ville inte se mor få stryk. Han ville inte dricka alkohol som barn. Han hade inte haft skydd när han inte förmådde skydda sig själv. Ilskan riktar sig mot mor. Hon borde skilt sig tidigare. Tagit honom bort från far. Han landade till slut i befrielsen från behovet av fars bekräftelse. Det blir en lättnad och en vändpunkt. Han skriver brev till sin bror, Helge. Ber honom ansöka om ett besök.

Helge sitter på restaurang Hornet och väntar på Kerstin. De har träffats en tid nu. Det blir ett flängande för Helge att åka mellan Eskilstuna och Norrköping på helgerna, men ikväll ska han be henne flytta till honom. Till Eskilstuna. Nerverna är som fiolsträngar. Diskret torkar han av handsvetten mot byxorna. Nu ser han henne. En man håller upp dörren. Hon hänger av kappan i garderoben och går in i restaurangen. Röda tegelväggar, mossgröna välstrykta dukar och kandelabrar ger en ombonad, romantisk stämning. Gästerna är uppklädda. Kerstin i en lång blå klänning, som hon sytt själv. Helge reser sig när hon närmar sig deras bord. Drar ut stolen. Ger en kindpuss.

"Det strålar om dig."

Kunde han inte kommit på något bättre att säga? Han skäms, men skyller det på nervositeten. Helge studerar menyn.

"Vad sägs om oxrullader och ett glas rött?"

"Tack, det låter jättegott".

Under måltiden konverserar de om väder och vind. Helge inväntar den rätta tidpunkten.

"Vill du ha dessert?"

"Vi kanske kan dela på en äppelkaka med vaniljsås. Jag orkar nog inte en hel själv."

"Javisst och så varsin kaffe."

I väntan på desserten tar Helge mod till sig.

"Kerstin, vi har ju setts ett tag nu och jag kan bara tala för mig själv när jag säger detta. Men mina känslor för dig växer för varje gång vi ses. Jag skulle önska att vi bodde närmre varandra och kunde dela vardagen också. Därför vill jag fråga dig…"

Kyparen kommer med desserten. Fumlar med tallrikarna. Spiller lite kaffe. Ber om ursäkt. När han till slut lämnar dem, fnittrar Kerstin och Helge.

Helge tar hennes händer i sina och blir allvarlig igen.

"Vill du flytta hem till mig?"

Han håller andan. Hon möter hans blick. Tar sin tid. Hans puls rusar.

"Gärna, Helge. Mycket gärna."

Han skrattar av lättnad.

"Det här måste firas."

De beställer in en flaska bubbel och skålar för framtiden.

Georg får jobbet som vaktmästare och trivs bra. Dagarna går fort. Om kvällarna äter han middag med Helge. De har hittat bra rutiner, men snart ska Helges flickvän Kerstin flytta in också. Han undrar om han kommer bli femte hjulet. Kanske dags att börja se sig om efter något eget. Men det är svårt att få råd med något annat än ett litet kyffe. Det är också ont om lediga lägenheter i stan. De få bostadsannonser som finns i tidningen är ofta långt över hans budget. Han ska fråga runt på jobbet. Kanske någon kollega vet någon. Han tar upp saken med Helge.

"Jag ser mig om efter egen bostad. Det känns lite kymigt att bo här nu när din flickvän flyttar in."

Helge vrider lite på sig.

"Far är alltid välkommen att bo här. Vi skulle aldrig köra i väg dig. Men jag förstår att du kanske känner det så. Det är i alla fall ingen brådska alls."

"Tack."

"Följer du med till Norrköping på lördag? Då går flyttlasset."

"Javisst, då kan jag passa på och träffa Lennart och Stig också."

Kapitel 57

Hon är gravid, men det är ingen annan som vet än. Inte ens den blivande fadern. Det är så tidigt och hon vill vänta ett tag. Samtidigt är hon orolig eftersom de inte är gifta. Kommer han vilja gifta sig med henne om hon berättar? Dörrklockan väcker henne ur tankarna.

"Kom in." Helge kliver in i hallen.

"Är du redo för landskapsbyte gumman?"

Kerstin skrattar.

"Alltid redo."

Hon ställer sig i givakt och gör honnör. Han slår ihop hälarna och svarar med honnör tillbaka.

"Till er tjänst, fröken."

De fnittrar som tonåringar innan de hjälps åt att bära Kerstins saker till skåpbilen Georg lånat från jobbet.

Samtidigt som Helge och Kerstin packar bilen går Georg hem till Ida och sönerna. Han sätter fingret på dörrklockan och pressar in den tills han hör ljud inifrån lägenheten. Steg kommer mot dörren. Han står ansikte mot ansikte med Bertil. Georg blir så paff att han inte finner några ord. Stora killen. Nästan lika lång som far sin nu. Snart fjorton år.

"Bertil?"

"Georg, vad gör du här? Känner du min mor?"

Han tar några steg bakåt och släpper in Georg. Så kommer Lennart för att se vem som kom.

"Far?"

Bertil ser på Lennart.

"Far? Är det din far? Vår far?"

Han vänder sig tillbaka och ser frågande på Georg.

"Bertil, vi behöver prata. Följer du med ut på en promenad?"

Bertil hoppar i skorna och de går ut. Tankarna fladdrar runt i skallen på dem båda.

"Jo Bertil, jag är din biologiska far. Du var så liten när din mor och jag skilde oss. Hon arbetade och kunde inte ta hand om dig så du kom till barnhem och sen till dina fosterföräldrar. Det var jag som bad dem ta hand om dig, men de visste inte att jag var din riktiga far. Jag var rädd för att de skulle sparka mig om jag avslöjade det."

Bertil försöker smälta alltsammans. Sen ser han på Georg.

”Så i stället fick du sparken för att du knullade med min fostermor?”

Georg höll på att snubbla till.

”Sånt språk! Så där säger man inte.”

”Det är lite sent för dig att börja uppfostra mig nu! Och man kanske inte säger så, men man gör inte som du gjorde heller!”

Bertil springer ifrån Georg.

Fasiken också! Det där blev inte bra alls. Han tvekar om han ska gå tillbaka hem till Ida igen eller om han ska gå och hjälpa Helge och Kerstin och låta det här lägga sig en tid. Ta kontakt med Bertil om ett tag. Kanske bjuda hem honom till Eskilstuna när han hittat ett eget hem. Det är nog inte rätt tillfälle att prata mer idag. Han går hem till Kerstin. Där är de nästan färdiga med packandet. De lastar in det sista i bilen och så bär det av mot Eskilstuna.

När de kommit fram och allt är uppburet till deras lägenhet åker Georg tillbaka med lånebilen till skolan.

Kerstin omfamnar Helge bland alla kartonger.

”Helge, jag behöver berätta en sak för dig.”

”Det låter allvarligt.”

”Det är allvarligt, men glädjande också hoppas jag.” Hon tar ett djupt andetag. ”Vi ska få barn.”

Helge skiner upp.

”Älskling, är det sant?”

”Så du blir glad?” Kerstin ser frågande på honom.

”Klart jag blir glad. Ett barn med min blivande hustru. Vad skulle kunna vara bättre?” Helge går ner på knä.

”Kerstin, min Kerstin. Jag har ingen ring nu, men jag vill ändå fråga. Vill du gifta dig med mig?”

”Helge, det här är den lyckligaste dagen i mitt liv. Ja! Jag vill gifta mig med dig.” Helge tar henne i sina armar. Kysser henne. Då kommer Georg tillbaka.

”Oj, stör jag. Ursäkta.”

”Kom in far. Vi ska fira nu.”

Helge berättar de glada nyheterna. Georg omfamnar dem bägge två.

”Det var verkligen roligt att höra. Då kanske jag kan få bjuda på restaurang ikväll.”

Kvällen blir trevlig med god mat och vin till Georg och Helge. Kerstin håller sig till läsk. Det skålas och skrattas. Georg lyfter glaset.

"Skål för de unga tu. Må er framtid vara fylld av ljus och kärlek. Jag ska dra mig hemåt men stanna gärna. Kvällen är lika ung som ni."

När han reser sig för att hämta ytterrocken stannar han till vid kyparen. Sticker till honom en slant och beställer chokladtårta och kaffe att servera Helge och Kerstin om en stund. Nöjd med avslutet på dagen vandrar han hemåt genom sin nya hemstad. Grubblar över Bertil. Undrar vad han sagt till Ida. Att ligga med Vera är inte det smartaste han gjort, men han är inte mer än man. Hon är vacker och ville ha honom. Visst känner han skuld mot Carl. Undra hur det gått för dem? Har de skilt sig eller kunnat lappa ihop äktenskapet trots allt? Han hoppas ändå det. För deras skull och döttrarnas. Han vet hur en skilsmässa känns. Det är inget han önskar någon. Helst av allt vill han ringa Carl. Lätta sitt hjärta och be om ursäkt. Inte förlåtelse. Det kan han inte kräva. Men be om ursäkt. Fast det kanske bara skulle strö salt i såren på Carl. Det är nog bäst att avvakta ett tag. Det viktigaste nu är Bertil. Han vill hitta en egen bostad så Helge och Kerstin får starta sin lilla familj och så han kan bjuda hem Bertil och tala ut.

Kapitel 58

Genom arbetskamraterna på skolan får Georg tips om en ledig lägenhet bara ett kvarter från Helge och Kerstin. Fördelen är att den även ligger nära arbetsplatsen och har en rimlig månadskostnad. Nackdelen är att den är liten. Det är en etta, men med separat kök och en liten sovalkov. Jag tror ändå jag tar den så länge så jag får ett eget ställe snarast. Sen kan jag fortsätta söka ett annat lite större boende ändå. Eftersom lägenheten står tom är det bara att flytta in direkt. Ingen bil behövs eftersom det är så nära. Helge hjälper far sin. Kerstin syr gardiner och piffar också till det med duk och en matta. Det är litet och ganska kallt, men med lite tyg och omtanke känns det hemtrevligt. Georg känner att han kan pusta ut lite mer. Det är såklart trevligt att bo med sin son, men det är samtidigt skönt att rå om sig själv. Han skulle också kunna ordna med en bäddsoffa där Bertil kan sova om han vill komma ett tag.

Meningen var att Bertil bara skulle besöka sin biologiska mor i Norrköping en tid, men han trivs där, både med stan och syskon, så han blir kvar. Tankarna går ofta till Georg, eller far, som han ju är. Han blev så chockad över att Georg, från gården, var hans far utan att berätta det. Han känner sig lurad, sviken. Många gånger har han undrat över sin biologiska far. Och så har det varit Georg, som han sett varje dag. Men efter att ha pratat med mor och sina bröder hade han fått lite mer förståelse. Far har ändå bett Carl och Vera att ta dit Bertil för han ville vara nära honom. Fortfarande finns en önskan att ställa far mot väggen och fråga massor. Men det finns också en längtan efter att lära känna honom som sin far. Undra om han har faderskänslor för mig eller om han är så där kall som jag upplevde på gården.

När Georg funnit sig till rätta i sin nya lägenhet bestämmer han sig för att ringa Bertil och höra om han vill komma och hälsa på. Han slår numret och inväntar signal. Ida svarar.

"Hej Ida, det är jag. Georg." Han berättar om sitt senaste möte med Bertil och hur samvetet skavt i honom. Han vill försonas med sin son. "Vad tror du, Ida?"

"Jag vet att han både är besviken på dig och nyfiken. Prata med honom. Han är stor nog nu att bestämma själv."

"Har du honom där?"

"Ja, vänta lite."

Det blir tyst en stund.

"Hallå", hör han Bertils röst.

"Hej Bertil. Det är Georg, din far. Jag ber om ursäkt för sist. Förstår att det måste kommit plötsligt för dig. Jag vill fråga ifall du kan tänka dig komma till mig några dagar så vi får lära känna varandra. Börja om."

"Kanske..."

Sen blir det tyst igen. Och så hörs det ett klick. Bertil har lagt på luren. Georg tänker att han säkert behöver lite mer tid. Att det inte blev ett nej är ändå ett framsteg. Ett kanske är bättre än ett nej. Jag ska nog skicka pengar till en tågbiljett så steget att åka hit blir enklare att ta.

"Bertil, du har fått ett brev." Ida lägger det på bordet.

"Till mig?" Säger han förvånat. "Vem skickar brev till mig?"

"Öppna, så får du veta", skrattar mor.

"Kolla, det är pengar. Och en lapp."

Bertil läser upp texten högt:

Här kommer pengar till en tågbiljett till Eskilstuna. Du är varmt välkommen när du vill. //Far.

"Han bestämmer inte över mig. Bara för han skickat pengar betyder det inte att jag måste åka dit!"

"Bertil, det är nog inte alls ett försök att bestämma över dig. Du ska nog ta det som ett erbjudande. Och att han visar att han vill ha dig där."

På något märkligt sätt känner Bertil sig både irriterad och glad. Det är en bekräftelse på att hans far bryr sig, men det gör honom upprörd att Georg bara så där kan bete sig som en far.

"Jag går ut en sväng."

I trappen på väg ut springer han nästan ihop med storebror Lennart.

"Oj, vad bråttom du har. Är du upprörd?"

Bertil svarar inte. Han vill vara i fred. Även om han gillar sina bröder och mor. Kanske också Georg. Så blir det överväldigande ibland att få en helt ny familj. Det finns bara svaga minnen av mor kvar från förr. En tågresa där han sitter i mors knä och har en egen resväska med. Den har han kvar än idag. Fortfarande packad med en bil och en nalle. De har blivit en påminnelse om hur livet kan förändras snabbt och inget kan tas förgivet. Saknaden minns han också. Först en stark saknad efter mor. När minnet av henne bleknade fanns bara känslan av saknad kvar.

Han går genom stan utan något särskilt mål. Behöver få luft och rensa tankarna. Han ser några killar i samma ålder som han själv stå och hänga utanför en kiosk. Den ena ropar på honom. Först låtsas han att han inte hör. Orkar inte snacka med någon just nu.

"Hej, du med svart jacka", ropar någon igen.

Nu kan han inte ignorera längre utan vänder sig mot dem.

"Hej."

De börjar prata. Undrar var han kommer ifrån. Vill han hänga med till ungdomsgården?

"Visst, varför inte."

Killen med läderjacka och jeans tänder en cigg och ger honom. Bertil har aldrig rökt, men tar emot för att inte verka barnslig. De åker på cyklar och mopeder. Bertil får hoppa upp bakpå en moped. Han håller hårt i pakethållaren.

"Håll i dig Bertil, nu kör vi."

Killen gasar på. Slirar med bakhjulet. Bertil skrattar högt. Det är så befriande att få något annat än familjen att tänka på en stund.

När de kommer till ungdomsgården märks det att gänget har andras respekt. De kliver åt sidan när de kommer in i lokalen. Tjejerna tittar och fnittrar. Det här är verkligen en ny upplevelse. Bertil följer efter gänget som går in i ett rum med soffor och en skivspelare. Killen med läderjackan stänger av skivan som är på och sätter på en annan. Blue moon med Billie Hollyday. Självsäkert bjuder han upp snyggaste flickan i rummet. Dansar helt oberörd av att de är de enda som dansar. Bertil stirrar häpet på. Hur blir man så där oblyg och obrydd över andras närvaro? Den här killen vill han bli vän med.

Kapitel 59

På helgerna, när Georg inte jobbar, är han ofta ute och går i sin hemstad. Han vill lära känna den mer och så kommer ofta rastlösheten krypandes i den lilla lägenheten. Han vill inte tränga sig på hos Kerstin och Helge varje dag. Så det blir många promenader. Han passerar ett gult hus i utkanten av stan och tycker sig se en rygg som ser välbekant ut.

"Carl?" Ryggen vänder sig om och han ser Carls ansikte.

"Georg?" Rösten är inte jätteglad.

"Jag fattar att jag inte kan be om förlåtelse, men jag vill be om ursäkt för vad jag gjorde mot dig. Jag skäms så oerhört…"

Innan han hinner prata färdigt kommer en rak höger och träffar näsan. Georg vrålar rakt ut av smärtan.

"Så, nu har vi skadat varandra båda två. Nu behöver vi inte älta det mer."

Georg håller sig om näsan och ser upp på Carl.

"Menar du allvar? Bara så där?"

”Det var inte bra mellan Vera och mig. Ert lilla prassel gjorde att vi började prata om saker och nu är vi som nykära igen. Det tog såklart ett tag innan jag kom över det. Men det är bättre än någonsin nu.”

”Fasiken, vad skönt att höra. Jag har tänkt på er och hoppats att jag inte förstörde allt.”

”Jag kommer ha svårt att lite på dig igen Georg. Men jag godtar ursäkten.”

Männen skakar hand.

”Vad gör du här? Har du också flyttat till Eskilstuna?”

Carl berättar om det gula huset som tillhört hans föräldrar. Han ärvde det och tar nu hand om det. De vill inte flytta från gården än, men kanske de på äldre dar vill flytta hit och därför vill de inte sälja det. Kanske hyra ut det om de hittar någon som känns bra. Georg ler.

”Du sa att du inte litar på mig, men skulle du kunna tänka dig hyra ut det till mig? Jag bor i en liten etta nu och letar något större.”

Georg är osäker på hur mycket han vet om Bertil så han vågar inte säga något om att han vill ha honom hos sig och att det är anledningen till att han söker större boende.

"Kanske, jag ska ta mig en funderare. Jag ringer dig i veckan."

Georg fortsätter sin promenad med lättare steg och hjärta. För mindre än femton minuter sen var han tung av dåligt samvete för Carl och Vera. Han har bott i sin etta utan några framtidsutsikter på att hitta något större. Nu går han här och är oerhört lättad. Tänk att livet kan förändras så snabbt. Han hoppas verkligen att han ska få hyra huset och att Bertil vill komma och bo hos honom en tid. Visst får han gärna besöka redan nu i ettan, men det finns utrymme för att bo en längre tid i huset.

I Norrköping ser inte Ida särskilt mycket av Bertil längre. Han är ute om kvällarna. Kommer hem sent. Luktar ofta både rök och alkohol. Hon tycker han blivit en slarver. Ber om pengar, men går varken i skolan eller arbetar själv. Hänger bara ute med kompisar och lyssnar på odräglig musik. Ida är rädd att det ska bli som för Rune. Hon vill gärna ha honom hos sig, men tänker att det ändå kanske vore bra ifall han åkte till far sin ett tag. En kväll när inte Bertil är hemma ringer hon till Georg.

"Jag oroar mig för honom."

"Ja, det låter oroväckande. Det skulle nog vara bra om han kommer hit ett slag."

”Jo, det bästa vore nog ifall du kunde se dig om efter ett arbete åt honom också.”

”Jag ska se vad jag kan göra.”

Precis som lovat ringer Carl till Georg veckan därpå.

”Du kan få hyra huset om du fortfarande vill det. Men all kontakt med hyran och om det är något annat går genom mig. Du kontaktar inte Vera. Förstått?”

”Tack så mycket. Absolut. Jag förstår dig.”

De kommer överens om hyran och flyttdatum och lägger på. Då är det fixat. Nu ska han lägga allt fokus på att söka jobb åt sonen sin.

Han hör sig för på sitt jobb. Kollar i annonser. Går förbi skyltfönstret på arbetsmarknadsverket nere på stan. Den enda arbetslivserfarenhet Bertil har är från en gård. Det gör honom allsidig och händig. Georg tänker att fabriksjobb borde fungera. På sin arbetsplats frågar han om stadens fabriker och vad som finns. En av de yngre lärarna tror sig ha hört att de söker fler folk till Metallvarufabriken. Georg ringer och frågar, men de har fått ett gäng män från Jugoslavien så just nu behöver de inte flera. Ett annat tips han får är att kolla på ett bygge i stan. Området runt Nyfors håller på att förändras. Gamla små byggnader rivs för att i stället bygga större hus så fler får plats. Staden växer snabbt. Många flyttar in från landsbygden. Byggjobb kan säkert passa Bertil som är van att måla och snickra på gården. Därifrån får han till svar att det alltid söker byggjobbare. Det är bara att skicka över grabben. Georg ringer Ida och berättar. Hon lovar tala med Bertil.

"Du får åka till far din nu. Där finns arbete åt dig. Du är för gammal att vara hemma hela dagarna utan att göra något. Jag kan inte försörja dig längre."

Första reaktionen är ilska och besvikelse. Som att mor hans överger honom ännu en gång. Samtidigt förstår han hennes situation. Efter några dagars gräl med mor ger han sig ändå av. Men han tänker inte göra det lätt för Georg. Han kommer inte bara börja kalla honom far direkt. Bertil sitter på tåget och tänker ilsket på det Georg gjort. Hur han sett honom slita tungt. Fem år gammal fick han lyfta så tungt att ryggen blev förstörd. Inte ett finger hade han lyft. Hans egen far. Nej, han tänker verkligen inte göra det lätt för honom.

Kapitel 60

En vägbeskrivning från station till gula huset hade han fått när han gjort klart för Georg att han inte ville bli mött vid tåget. Han vill inte bli behandlad som ett barn nu när han inte blivit det som liten. Dessutom ger en promenad honom tid att tänka. Kanske det var dumt att åka hit ändå. Ilska finns mot både mor och Georg. Möjligen lite större mot Georg. Han kan inte komma över att han hela tiden varit så nära utan att ge sig till känna. Inte behandlat honom som sin son utan som en främling. Sorgen och ilskan är så stor. Han är rädd för att explodera och göra sig så osams så de aldrig mer kan försonas. Framme vid gula huset stannar han upp. Står och ser på huset. Det har börjat skymma och belysningen där inne gör att han tydligt kan se in. Nu ser han Georg stå i köket. Han fixar med något vid spisen. Lagar säkert mat tills hans son ska komma. Troligen är han upprymd och glad, tänker Bertil. Det gör honom ännu argare. Med hjärnan fattar han att Georg anstränger sig. Vill att allt ska bli bra. Men inuti kokar ilskan över allt som hänt och allt som gått förlorat. Det går inte att ändra på. Av den tanken kommer tröttheten. Uppgivenheten. Han går fram till ytterdörren.

Känner på handtaget. Det är upplåst så han kliver in och ropar hallå. Georg kommer ut i hallen.

"Hej, gick resan bra?"

"Helt okej."

På hans få ord och kroppsspråk förstår Georg att han bär på outtalad ilska. Tankarna går till sin egen ilska som han burit på så länge. Den som förstört hans relation med Ida och till flera av sina barn. Nu har han chansen att hjälpa Bertil släppa ut sin och inte bära på den hela livet. Han går därför rakt på sak.

"Bertil, jag är väldigt ledsen för hur jag hanterat allt. Hur jag ignorerade dig på gården och inte var ärlig. Jag förstår om du är arg på mig. Berätta gärna för mig hur du känner." Georg ser på Bertil som ser ner i golvet.

"Jag vill inte vara arg. Jag vill förstå varför du och mor inte ville ha mig. Det har fått mig känna mig värdelös. Men jag förmår inte släppa ilskan. Den är ständigt där och den gör mig så väldigt trött."

Georg lägger en hand på hans axel, men Bertil drar sig snabbt undan. Har svårt för beröring. Svårt att ta emot vänlighet och omtanke.

"Jag tror det är bra att du bor här ett tag så vi får prata ut i den takt du vill och orkar. Vi behöver det här båda två."

"Kanske det. Jag vet inte."

Bertil går och lägger sig utan att äta maten Georg har lagat. Han är inte redo för försoning än även om det säkert stämmer att de båda behöver det. Det får ta sin tid och komma i den takt det behövs. Inte krystas fram. Ett eget rum med bäddsoffa, grammofon och skrivbord. Tapeterna är åldriga. Stora mönster och mörkrött. Gardiner av vit spets från golv till tak. I morgon ska han till bygget och provjobba. Det kommer han nog fixa. Hårt arbete är han van vid och nog är han händig också. Det kommer sitta fint med egentjänade pengar och kunna betala hyra. Inte känna att han är ett barn som lever på föräldrarna. Inte för Georgs skull utan för sin egen.

Georg sitter själv i köket. Äter maten han gjort sig till att laga åt sin son. Ville få han känna sig välkommen. Lite avspisad känner han sig nu. Egot fick sig en törn. Men det är inte mer än rätt. Det kommer ta sin tid att vinna och förtjäna hans förtroende och kärlek. Han är väl förtrogen med det gamla självhatet och skuldkänslorna som väller fram. Ska det aldrig ta slut? Genom livet har han levt så destruktivt. Gjort sig själv illa genom att skada dem han älskar. Otrohet, våld, superi. Som drabbat andra likväl honom själv. Minns Kyrkoherdens gamla ord om att älska sin nästa så som sig själv. Och han har inte älskat sig själv. Behandlat andra som han behandlat sig själv har han gjort. Han är verkligen redo för förändring. Vill ställa allt till rätta och försonas. Det började med mors död, faderns svek och sen misshandeln av nye far. Han vet inte vad som gjort mest ont. När CJ slagit honom eller när han sett honom slå Valter utan att ha stoppat det. Var det vad hans egna barn upplevt när han slagit mor deras utan att de kunnat stoppa? Han står inte ut med tanken. Första impulsen är att ta fram en flaska sprit från skafferiet. Dricka bort tankarna och känslorna. Men inte den här gången. Han måste hitta styrkan han haft när föräldrarna försvunnit och han blev ensam med syskonen. När han själv axlade föräldraansvaret. Det är dags att axla ansvaret igen. Han lovar sig själv göra allt för att vinna Bertils förtroende.

Bertil vaknar och undrar var han är. Långsamt sjunker det in. Georg, Eskilstuna, nya jobbet. Från köket hörs ljud och han förstår att Georg är uppe. Helst vill han ligga kvar och vänta tills Georg gått till arbetet, men då finns det en risk att han själv blir sen till bygget. Det är en bra bit dit och han vet inte alls om det går att åka buss eller om han behöver gå.

"God morgon. Jag måste kila i väg nu, men det står en cykel utanför som du kan använda. Nycklarna sitter i låset. Det finns bröd i skafferiet och kaffet är varmt. Ha en fin dag så ses vi i kväll."

Georg går ut. Svårt att vara arg på det, tänkte Bertil. Tar sig en macka och en kopp kaffe. Packar ihop en liten matsäck och tar sen cykeln och sätter av mot bygget.

Kapitel 61

Redan veckan efter Kerstin flyttat till Eskilstuna och till sin Helge fick hon anställning som barnflicka hos ett par med två döttrar. Men senaste tiden har det blivit allt svårare då hennes egen mage växer och det är tungt att lyfta. Flickorna är ett och tre år. Idag planerar Kerstin att ha ett samtal med mamman i familjen angående när det är dags att avsluta anställningen på grund av graviditeten. Hon bävar lite eftersom mamman är ganska strikt och Kerstin är lite rädd för henne. Varje vardagsmorgon kommer hon dit vid halvåtta för att maken går till arbetet och frun vill ha egen tid. Kerstin leker med flickorna, klär på dem, ger frukost och går sen till lekparken en stund. När de kommer tillbaka är klockan runt tio och flickorna brukar få sova en stund innan lunchen. Kerstin tänker att hon ska passa på när flickorna somnat. Hon har lite fjärilar i magen när hon smyger ut från barnkammaren och söker efter frun. Vanligtvis sitter hon i köket med en kopp kaffe. Ibland har hon en väninna på besök. Men idag är hon ensam. Perfekt. Kerstin går ut i köket. Harklar sig lite. Frun ser upp.

"Kerstin, ville du något?"

"Jo, det börjar närma sig min förlossning och det börjar bli tungt för mig att lyfta Isabella. Jag tänkte vi skulle komma överens om hur länge jag ska arbeta kvar här." Frun ser besvärad ut.

"Känner du till någon som kan vara din ersättare?"

"Tyvärr frun, jag är ganska ny i stan så jag känner inte så många här än."

"Om du inte vet någon ersättare vill jag åtminstone ha dig kvar två veckor till så jag får tid att skaffa någon ny. Skulle du komma på någon ersättare får du säga till. Passar det kan du sluta tidigare. Ska vi säga så?"

Två veckor är lång tid som läget är nu, men hon vågar inte säga ifrån. Kerstin nickar.

"Javisst, frun."

Hemma igen senare samma kväll ligger Kerstin i sängen med benen högt. Fötterna är svullna efter allt gående under dagen. Helge kommer hem.

"Hur gick det för dig idag? Talade du med mamman?"

"Jo, fjorton dagar ville hon ha mig kvar om jag inte hittar en ersättare själv."

Kerstin suckar.

"Jag kan ringa mor och kolla om kanske någon av mina systrar behöver arbete och kan tänka sig flytta hit. Fast det innebär nog att vi skulle få en inneboende en tid." Kerstin sitter i sängen och masserar fötterna.

"Det kan det vara värt. Kanske skönt med en annan kvinna här när jag är nyförlöst också. Fråga gärna ifall det är okej för dig."

Sagt och gjort. Helge ringer sin mor och berättar om deras dilemma.

"Det skulle kanske vara Ingrid i så fall. Hon har precis börjat arbeta i en butik här, men säger att affärsinnehavaren är närgången. Hon trivs inte alls. Jag kan tala med henne och be henne ringa er ifall hon är intresserad."

Ingrid ringer tillbaka nästan direkt.

"Helge, jag vill jättegärna komma och arbeta som barnflicka i stället. Vet du hur obehaglig min chef är? Jag vill inte vara kvar här en dag till."

"Tråkigt att höra att din chef behandlar dig illa, men för oss är det väldigt bra att du vill komma hit. Det blir lite trångt, men såklart får du bo hos oss tills det löser sig på annat sätt."

Två dagar senare kommer Ingrid med tåget till Eskilstuna. Hon är nyss fyllda arton och ser det som ett äventyr att komma till ny stad. Hon går från stationen hem till Kerstin och Helge. Ser på människorna, affärerna, bilarna. En buss åker förbi och tutar plötsligt. Hon hoppar till och ser på busschauffören. Det är ju storebror. Ingrid vinkar och skrattar. Helge stannar bussen och öppnar dörrarna.

"Ingrid? Kom så får du åka med en tur."

Ingrid kliver på och slår sig ner längst fram hos Helge. Hon ser på honom när han kör bussen. Drar sig till minnes deras barndom. Sju år var hon när föräldrarna skildes. Hon fick flytta med mor till Norrköping. Hennes äldre syskon har berättat om hur far drack mycket och slog deras mor och ibland även dem. Hon har inga minnen av det. Vet bara hur hon gråtit om kvällarna och saknat far. Hon har varit arg på mor som tvingat med dem till en annan stad långt från far. Många kvällar har hon tänkt på sin far ensam utan familj i ett litet hus. Hon var snäsig och irriterad på mor. Sista tiden hade det ändrat sig då hon nu som lite äldre kan sätta sig in i och förstå även mors situation. Men de är inte nära varandra, mor och Ingrid. Nu är hon så glad att få vara här i samma stad som far.

Redan dagen efter hon anlänt tar Ingrid över jobbet från Kerstin. Tur var det för kvällen därpå sätter värkarna i gång. Tre veckor för tidigt. Men tydligen bryr sig barnet inte om när den ska komma ut enligt kalendern. Helge ringer taxi och följer med Kerstin till sjukhuset. Det är en tuff och långdragen förlossning. Tjugotre timmars värkarbete innan det blir dags att krysta. Då är Kerstin helt slut.

"Jag orkar inte mer."

Hon gråter. Helge, som fick åka hem under natten för att sova lite, blir nu tillbaka kallad av en sjuksyster. Han sitter på en karmstol utanför förlossningsrummet. Hör Kerstins skrik. Han reser sig upp och vankar av och an. Sen ljuder barnskrik från rummet. Utan att tänka sig för sliter han upp dörren.

"Vad blev det? Är allt bra?"

Kerstin ger ifrån sig ett trött skratt.

"Helge, vi har fått en dotter."

Kerstin blir kvarliggandes med sin lilla dotter i en vecka. Hemkommen igen väntar besök av Helges mor Ida. Georg och Bertil kommer också förbi och gratulerar. Det är fint att sitta runt köksbordet med Helge, hans syster, bror och mor och far. Alla är sams och har fokus på lilla Desirée. Hon ser att Helge, Ingrid och Bertil trivs med att ha sina båda föräldrar, sams, vid samma bord. Det känns

familjärt. Veckan därpå, då Helges mor åkt hem,
kommer även Kerstins mor på besök.

Kapitel 62

Även om Bertil fortfarande har agg kvar mot Georg börjar han mjukna. De har inte pratat så mycket mer om det, men vardagen tillsammans gör sitt. De lär känna varandra, äter frukost ihop och middag om kvällarna. Nu när de har en ny gemensam liten familjemedlem i Desirée så har de fått något positivt att samtal om också. Igår kväll var de och hälsade på lilla Desirée. Nu sitter de Georg och Bertil vid frukostbordet. Det är söndag och de tar det lugnt. Dricker kaffe och småpratar.

"Jaha Bertil, har du några planer för dagen?"

Just när Bertil ska till att svara knackar det på dörren. Georg reser sig och går för att öppna. Genom ytterdörrens gulfärgade bubbliga glas anar han konturerna av en kvinna. Pulsen ökar när han ser att det är Vera som står där på trappen. En del av honom blir glad och pirrig. Han känner hur han saknat henne. Sen finns det en annan del i honom som får fullständig panik och bara vill att hon ska gå igen. Tänk om Carl får veta. Då är han hemlös igen. Han kan inte flytta hem till Helge och Kerstin nu. Sen kommer nästa paniktanke. Bertil. Hon kommer undra vad Bertil gör där. Han drar in ett djupt andetag och öppnar dörren.

"God morgon Georg, jag ber om ursäkt att jag kommer så här oanmäld. Jag har varit ett par dagar här i stan och hälsat på en faster och kunde verkligen inte sluta tänka på att du var här i huset."

Georg går ut på trappan och får Vera att backa ut ur huset samtidigt som han stänger igen dörren bakom dem. Han vill inte att Bertil ska höra.

"Vera, lyssna på mig nu. Om Carl får veta att du är här sparkar han ut mig ur huset och det går bara inte. Jag har ingen annanstans att ta vägen. Hur mycket jag än saknat dig så kan vi inte ses."

Vera nickar.

"Jag vet. Förlåt."

Hon är på väg att gå därifrån när hon hör en röst inifrån huset.

"Far, vem är det?" Vera ser på Georg. "Far?"

"Du vet att jag har barn. Det har jag berättat. De bodde med sin mor i Norrköping och nu har den yngsta flyttat hit."

Han är ivrig att avsluta samtalet och få henne att gå. Men hon står kvar och ser fundersam ut.

”Det lät som Bertil.”

Han kan inte ljuga henne rakt upp i ansiktet.

”Jo, det är Bertil.”

Hon ser förvirrad ut tills han ser att hon förstått.

”Bertil är din son. Du lurade oss från början?” Förvirringen förbyts till ilska.

”Bertil!”

Hon går mot dörren. Tränger sig förbi Georg.

”Bertil!”

Bertil kommer ut i hallen.

”Vera?”

Under tio års tid har hon varit den enda mor han haft. Även om de låtit honom arbeta hårt på gården har hon alltid varit omtänksam och vänlig mot honom. Han ger henne en kram. Sen är det som att han kommer på något och släpper raskt taget och backar.

”Du låg med min far bakom ryggen på Carl. Hur kunde ni?”

Han ser med ilska från Vera till Georg. Sen tar han på skorna och rusar ut. Vera och Georg blir ståendes i hallen.

”Hur visste han det? Har du berättat för honom?”

Georg skakar på huvudet.

"Nej, det måste vara hans mor, Ida. Han bodde hos henne innan han kom hit."

"Jag vet", svarar Vera. "Jag trodde ni varit grannar. Inte gifta."

"Förlåt. Bertil har varit arg på mig länge för mitt svek. Jag har jobbat på att återvinna hans förtroende och det gick bra ända tills nu."

Vera ser både arg och skamsen ut. Förstår sin egen del i det hela. Hon har inte heller varit ärlig så vem är hon att döma Georg.

"Kom in och sätt dig. Vi tar en kaffe och talas vid. Jag tror vi behöver rensa luften."

Han tar fram en till kopp och häller upp kaffe till henne. Fyller på sin som hunnit kallna.

"Jag är trött på lögnerna. Det kostar på att upprätthålla dom. Du får berätta för Carl att du har varit här och att Bertil är här. Vill han slänga ut mig så får jag ta det. Det är hög tid för mig att ta konsekvenserna av vad jag gjort. Att hålla fast vid lögnerna kostar mer än konsekvenserna."

Vera rör om i kaffekoppen. Tar in det han säger.

"Du har rätt. Jag ska berätta för Carl. Kanske han också blir arg på mig för att jag gick hit. Kanske han slänger ut mig också. Då får det vara så."

De sitter tysta en stund. Bara väggurets tickande hörs.

Tystnaden bryts av att Bertil kommer tillbaka. Han stänger igen ytterdörren. Sparkar av sig skorna och kommer in i köket. Ser på dem båda.

"Vad händer? Ska ni fortsätta gå bakom ryggen på Carl?"

"Sätt dig ner Bertil"

Georg drar ut en stol.

"Vera och jag kommer inte bli tillsammans. Vi ska berätta för Carl att du är här och att du är min son. Vi ska även berätta att Vera varit här. Ingen kommer ljuga mer. Det var dumt av oss, men vi har lärt oss. Det tär på en att ljuga."

Vera ser på Bertil.

"Jag visste inte heller att Georg var din far där på gården. Det ursäktar såklart inte vad vi gjorde, men det var inte menat något illa mot dig. Jag blev förälskad. Så kan livet vara. Det som var fel var att jag ljög för Carl. Det ångrar jag."

Bertil ser på Georg.

"Men du far visste. Du låg med min fostermor bakom ryggen på din arbetsgivare. Carl var inget annat än schysst mot dig. Du gjorde det både mot honom och mot mig."

Georg kämpar inombords med skammen som gnager. Helst vill han skrika rakt ut. Döva allt med spriten. Men han sitter kvar och ser på sin son.

"Förlåt. Jag förstår mig inte på mig själv och mitt handlande. Jag kände mig ensam och föll för Vera. Jag var ledsen efter skilsmässan med din mor. Ensam. Jag föll för frestelsen. Det var svagt av mig. Fel. Fel mot dig, mot Carl och mot mig själv. Jag ligger vaken om nätterna och skäms, men jag kan inte få det ogjort."

Bertil reser sig från stolen.

"Jag fattar att ni ångrar er. Men jag är ändå förbannad över sveket. Jag kommer över det men jag vill vara ifred nu."

Han går in på sitt rum. De hör musik från grammofonspelaren.

"Det kommer bli bra."

Georg ser på Vera.

"Det är nog dags för dig att gå."

Kapitel 63

Efter förlossningen mår inte Kerstin riktigt bra. Trots mycket sömn är hon ständigt trött. Gråter mycket och har svårt att knyta an till lilla Desirée. Hon har besökt läkare som säger att det är hormoner som sätter i gång av förlossningen, men även av amningen. Han rekommenderar henne sluta amma. Hon gör som han säger, men känner ändå att det är något annat än det. Ingrid är till stor hjälp när hon inte är på jobbet. Men det är långa dagar att vara ensam hemma med barnet när hon egentligen bara vill krypa ner under täcket och sova bort allt. När Desirée blivit tre månader och ingen förändring skett tar Kerstin upp det med Helge. Någonting måste ske snart. Det har börjat smyga sig in tankar om självmord. Men det vågar hon inte säga till honom. Inte än. Hon vill inte oroa i onödan.

"Vad ska vi göra tycker du? Jag kan inte vara hemma från jobbet och vi har verkligen inte råd att anställa en barnflicka."

Kerstin suckar.

"Jag vet. Men jag orkar inte fortsätta så här. Jag känner mig värdelös. Världens sämsta fru och mamma."

Hon gnuggar ögonen för att hålla tillbaka tårarna. Helge stryker henne över håret.

"Desirée och jag älskar dig. Du är inte en dålig mor. Allt är nytt för dig med både ny stad, man och barn. Kanske du behöver vara hos din mor en tid? Bli omhändertagen?"

Kerstins tårblanka ögon ser på honom. Hon nickar sakta.

"Kan vi inte flytta dit tillsammans?"

"Jag vet inte hur det går med jobb då? Och hur blir det för Ingrid? Det var ju vi som bad henne flytta hit. Hon har inte råd med hyran själv."

"Vi kan i alla fall prata med henne."

Till kvällen lagar Kerstin mat för första gången på länge. De sitter vid bordet tillsammans. Kerstin, Helge och Ingrid. Desirée har somnat och ligger i vaggan bredvid. Ingrid frågar om Kerstin känner sig lite bättre nu. Kerstin skakar på huvudet.

"Tyvärr inte. Jag känner mig alltmer uppgiven. Vet inte vad det är för fel. Tänk om det alltid kommer vara så här."

Ingrid ser medlidsamt på sin svägerska.

"Vi har talat om att bo hos Kerstins mor en tid. Så hon kan få hjälp dagtid med Desirée."

Helge ser på Ingrid och inväntar en reaktion. Hon nickar långsamt. Fundersamt.

"Klart ni ska göra det. Då kan du få tid att vila mera."

"Men vad händer med dig då Ingrid? Har du råd att bo här själv?"

"Åh, det ska ni inte tänka på. Jag kan säkert bo med far och Bertil en tid tills jag hittar något eget som jag har råd med. De har gott om plats i huset."

Kerstin och Helge ser lättade ut. Senare på kvällen vid läggdags fortsätter de samtala om flytten.

"Vad skönt att Ingrid tog det så bra. Hon är klok din syster."

"Ja, verkligen. Nu är det jobb jag mest oroar mig för. Vad finns det för jobb i lilla Bie? Annars blir det inne i Katrineholm och då får det bli pendling med buss. Det kan betyda långa dagar."

"Jag ska höra med mor om hon har några idéer imorgon."

Helge har svårt att sova. Vrider och vänder på sig. Han gillar verkligen det liv som de byggt upp i Eskilstuna och han trivs bra som busschaufför. Men mår inte Kerstin bra så kan de naturligtvis inte bo kvar. En förändring behöver ske och att flytta en tid till hennes mor är nog det bästa just nu. Hennes mor är en klok kvinna som Helge kommer fint överens med. Inte alla svärmödrar är så bra har han förstått från snacket i fikarummet. Nils har berättat om sin svärmor som bor hemma hos dem. Hon behandlar honom som ett barn och skäller ut honom titt som tätt för allt möjligt. Han har börjat ljuga och smyga med saker som en tonåring för att slippa utskällningar. Så vill man inte ha det i det egna hemmet. Sån är tack och lov inte Kerstins mor.

Tidigt, innan Kerstin vaknat, ger sig Helge i väg till jobbet. Strax därefter går Ingrid till sitt. Desirée vaknar och är hungrig. Under natten har hon bara vaknat en gång så Kerstin har fått en god natts sömn, vilket inte händer så ofta nu för tiden. Hon går upp och börjar göra i ordning vällingen. Vispar i kastrullen och häller över i en nappflaska. Medan den svalnar byter hon blöjan. När Desirée är torr och mätt somnar hon om i vaggan. Kerstin lyfter telefonluren och ringer sin mor. Hon berättar om läget. Behovet av stöd. Helges oro för jobb. Det är så skönt att få mors kloka tröstande ord. Klart de ska komma och bo där ett slag. Inte långt därifrån finns ett stenbrott där det brukar behövas gubbar. Han kan höra sig för där. Det löser sig.

Vid middagen återberättar Kerstin samtalet med sin mor för Helge.

"Det låter hoppfullt. Vi gör det tycker jag. Vi flyttar. Jag meddelar jobbet i morgon." Två veckors uppsägningstid har han. När de är avklarade packar de ihop sina tillhörigheter. Georg och Bertil hjälper dem köra allt de ska ha med. Samtidigt flyttar de Ingrids saker hem till Georg.

Kerstins mor hyr en lägenhet på undervåningen i ett gult hus nära Bie brunns parken. Lägenheten är ganska rymlig så Helge, Kerstin och Desirée får plats. Men det finns en ledig lägenhet på övervåningen också. Om Helge nu bara får jobbet i stenbrottet så hoppas de på att få hyra den.

Det är en lättnad att se hur mormor och Desirée knyter an till varandra. Kerstins mor tar över direkt. Gör välling, byter blöja, går ut med barnvagnen. Kerstin kan med gott samvete helt och hållet vila. Första dagarna gråter hon. Den fasad och styrka hon försökt hålla för Desirées skull släpper nu. Helge är orolig men svärmor lugnar honom.

"Hon måste nå botten för att kunna komma upp till ytan igen."

Helge får jobbet i stenbrottet. Det är långa dagar med fysiskt tungt arbete. Han kommer hem som ett dammoln om kvällarna. Men det är värt allt om Kerstin mår bättre. De hyr lägenheten ovanpå. Om dagarna är Desirée med mormor Elin. Om kvällarna med mor och far. Lägenheten är mörk. Gamla tapeter på väggarna. Slitna trägolv. Men de har utsikt mot parken. Det är skönt med så mycket grönt efter stadslivets bilar och neonljus. Det är rätt plats för att Kerstin ska få tid att läka. Elin tar inte bara hand om barnbarnet utan gör olika örtteer och örtomslag till sin dotter också. Helge sneglar på henne när hon står vid spisen och hackar örter hon själv odlat.

"Jag tror svärmor hade blivit bränd på bål om det varit för några hundra år sen."

Hon skrattar högt.

"Kallar du mig häxa, Helge?"

Kapitel 64 (1952, två år senare)

Ida som inte har några hemmaboende barn längre har flyttat till en annan lägenhet på St Persgatan. En ljus tvårummare på tredje våningen. Huset var byggt för bara tio år sen. För Ida som är van vid drag, vägglöss och trångboddhet är detta höjden av lyx. Utan barn att försörja räcker lönen till mer. Det är både skönt och lite ensamt att bo helt själv. Hon tänker på barnen. De fick en tuff start i livet, men för de flesta har det gått bra. Det är mest Rune hon oroar sig för. Han har varit några år i fängelset. De skickar brev emellanåt. Visst kan hon ana hans skuldkänslor mellan raderna, men hur ska det gå sen när han kommer ut igen. Vilken framtid finns det för en dömd mördare? Så vitt hon vet är det bara Helge som hälsat på honom. Det var bara en gång när han nyligen dömts. Hon börjar känna att hon är redo att möta honom nu. Ida skriver ett brev och frågar om hon får besöka honom. Han svarar omgående att hon är välkommen om hon klarar av det utan att bryta ihop och börja gråta. Sånt orkar han inte med. Hon lovar och ansöker om besök och får tillåtelse av fängelsedirektören. Två veckor senare är det dags. Ida tar tåget till Stockholm central och sedan bussen till Långholmen. Hon är nervös. Det fladdrar i bröstkorgen. Både av att möta sin mördare till son. Hur kommer hon reagera? Och för att komma in i ett fängelse. Kommer hon möta andra kriminella? Är det farligt? Rädsla, nervositet, skuld och en längtan efter sin son blandas i magen och gör att den kurrar högt. Fängelsevakten som går före henne genom korridoren vänder sig om och ler.

"Hungrig?"

Ida skakar på huvudet.

"Lite nervös bara."

"Det är helt normalt om man inte varit i en sådan här miljö förut. Varsågod och gå in här och vänta. Jag kommer strax med Rune."

Rummet är litet. Vita stenväggar. Ett fönster med galler för som sitter så långt upp att Ida får stå på tå för att kunna se ut. Mitt i rummet finns ett bord med två stolar. En på vardera sida. Ytterligare en stol står mot ena väggen. Hon gissar att vakten ska sitta där och övervaka deras möte. Den tjocka dörren öppnas med ett gnisslande ljud. In kliver Rune med gröna kläder och tofflor. Det tar en stund innan de kan låta ögonen mötas. Inget är helt torrt. Efter en stunds tystnad säger Rune:

"Tack för du kom mor. Det betyder mycket."

Ida ser på vakten och känner sig illa till mods att tala privat inför en åhörare.

”Hur mår du? Hur ser dina dagar ut här inne?”

Det finns tusen andra frågor hon vill ställa, men håller sig till det vardagliga, konfliktlösa. Rune berättar om rutinerna på anstalten. Om några han lärt känna. Vad han längtar efter. De rör aldrig vid mordet. Kvinnan vars liv han släckte. Eller det kvinnoförakt han fått från uppväxten, genom sin fars behandling av hans mor, omständigheter som format honom fram till ögonblicket han begick det grövsta brottet av dem alla. Hon vill fråga vad hon gjort för fel, men är osäker på om hon orkar ta emot svaret. Han vill fråga om hon förlåter och om hon ångrar något hon gjort i hans uppväxt. Men just nu vill han bara sitta här med sin mor utan bråk eller tårar. Han är redan både anklagad och dömd.

”Hur mår familjen?”

Ida berättar om var och en av syskonen. Var de bor och arbetar.

”Far bor i Eskilstuna med Ingrid och Bertil. Helge och Kerstin har precis flyttat därifrån med sin lilla dotter.”

Rune gläds åt dem alla, men tankar om att han är familjens svarta får tränger fram. Alla verkar ha klarat sig bra. Hur kan han reagera så starkt på uppväxten? Det är nog något fel på honom ändå. Kanske han är psykisk sjuk fast de hävdade motsatsen när de gjorde en sådan undersökning på honom efter rättegången.

"Mor, var jag annorlunda som barn än de andra? Märkte du något fel på mig?"

"Rune, jag tror du är mer känslig, lyhörd. Du tog saker hårdare än de andra. Det var inget fel på dig. Med din känslighet så var vi nog fel familj för dig att växa upp i. Det var tufft för dig att se oss vuxna bråka och din far som blev aggressiv av alkoholen. Det satte sig i själen på dig."

"Jag blev som far, men värre. Sådan som jag aldrig ville bli."

"Du är ung än. Livet är inte slut. Jag finns här när du kommer ut." Vakten ställer sig upp.

"Besökstiden är slut." Han sätter på handfängsel och för ut Rune i korridoren. Efter några minuter är han tillbaka för att släppa ut Ida.

"Hur känns det nu?" frågar han när de går mot utgången.

"Tack, bättre."

Hon går till busshållplatsen för att ta sig tillbaka till centralstation innan det blir mörkt.

Hela vägen hem tänker hon på det Rune sagt. *Märkte du nåt fel på mig?* Är det något fel från början på de som blir mördare? Eller är det uppväxten som formar? Har hon missat något i hans barndom? Hade hon kunnat förhindra att han blev en mördare? Är skulden hennes? När hon är tillbaka hemma så ringer hon upp Georg. Hon vill höra hans tankar om Runes uppväxt. Ifall de kunnat göra annorlunda.

"Ida, det är inget att älta. Det gör ingen skillnad. Nu är nu och vi får göra det bästa vi kan nu. Vi kan inte ändra det som varit."

"Jag vet, men det känns som han är ett offer för oss. Kanske det är vi som skulle sitta av straffet."

"Ja eller i så fall de vi växte upp med också. Din far och min adoptivfar."

Ida suckar.

"Jag blir tokig av alla tankar och skuldkänslor."

"Tro mig Ida, skuld och skam har jag levt med större delen av mitt liv."

"Jag vet Georg. Kan du i alla fall lova att du hälsar på Rune. Jag tror det skulle betyda mycket för honom."

Georg lovar och de lägger på luren.

Kapitel 65

Efter samtalet med Ida har Georg svårt att somna. Gamla tankar om uppväxten och hur det påverkat honom kommer upp. Hur det i sin tur påverkat hans egna barn och särskilt Rune. Såklart ska han besöka Rune ifall han vill. Han ska ringa direkt imorgon till Långholmen och be om ett besök. Efter några timmars grubblerier faller han till slut in i drömmarnas värld där tankarna övergår till mardrömmar. Han ser CJ som ler mot Rune i fängelset som en stolt far. När Georg går fram till Rune öppnas ett hål i golvet som stupar kilometervis rakt ner. Han halkar till och glider över kanten. Hänger i fingertopparna och vrålar efter hjälp. Georg vaknar kallsvettig av sitt eget skrik. Sätter sig upp och ser på klockan. Det är ändå snart dags att kliva upp.

Han ringer Långholmen och får tala med en fängelsevakt.

"Ett besök kan bara beställas av den intagna. Du kan få prata med honom ifall du ringer på våra telefontider som är mellan kl 17–19 tisdagar och torsdagar."

Georg lägger på luren. Han får prova ringa ikväll efter jobbet.

Som vanligt går han till jobbet. En skön femton minuters promenad. Ingrid går strax efter honom och Bertil har cyklat i väg en stund tidigare. De har fått in bra rutiner alla tre och det är riktigt trivsamt hemma nu. Georg är glad att han får ha Bertil och Ingrid hos sig. Han försöker gottgöra det han kan för deras barndom.

På jobbet är det mycket att göra idag. Skolan ska ha en tillställning i aulan i slutet av veckan och Georg ska bära dit en massa stolar och bord, se över all belysning och ordna med en ljudanläggning. Det är ganska skönt ändå att vara sysselsatt. Han tycker det är värre de dagar då det inte finns något att göra. De segar sig långsamt fram och han blir rastlös. Den här dagen med så mycket att fixa går snabbt. Snart är det kväll och dags att gå hem igen.

Ingrid är redan hemma och står och lagar mat när Georg kliver in.

”Åh, här luktar det gott. Vad blir det för mat?”

”Hej far. Det blir kålpudding om en halvtimma.”

Georg kollar på klockan. Tjugo i sex. Då kan han testa att ringa till Långholmen igen. Han kommer fram till en vakt och ber att få tala med Rune. Det blir tyst och tar säkert sex-sju minuter innan han hör sin sons röst i andra änden.

"Hallå, det är Rune."

Georg känner sig lite nervös. Han har inte talat med Rune på flera år. Undrar om han var besviken på honom. Att han inte tagit kontakt tidigare.

"Hej Rune, det är far. Hur mår du?"

"Far? Det var inte igår."

"Nej, förlåt mig."

Georg vet inte riktigt vad han ska säga. Vill hellre ses än att tala så här i telefonen.

"Jag ringer för att fråga om jag får komma och hälsa på dig. Om du vill sätta upp mig på besökslistan."

Han håller andan i väntan på sonens svar.

"Javisst."

Sen blir inte mycket mer sagt. Båda är fåordiga, ovana att tala med varandra.

När de lagt på luren blir Georg osäker på om det verkligen är en bra idé. De har svårt att prata med varandra. Inte bara nu i telefon. De har alltid haft det så. Det är inte alls som med Helge, Ingrid eller Bertil där samtalen flyter enkelt. Även om Bertil varit arg en lång tid så har de ändå kunnat prata. Rune svarar alltid så kort och ger inga motfrågor. Det gör att ansvaret för samtalet alltid vilar på Georg. Han känner av Runes passiva aggressivitet. Så var det även när han var barn. Fast ska han vara helt ärlig mot sig själv så har han knappt försökt ändra på det heller. Det var oftast på krogen efter några öl som han pratat med Rune. Då pratade han mest till honom, inte med. Han har aldrig försökt lära känna honom som individ. Mest uppfostrat. Kanske skammen gjorde sitt.

När skolan har två lovdagar passar han på att resa till Stockholm och Långholmen. Han småpratar med vakten när de går genom korridoren. Georg förs till besöksrummet där han får vänta på Rune. Det blir en chock när sonen kliver in med handfängsel ledsagad av vakten. Det blir som på riktigt då. Även om han visste hade han aldrig kunnat förbereda sig för detta. Vakten låser upp handklovarna och sätter sig på stolen längst bort. Ger Rune och Georg utrymme.

"Tack för att du kom. Jag ber om ursäkt om jag var kort i tonen när du ringde. Det är som att jag inte kan styra över ilskan när den kommer upp. Det väller liksom över."

"Där är vi lika. Jag gissar att du också, precis som jag, lever med en massa skuld och skam."

Rune suckar djupt och nickar.

"Varför blir det så? Jag vill ingen illa. Jag vill inte skada någon. Men ilskan blir så våldsam. I stunden är det som jag inte bestämmer över vad min kropp gör. Sen efteråt hatar jag mig själv kolossalt mycket."

"Ja Rune, jag har också haft det så. En tröst kanske är att det blir lugnare med åren. Dels lär man sig tygla det, dels avtar kraften."

"Varför blev det så här för oss? Jag vill inte leva så. Varför inte Helge eller Bertil? Varför jag?"

Georg rycker på axlarna.

"Kanske vissa, som vi två, tar saker vi upplever hårdare än andra. Sen föddes vi i familjer med våld."

"Var din far våldsam?"

"Inte min biologiska far, men min adoptivfar. Han njöt av att slå min lillebror och mig."

Rune ser på sin far.

"Har du aldrig velat söka upp honom som vuxen? Konfrontera honom?"

Georg tänker en stund innan han svarar.

"Jag har undrat över var min lillebror tog vägen och vad som hände honom. Så jag har tänkt många gånger på att åka tillbaka för att få svar på det. Men jag har inte förrän nu tänkt att jag ska konfrontera adoptivfar. Det kanske är dags. Om han lever.”

Kapitel 66

Redan helgen därpå lånar Georg en bil från jobbet och åker ner till Östergötland för att söka efter CJ. Helge vill följa med sin far så Georg tar vägen förbi Bie för att hämta upp honom. Det blir en kaffepaus så Georg hinner träffa Kerstin, hennes mor Elin och lilla Desirée en stund.

"Vet du vad du ska säga om du hittar honom?" Undrar Kerstin.

"Inte riktigt, men det får bli som det blir. Mest vill jag veta vad som hände med Valter. Att fråga varför han slog är nog meningslöst."

Helge ser på far.

"Förlåt, jag menar inget illa men varför slog du mor?"

Alla ser på Georg.

"Jag har undrat det själv. Precis som Rune undrar varför han mördade kvinnan." Han tar en klunk kaffe och fortsätter. "Jag måste ta ansvar för mina handlingar såklart, men jag tror även att våld vi utsätts för blir till våld mot andra."

Han möter de andras blickar.

"När jag blev slagen lovade jag mig själv att aldrig bli sån. Att aldrig slå. Men slagen jag tog emot gjorde så ont både själsligt och fysiskt. Och smärtan stannade kvar i mig. I många år höll jag den inombords, men sen var det något som gjorde att det rann över och då var det Ida som var där."

Rösten skär sig för Georg. Helge ser på honom.

"Jag vet inte om jag kan förlåta det du gjort mot mor, men jag förstår dig lite mer nu",

"Jag slog dig också Helge. Minns du inte?"

Nu rinner tårarna hos Georg. Helge skakar på huvudet.

"Det minns jag inte. Jag var rädd för dig när du drack. Men jag minns inte att du slog mig."

Georg tackar för kaffet och hoppar in i bilen tillsammans med Helge. Ända ner till Norrköping sitter de tysta i egna tankar. Georg svänger av vid en bensinmack för att tanka. Helge går in i butiken för att handla cigaretter. När de åker ut på riksvägen igen tänder de varsin cigg.

"Vart åker vi först?"

"Det får blir till gården där vi bodde. Råktorp. Det ligger i Åsbo en bit norr om Boxholm. Jag har bokat ett rum åt oss i Boxholm över natten."

Därefter fortsätter tystnaden ända tills de kommer fram.

Georgs hjärta slår hårt när han svänger in på den välbekanta gården. En hel del är förändrat sen han bodde där, men det finns också mycket som är sig likt. Han stänger av motorn, men sitter kvar en stund. Ser mot huset, svinstian, ladugården. Helge säger inget heller. Sitter tyst och låter sin far ta den tid han behöver. Till slut öppnar Georg dörren och kliver ur bilen. Helge följer efter. De går fram till ytterdörren och Georg knackar på. En hund skäller högt. Dörren öppnas och en okänd man i trettioårsåldern kikar ut. Ser lite frågande på Georg och Helge.

"Ursäkta att vi knackar på oanmälda så här. Jag har bott här på gården för många år sen och jag söker efter en annan som bodde här då. Vet ni något om en Carl Johan Axelsson? Han bör vara i sjuttioårsåldern vid det här laget."

"Jo, det är han vi köpte gården av för åtta år sen. Då flyttade han till Mjölby, men vi har inte haft någon kontakt så jag vet inte om han bor kvar. Helt ärligt skulle jag inte bli förvånad om han är död. Ursäkta mig, men han såg ganska nergången ut. Gissar att det varit mycket alkohol. Gården var sliten och inte så väl omhändertagen."

Georg nickar.

”Har du adressen till där han bodde då i Mjölby?”

”Kanske. Den borde stå med i köpekontraktet. Kom in så ska jag se efter.”

En stor schäferhund kommer och hälsar på dom i hallen.

”Ni är inte hundrädda va? Det här är Pimme. Han är världens snällaste.”

Mannen går in i rummet bredvid och de hör honom öppna lådor och skåp. Efter en stund kommer han tillbaka med ett papper i handen.

”Här ska vi se. Kyrkogatan 10, Mjölby, var adressen han flyttade till då.”

Georg och Helge tackar för hjälpen och går ut till bilen igen.

”Jag föreslår att vi åker till Boxholm och checkar in på hotellet. Det börjar snart mörkna. Så fortsätter vi till Mjölby i morgon bitti.”

Georg nickar.

”Det låter klokt, Helge. Helst vill jag bara åka direkt till adressen vi fått och få det överstökat, men du har helt rätt. Vi åker till Boxholm.”

Hotellet är samma ställe där Georg och Valter fick ett rum i utbyte mot lite kött för nästan fyrtio år sen.

Han berättar historien för Helge när de kommit in till sitt rum.

"Va? I det här rummet?"

"Nej, det var en våning upp, men det är här. I det här huset. Det är renoverat och fräschare nu, men det är samma disk där nere och det är samma färg på huset. Jag tror också en del av tavlorna på väggarna där nere är samma som då."

Helge ser på sin far med lite andra ögon nu när han fått veta mera om hans bakgrund. Tänk att han och hans bror var tvungna att fly från det där monstret till adoptivfar. Och att han misshandlade dem med en piska när han hittade dem igen. Vad rädda de måste ha varit när de såg honom i prästgården. Efter dagens äventyr somnar både Georg och Helge tidigt.

Morgonen efter äter de frukost i matsalen på hotellet innan de far vidare till Mjölby. De får stanna ett par gånger och fråga efter vägen. Till sist hittar de fram till Kyrkogatan 10. Huset ser risigt ut. Lite av putsen har lossat. Färgen på fönsterkarmarna har börjat flagna. I trapphuset stinker det urin och öl. Georg kollar på namntavlan i porten och ser en CJ Axelsson på våning två.

Kapitel 67

När Georg och Helge står utanför CJ:s dörr och tydligt hör hur någon är där inne vänder sig Georg till sin son.

”Jag tror jag vill träffa honom ensam först. Är det okej?”

”Absolut. Jag väntar nere vid porten. Ropa om du behöver mig.”

”Tack.”

Georg väntar tills han är säker på att Helge kommit ända ner i trapphuset innan han ringer på. Han hör att något faller i golvet där inne. Sen svordomar. Rösten är obehagligt välbekant. Det går en rysning genom kroppen. Han ringer på igen. Mer bestämt. Dörren slits upp. Han står öga mot öga med CJ. Nye far.

”Vem fan är du? Vad vill du?” CJ sluddrar, stinker sprit och svett.

Med bar överkropp och solkiga byxor stirrar han på Georg utan en tillstymmelse till igenkänning. Georg knuffar in CJ i lägenheten.

"Det är Georg Bergstrand och jag är här för att prata med dig om min bror Valter." Det fladdrar till i ögonen på CJ. För en sekund ser Georg att han minns. Han vet exakt. Men säger i stället:

"Jag känner ingen Georg eller Valter. Ut ur min lägenhet!"

Georg stänger ytterdörren bakom dem och knuffar CJ längre in i lägenheten. Den är mörk och det stinker av sopor, svett och gammal fylla. När ögonen vant sig vid mörkret ser han hur det ser ut. Stökigt och skitigt. Ett riktigt råtthål. En viss tillfredsställelse får han av att veta hur CJ:s liv blivit. Han bor här ensam i en soptipp och super långsamt ihjäl sig. Men han behöver få svar också.

"Sätt dig ner", säger han bestämt.

När CJ står kvar ger han honom en hård knuff så han faller baklänges och landar i soffan.

"Jag har frågor och du ska svara. Jag vet att du vet vem jag är så spela inte dum."

CJ himlar med ögonen och skrattar nervöst.

"Lilla Georg. Nog minns jag dig allt. Helt oduglig var du. Lurade med din bror att rymma. När du väl var borta blev det bättre pli på Valter. Det var du som var problemet."

Georg får använda all sin styrka för att inte flyga på
CJ. I stället svarar han lugnt med låg röst:

"Vad hände med Valter?"

CJ greppar en flaska som står på soffbordet. Tar en
klunk och hostar till.

"Valter? Inte fan vet jag. Jag kommer inte ihåg
särskilt mycket."

Georg sliter flaskan ifrån honom. Sätter sig på
soffbordet mitt emot.

"Försök minnas. När flyttade Valter från dig och
vart tog han vägen?"

CJ kliar sig i huvudet. För en stund ser det verkligen
ut som att han tänker efter. Sen blir ögonen dimmiga
igen. Han är för full, tänker Georg. Jag kommer inte
få några svar när han är i det tillståndet. Georg reser
sig och går mot ytterdörren. Öppnar den och ropar
ner till Helge:

"Kan du komma upp?"

Helge kommer in och sätter instinktivt handen för
näsan.

"Fy fasiken vad det stinker."

"Lyssna på mig Helge. Vi måste få honom att
nyktra till."

Helge och Georg sätter i gång att röja upp. De drar upp persiennerna och låter ljus komma in, sen börjar de med att hälla ut all alkohol de kan hitta i slasken. CJ försöker stoppa dem, men är alldeles för svag för att fysisk göra motstånd och till slut däckar han i soffan.

"Vi stannar tills han sovit ruset av sig."

Eftersom de inte har något annat att göra fortsätter de röja i lägenheten. De slänger, diskar, tar undan det värsta. Det blir flera kassar med skräp som slängs i sopnedkastet i trappen.

"Jag fattar inte far, hur du kan hjälpa honom att städa efter hur han behandlat dig." Georg funderar ett tag innan han svarar:

"Det är som att jag tycker synd om honom också. Samtidigt som jag är förbannad. Han är en sorglig ynklig figur. Tänk vilket liv att tvingas leva. Undra hur hans uppväxt såg ut."

Helge rycker på axlarna.

"Jo, jag kan förstå. Fast jag tror inte jag hade kunnat vara så förstående. Ilskan hade nog tagit över."

"Visst får jag kämpa för att hålla tillbaka ilskan, men om jag låter den välla ut så får jag nog inga svar på mina frågor. Och jag har lärt mig i livet att våld föder våld så någon måste bryta mönstret. Det tar aldrig slut annars."

Från soffan hörs nu grymtande ljud och de ser på CJ. Han verkar vakna till. Georg hämtar ett stort glas med kallt vatten och ställer på soffbordet. Sju timmar har han sovit. Det värsta ruset bör ha gått ur kroppen. Nu gäller det att få svar innan abstinensen slår till. De ser hur CJ:s händer skakar när han tar vattenglaset. En del av vattnet skvimpar över. CJ ser på dem förvirrat. Det verkar som att han inte minns dem. Georg lutar sig över honom.

"Det är jag, Georg. Jag behöver få veta var min lillebror Valter tagit vägen."

Långsamt sjunker det in i CJ. Han gör en ansträngning och sätter sig upp. Ser sig förvånat om i lägenheten. Det är fortfarande skitigt, men ljusare och utan alla tomflaskor och cigarettfimpar överallt.

"Har ni städat?"

Georg börjar bli otålig.

"Men skit i det nu. Kan du svara mig? Vart tog Valter vägen?"

CJ börjar äntligen berätta.

"Han flyttade till Mjölby när han var sexton år. Där blev han lärling på ett snickeri. Vad jag hörde sen så träffade han någon flicka från Malexander som han gifte sig med några år senare. Det är allt jag vet. Vi har inte haft någon kontakt."

Georg känner en lättnad. Han har flera gånger tänkt tanken att han blivit ihjälslagen och aldrig kom ifrån CJ.

"Vet du vilket snickeri?"

"Hagbergs snickeri tror jag."

Georg rycker till.

"Högbergs menar du?"

Han minns det unga paret Lindell som han fått lift med till Mjölby och hur han blivit erbjuden jobb som springpojke där på snickeriet. Hade Valter hamnat där också? Tankarna snurrar i huvudet på Georg. Sen ser han på CJ.

"Jag måste fråga. Hur växte du upp? Varför blev du så fylld av hat?"

CJ ser helt bortkommen ut. Som att han inte förstår frågan. Aldrig har tänkt den tanken.

"Jag fick en bra uppfostran. Gjorde jag fel fick jag stryk. På så vis lärde jag mig rätt och fel. Jag försökte likadant med er, men ni var hemskt bortskämda. Otacksamma för allt jag gav er."

När Georg och Helge går mot ytterdörren ropar CJ desperat;

"Har ni hällt ut all sprit. Jag ska fan anmäla er."

Kapitel 68

Georg och Helge sitter i bilen.

"Vad gör vi nu far?"

"Nu åker vi till Snickeriet."

De parkerar utanför Högbergs snickeri. Georg tittar sig omkring och noterar hur förändrat det är. Mycket större nu och modernt. Genom grindarna ser de hur fler och fler arbetare går ut.

"Det verkar vara slut på skiftet. Vi går in och ser om vi kan få tag på någon förman."

Georg frågar en av arbetarna som pekar upp mot andra våningen. Fortfarande på samma plats där kontoret låg när Georg arbetade och bodde där. På vägen upp berättar han för Helge om sin tid där och hur tacksam han är för Lindells hjälp. De knackar på dörren till kontoret. Genom dörrspringan ser de en lampa lysa. Sen hörs fotsteg. En man i trettiofemårsåldern öppnar. Georg berättar kortfattat om sin lillebror som arbetat här som lärling nittonhundrasjutton och några år framåt.

"Tyvärr, jag började här nittonhundrafyrtio."

"Känner du igen namnet Per Lindell? Han var förman här tidigare."

Mannen skiner upp.

"Lindell var min chef när jag började. En reko chef. Han är pensionerad sen några år."

"Vet du var han bor?"

"Javisst, han och hans hustru bor på Parkgatan. Ett stort vitt hus med björkar i trädgården."

Georg tackar för informationen och de går tillbaka ner till bilen igen.

"Parkgatan är bara ett par kvarter härifrån så vi kan ta en promenad dit."

De ser huset från långt håll. Det utmärker sig med både sin storlek och vita färg som förstärks av de vita björkstammarna. En åldrad man öppnar dörren. Grått hår och lite krum rygg.

"God afton, herr Lindell. Jag vet inte om ni minns mig? Georg Bergstrand. Ni gav mig jobb som springpojke för många år sen och jag fick sova på kontoret."

Lindell ler stort.

"Visst minns jag, Georg. Så fint att se dig igen. Kom in."

Han kliver åt sidan och släpper in Georg och Helge.

"Det här är en av mina söner. Helge."

De skakar hand.

"Vem är det?" Hörs en kvinnoröst inifrån huset.

"Det är den lilla pojk vi plockade upp i droskan för många år sen. Georg."

Fru Lindell kommer ut i hallen.

"Lilla Georg. Är det du?"

Georg känner igen hennes vänliga ögon trots att åren gått. De bjuds in i vardagsrummet och slår sig ner i soffan.

"Vill ni ha kaffe och en smörgås?"

Först tänker Georg tacka nej. Han vill inte vara till besvär. Men så känner han hur magen kurrar och kommer på att de inte ätit sen frukosten, vilket är många timmar sen nu.

"Ja tack, gärna."

De pratar minnen från fabriken och Georg får berätta om sitt liv, sina barn och att han nu funnit ro i Eskilstuna med två av sina barn.

"Vad har fått dig att komma hit idag?" Undrar herr Lindell efter en stund.

”Jag letar efter min lillebror Valter. Vi har inte träffats sen vi skildes åt 1907. Då jag kom hit. Jag har fått veta att han också arbetade på snickeriverkstan som lärling tio år senare. Därefter ska han ha gift sig med en flicka från Malexander. Jag undrar om du minns honom och ifall du har någon mer information om flickan. Kommer du ihåg hennes namn?” Georg ser hoppfullt på Lindell som nickar och ser ut att leta runt i minnet.

”Jovisst minns jag Valter. Det var en sorglig historia som slutade lyckligt.”

Georg vågar knappt andas. Han vill inte missa ett enda ord. Lindell fortsätter berätta:

”När Valter kom till oss för att söka jobb var han kuvad, strykrädd och tystlåten. Jag anade direkt att han farit mycket illa. Han fick bo här hos oss ett kort tag. Några veckor tills han fått första lönen och kunde hyra eget. Minns du?”

Han ser på sin hustru som nickar.

”Lilla Valter, han var så mager och rädd.”

”Ja och ändå arbetade han hårt. Var mycket noggrann. Omtyckt av arbetskamraterna fast jag tror inte han blev nära vän med någon. Han släppte inte in någon så nära.” Återigen ser han på sin fru.

"Minns du vad flickan hette. Som han gifte sig med?"

Fru Lindell reser sig ur soffan och går fram till bokhyllan. Drar ut en stor låda och börjar riva bland pärmar och papper. Tar fram en blå pärm och bläddrar.

"Här har vi det. Bröllopsbilden i tidningen. Vi var faktiskt med på bröllopet också."

Georg stirrar på bilden av sin vuxna lillebror. Bredvid står en söt ung kvinna. Under bilden läser han hennes namn. Karin Pehrsdotter från Malexander.

"Vet ni om de bor kvar i Malexander? Har ni haft någon kontakt med Valter under åren?"

Båda makarna Lindell skakar på huvudet.

"Tyvärr, vi vet inte mera. Men Malexander har inte många invånare. Någon där borde veta vilka Karin och Valter är."

Georg kikar ut genom fönstret och ser att det börjar mörkna. Fru Lindell tittar på honom.

"Ni får gärna stanna här över natten så kan ni åka i morgon efter frukosten i stället." Georg ser frågande på Helge.

”Tusen tack, det gör vi gärna. Är det möjligt att få låna telefon i morgon bitti bara så får vi ringa och sjukskriva oss. Det är ju måndag i morgon.”

Georg nickar tacksamt mot Helge.

”Tack.”

Paret Lindell har ett gästrum på ovanvåningen med två enkelsängar. När barnbarnen var mindre kom de ofta på besök och sov där. Nu är de närmare tjugo och kommer sällan på besök. Det finns fortfarande några leksaker i rummet. På väggen sitter en plansch med Kalle Anka på. Både Helge och Georg somnar gott efter den händelserika dagen.

Kapitel 69

Efter att ha meddelat sina respektive arbetsplatser om sin frånvaro och ätit frukost så tackar Georg och Helge för paret Lindells gästfrihet. De går ut till bilen och styr mot Malexander. Fyra mil från Mjölby. Under färden pratar far och son om Lindells och vilken tur både Georg och hans bror haft som mötte dem. Vad märkligt att de båda hamnade hos dem och på snickeriet. Framme i Malexander ser de ett gästgiveri. Georg svänger in och parkerar utanför.

"Vänta här Helge så ska jag gå in och fråga."

Georg kliver in i gästgiveriet medan Helge går ur bilen och tänder en cigarett. Flickan som står bakom disken kan inte vara så mycket mer än tjugo. Georg frågar om hon känner till Valter och Karin i femtioårsåldern. Flickan skakar på huvudet.

"Jag kan hämta min mor om ni vill. Hon kanske vet. Hon är i köket. Vänta en sekund."

Strax därpå kommer en kvinna.

"Hej, sökte ni någon?"

"Jo, jag letar efter Valter Bergstrand och Karin Pehrsdotter. De gifte sig här runt 1919 och Karin tror jag är härifrån Malexander. Känner du till dem?"

Kvinnan ler.

"Kom så sätter vi oss i salongen. Jag kände Karin väl."

"Är det okej om jag hämtar min son? Han står här utanför."

"Javisst. Jag ordnar med lite kaffe så länge."

Kände, tänker Georg. Vad kan ha hänt? Han hämtar Helge och de går in i salongen där kvinnan dukar fram kaffekoppar och häller upp. De slår sig ner och Georg ser nyfiket på kvinnan.

"Karin bodde nästgårds med mig när vi växte upp. Karin Pehrsdotter. Hon var två år äldre än mig, men vi lekte mycket. Det fanns inte så många flickor i vår ålder då. Vi gick i skolan tillsammans och jag var inbjuden till Karin och Valters bröllop."

Hon pausar och tar lite kaffe.

"Vad hände sen? Du sa att du kände henne. Inte känner?"

"De hade det tufft. Hon blev gravid väldigt ung och de förlorade barnet. Hennes far ville inte att de skulle gifta sig."

Georg lyssnar ivrigt.

"De ville få en nystart. Komma bort från allt negativt. Så de bestämde sig för att flytta till Amerika."

Georg stirrar på kvinnan. Lättad men förvånad. Det hade han inte trott. Lillebror Valter i Amerika.

"Har du hört något från dem sen de reste? Kom de fram helskinnade? De där båtresorna på den tiden gick ju inte alltid vägen."

"Jag fick ett brev från Karin efter något år. Det hade varit en tuff resa med åksjuka och sjukdomar, men de klarade sig. De tog sig till Illinois där de byggde sig ett hus i Rockford. Hon var gravid när hon skrev brevet. Jag uppfattade att de var lyckliga. Men sen kom det inga fler brev. Jag har alltid tänkt att de fick sig ett bra liv där och med tiden glömde bort oss som blev kvar här. Det gick rykten om att de kom tillbaka hit och födde barnet och lämnade bort det. Jag vet inte om det är sant, men du kan höra med hennes bror. Han bor inte långt härifrån."

De får en vägbeskrivning, tackar för hjälpen och åker vidare. Karins brors hem ligger bara fem minuters bilväg bort. Bredvid en liten sjö. Huset är timrat med vacker trägärdesgård runt om. De ser en man stå i trädgården och hugga ved. Georg vinkar åt mannen när de går upp för grusgången som leder till ytterdörren. Mannen lägger ifrån sig yxan och går fram till dem. Georg presenterar sig som Valters bror. Mannen ser minst sagt häpen ut.

"Oj, den såg jag inte komma." Han skrattar till. "Jag har inte träffat Karin och Valter på drygt trettio år, men de kommer hit om tre veckor. Så kommer du nu. Det är helt otroligt."

Georg tappar hakan. Det tar en stund innan han finner sig och kan svara.

"Kommer min bror hit om tre veckor?" Han känner tårarna bränna bakom ögonlocken. "Jag har letat efter honom och tänkt på honom i hela mitt liv."

Mannen ser medlidsamt på Georg.

"Jo, han har berättat om dig. Hur ni hamnade hos er adoptivfar och sen blev han kvar. Han väntade många år på att du skulle komma och hämta honom. Till slut stack han därifrån och hamnade i Mjölby där vi blev grannar en tid. Sen träffade han min syster Karin och flyttade hit. Han är en bra karl, bror din."

Georg har svårt att ta in allt.

"Vi behöver åka hem nu. Vi har lång väg framför oss, men jag skulle hemskt gärna komma tillbaka och hälsa på min bror."

"Självklart ska du göra det. Fredag om tre veckor kommer de. De flyger med SAS via Köpenhamn till Bromma flygplats i Stockholm."

Georg tackar för allt och sen åker Helge och han hemåt. Några timmar senare släpper Georg av Helge i Bie.

"Du får hälsa så gott till dina flickor. Jag är helt slut och det är en bra bit kvar att åka."

"Jag förstår far. Tack för jag fick följa med dig."

De vinkar adjö och Georg fortsätter färden mot Eskilstuna.

När han väl kommer hem igen är det mörkt ute. Han stannar bilen på uppfarten och kliver ur. Blir ståendes ett slag och tittar på huset. Ser in genom de upplysta fönstren. Han ser Bertil och Ingrid där inne. Blir varm i bröstkorgen. Det är hans son och dotter. Han fylls av tacksamhet.

Kapitel 70

Georg och Helge bestämmer sig för att låta Valter och Karin ta det lugnt en dag hos hennes bror innan de åker ner för att träffa dem. Bror hennes har lovat att inte säga något i förväg. Deras besök ska få bli en överraskning. Tidigt lördag morgon åker Georg hemifrån. Hämtar Helge i Bie och sen bär det av ner till Malexander igen. De stannar bara en kort stund i Linghem för att tanka och få sig en kopp kaffe. Redan när de svänger in på gården hos Karins bror ser de ett bord stå uppdukat i trädgården. Där sitter en man och en kvinna. Georg går på skakiga ben ur bilen och bort mot dem. Nu ser han att det är Valter. Han går snabbare. Halvspringer. Valter tittar upp och hinner undra vad det är för man som springer emot honom innan han förstår. Över fyrtio år har gått sen de sågs. Valter ställer sig upp och öppnar armarna. Georg kramar om sin bror och tårarna forsar på dem båda. Även Karin som aldrig sett Georg förstår genast vem det är. Valter har talat så mycket om honom under åren. Ingen av dem vill släppa taget. Nu gråter även Helge och Karin. Kärleken mellan dessa två bröder går inte att ta miste på.

De slår sig ner vid bordet och efter några sekunders återhämtning efter det känslosamma mötet säger Georg det han burit på så många år:

"Kan du någonsin förlåta mig för mitt svek?"

Valter ser frågande på Georg först. Sen säger han sakta:

"Far svek mig. Svek oss. Du var också ett barn, Georg. Glöm inte det. Det finns inget för mig att förlåta dig för. Däremot har jag en massa att tacka dig för. Du skyddade mig och tog hand om alla oss syskon så gott du förmådde i en svår stund. Jag känner bara tacksamhet mot dig, min älskade bror."

Georg tar ett djupt andetag. En tyngd han burit på så länge släpper taget. Han berättar för lillebror om hans och Helges möte med CJ. Återigen tåras Valters ögon. Han reser sig och går runt bordet för att krama Georg igen.

"Tack, viskade han. Själv hade jag nog slagit ihjäl han, om jag träffat honom igen. Möjligen kan jag förlåta vår far, men inte CJ."

Epilog

Georg dör 1973 i Eskilstuna. 80 år gammal. Vid hans sida fanns hans son Helge. Den verkliga Georg, min morfars far föddes 1893 i Östergötland. Hans mor dog när han var tolv år och fadern övergav honom och hans yngre syskon. Georg och Valter blev utauktionerade till en torpare. Därefter flyttade Valter till Amerika och Georg till Mjölby. Georg fick också tretton barn med sin fru Ida och därefter skilde de sig. Så långt stämmer historien med verkligheten. Men däremellan är mycket påhittat och ren fantasi.

FSC
www.fsc.org
MIX
Papper från
ansvarsfulla källor
Paper from
responsible sources
FSC® C105338